# 社区那点事儿

## 第一书记的真实经历与工作实录

林子哥 著

作家出版社

# 代　序

本以为，我是了解社区的，其实不然。当跟社区工作者融为一体时，才发现，我对社区的认知非常肤浅，只停留在表象上。

社区是个小社会，虽不涉内政外交国防，却躲不开衣食住行、世故人情。社区内部是一个复杂的机理：有的问题无须解决，雨过地皮湿；有的问题自然消解，靠潜在免疫功能；有的问题永远无解，成为共存痼疾。这符合马克思主义唯物观，矛盾无处不在，矛盾既有斗争性，又有同一性。社区里的人和事，永远因矛盾斗争而存在，对立中有统一，统一中有对立，维系着生活的多元性，让我们的社会色彩缤纷。

数年前，当我退居二线，准备放松自己，享受下一段人生时，组织征求意见，说是在二线干部中推荐合适人选下派社区担任第一书记。我毕竟经历过世事，一听就明白其中意图，既然冲着我说，那不是征求意见，而是内部早有商定，只是委婉地通知一下而已。我自然不好拒绝，何况我是一个不懂得怎么拒绝的人，也是一个闲不住的人。识人用人，这是组织最厉害的地方。

我大开脑洞也没弄明白，在职业履历的最后时光里，赋予我这么一个特殊岗位。可想而知，心态是复杂的，甚至觉得是玩笑。在我的视野里，像我这样的人，到社区工作是没有先例的。当然，谈话的领导看我犹豫，说这是组织信任，对我没有要求，工作生活可以多头兼顾。我的理解，充其量是挂职，当顾问。我倒不是不听从组织安排，只是觉得这样安排合适不合适，况且这个第一书记不是典型意义上的扶贫书记，干不出激情来。我们这儿，既不"边"，也不穷，真有穷得揭不开锅的，早被政府和社会关心到了。此时，我倒生出这样的念头，假使选派我援青援藏，到边远落后地区扶贫，那倒值得尝试接受。那儿旷野辽阔，有着给人遐想的雪山大地，心里觉得这才是让我活得有意义的地方。

前些年，为加快全面建成小康社会，各级机关和事业单位选派了一批批优秀年轻干部、后备干部充实到扶贫第一线，成为贫困村或薄弱社区第一书记。之后从媒体上获悉，也有不少国家机关县处级干部，下派担任第一书记或工作队负责人。据我所知，此轮全市选派的二十多名第一书记，几乎是市级机关的中层年轻干部，是本部门或单位的主任或处长，唯我属年龄最大且面临退休的二线同志。

从部队团职上校转业地方工作十几年，因为履历单一，只会军事，只得安置在没有技术含量的民生岗位上，基本上是跟社区工作者和弱势群体打交道。平心而论，这是一个并不轻松的岗位。也许天资和能力不足以尽其责，只得靠勤勉弥补，总算在任期内没让组织失望。至少自己摆正了位置，虚心向他人学习，做群众眼里的学生，干一行爱一行钻一行。要说曾有过的卫国戍边经历，那也不值得挂在嘴上，既然成为公仆，就不应以官阶大小耍威风，更没有资格在群众面前居功自傲。一个人被人常常记起，不是坏事，说明在他人心目中留有好感。从众多二线干部中选中我，或许组织上有过考量，看重我在民生岗位上小有成绩，在社区治理实践中有些心得。恕我浅薄，相关研究思考的文章曾在内刊和报刊上发表过，当然，这不足以说明我熟悉基层。不管怎样，别说组织信任，就是通知安排，我也会绝对服从，何况带着信任，那更应该义无反顾。只是这样的情况太特殊，容易招来不解。不了解内情的朋友比我还一脸蒙圈，笑话我官瘾大，芝麻粒大的位置都要占。我苦笑着说，组织信任比干什么都开心，这叫"从群众中来，到群众中去"。

梁丰社区是典型的"城中村"，面积不足一平方公里，辖内有自建房、安置房、商品房等六处集中小区，社会各类阶层同在一个屋檐下，相当于亚非拉人民手挽手。此外，七百多家工商户和企事业单位，见缝插针地密扎于此，构成了分割包围之势，却也成了相互依存的命运共同体。按照属地管理原则，域内单位除了内部事务，社区都有属地管理责任，梁丰社区自然与域内的一草一木息息相关。

我在机关部门任职时，对梁丰的情况是了解的，总体印象，经济基础好，发展潜力大，居民生活富裕，社区治理服务的任务相对没那么重。在我看来，选派我担任第一书记，倒不指望我给社区带来更多的经济利益，而是掌握和解决居民群众扶贫之外的问题。毕竟，先富裕起来的地区，仍然存在发展的矛盾，同时需要面对发展中的新矛盾。社区第一书记也许不能直面发展大局，却有着夯实和谐发展基础的责任。说得直白点，属于"精神扶贫"。

我没有轰轰烈烈的走马上任仪式，甚至没让领导带着报到。像我这样的人，还是低调为好，一来不想留下形式主义的印象，二来以免让人误判是犯错降级"改造"，权当是上级机关领导结对挂钩关系。我几乎是自己拎着包进社区的，因为没有什么做派，反而跟社区工作人员融洽得更快了。

待我真正进入角色时，才真切体会到社区工作的繁杂冗多。从下往上看，上面千条线，下面一根针，线线要穿针。社区是托底的筛子，各级赋予的职责任务和检查考核，最终全落在社区里。不能漏了。从上往下看，同样是下面千条线，上面一根针，线线要穿针。社区内部事务，居民家长里短，先是汇集到社区平台。社区既是处理器，又是分拣机。上下会合，不是一加一等于二，而是倍数的工作量。这就是社区的真实面貌，比文件材料里反映的状态要丰富，比影视剧里的故事要精彩。我虽未能全身心地扑在社区里，可社区里的人和事，像是为我打开了另一扇窗。

知道我能写点东西的人，希望我把它写出来。说心里话，这是一次难得的经历，只是我很少写自己，写好的一面，有歌功颂德之嫌，怕德不配位，怕折煞福寿；写不足的一面，又觉得自己没那么差，还算尽心尽力，自己往自己身上扣"屎盆子"，损害个人形象事小，损害集体形象事大。可还是经不起大家劝说，有说我比作家还能写。这话听起来不是对我的抬举，而是对作家的不敬。我知道，作家一般不会随性而写，我充其量是写作杂家。我不能说同事羡慕妒忌，平时他们还是认可的。我只当他们施激将法，只得自找台阶解释——

因为比作家能写，所以成不了作家。可不管出于什么心理，倒还是激发了我写下来的冲动。许多东西不能像云彩一样飘走，飘走的不可能再有同一片，必须有人定格，让它成为有文字的故事流淌出来。说不定，那些怜悯作家苦心的读者，会赏脸读进去。

既然有这样的机会，何尝不是人生增添的乐章。约一百年前，费孝通为研究社会人文，专门进驻老家吴江，写下里程碑式的《乡土中国》。我虽无此才，但记录当下还是可以的，用社会学视角写一部自己眼中的"巷土民风"，是一件有意义的事情。人有了一定的阅历，写作不是一件难事。像我这样的状态，虽淡去了功名心，却也不枉虚度时光，总想找点事干干，本来写作对我只是兴趣，喜欢舞文弄墨，也是闲来的爱好，何况比起闭门造车、照猫画虎、东拼西凑搞创作，这些鲜活的素材多有意思。于是，我认定，既然有第一书记的经历，不说给自己留下文字回忆，也该给奋斗在一线的年轻社工留下分享的东西。这或许是我这个特别的第一书记应该做的事儿。

真正起笔的时候，着实也费了一番脑筋。这样普通得可以忽略的社区，没有什么可以依傍的吸睛素材。社区里没有名人名居，最有身份的也只是副科级干部，梁溪城所属辖区如钱锺书、王选、阿炳等大家人物，实在跟梁丰搭不上边儿。这对作品来说，缺少了分量，缺少了影响力。好在平淡无奇的地方，总有不为人知的秘密，值得人们探究。于此，在文友们的鼓励和领导们的支持下，特别是著名评论家吴义勤、著名作家丁捷、著名文学评论家汪政等老师的鼓励和指导，这才勇敢地坚持下来。

总之，感恩之言，无以回报。千言万语，汇成一句话——读者的认可，才是最好的报答。

# 目录

# 1. 信心——集体力量的信赖依靠

面向新时代，社会生产生活更多呈现为自发性、分散性和个体性，看似淡化了集体主义意识。其实，正是因为社会分工合作变得细微而紧密，人们更期待着构建新的利益团体，期待有"主心骨"的凝聚力。集体已然被赋予了新的内涵，现代社会呈现的蓬勃活力，正是集体力量的输入。

无论什么样的集体，都是一个庞杂的生态，动物世界构成了生物链，同样存在于人类社会。只是人类的进化发展，为社会治理创造了共处机制。不论怎样的社会体制，社会系统既设置了"防火墙"，也增添了"润滑剂"。面对老弱病残、三教九流、贩夫走卒，各式人等诉求，面对纷纷攘攘、一地鸡毛的现实生活，社区作为治理单元组织，责无旁贷充当多重角色。要么是执行人，要么是"老娘舅"。社区里的鸡毛蒜皮，几乎都绕不开社区组织。

在社会学家眼里，社工师是"社会理疗师"。一个文明而健全的社会，是需要专业社工介入服务的。社工的专业技巧和理念，有助于调节利益关系、调处社会矛盾、修复社会功能、疏通社情民意。

## 鲜花般的年轻人

到梁丰社区报到，我婉拒了陪同。组织委员朱萌过意不去，非得做出安排，觉得这不仅是个工作流程问题，更重要的是对老同志的尊重。朱萌为人谦和，很会说话，做事也很细心，毕竟厦大毕业的高才生，又在政府领导身边担任过多年秘书，跟她交流感到特别舒服。在她面前，我基本上是言听计从。我对她表态，相当于对组织表态，既然组织信任我，我会严格要求认真履职的。之后，我的许多想法建议，都先微信或电话告之，得到她的肯定和支持后，再付诸实施。主动请示汇报，既体现对组织最基本的尊重，也有组织对自己工作认可的期待，这是我付出一生努力之后悟出的道理。

社区袁非书记早就得知我要来，一见面便开门见山地说，没想到你来帮助我。小袁书记是我看着成长起来的社区当家人。我在民政岗位时，她是刚刚考进社区的社工，十多年的磨炼，让她思想成熟、办事老练了。一年前，调任到梁丰当书记。尽管此前有纯城市社区担任书记的经历，调到梁丰后，她多了不小压力。好在有较强的适应能力，很快进入了最佳状态。我对她的评价是，像个大女人。尽管她是90后，在我面前有时表现羞怯，但她的性格、气质、心胸和处事风格，一点也不稚嫩，加上人长得高挑漂亮，对人总是和颜悦色，有亲和力，说话办事章法得当，大家心服口服。她召集了五六名班子成员，算是集体会面，接着领我楼上楼下转了转，在办事大厅驻足听了简单介绍，并把我介绍给大家。我高兴地说，从今天开始，我们是同事了，希望大家多多关照。认识的冲我笑笑，不认识的交头接耳窃窃私语起来。

这儿的工作人员大多很年轻，男的不少，这在城市社区是不多见的。现在许多社区是清一色的女性，居民求助送水、扛罐、拎米面之类的活儿，只得自己干，一旦有个男社工，定会当成宝，只管当搬运工，吃香得很。梁丰社区是村改居转型过来的，社区干部本乡本土的多，跟原居民有着千丝万缕的联系，本家不出五服，外姓也能牵出三舅、四表、七大姑、八大姨。有意思的是，即使是外地人，那也是嫁进来的媳妇、入赘的女婿，或即将在此安家的大学生。数名是刚刚考进来的社工和网格员。这些年轻人，个个长得端庄文气，明眸皓齿，青春阳光，和蔼可亲。据说，怒气冲冲跑到社区解决问题的人，看到他们满脸堆笑地问长道短，也就不好意思发火。应了一句俗语，张口莫骂赔礼者，伸手不打笑脸人。再刁蛮的人也分场合、知好歹。有的遇到不顺心的事，专门跑到社区来，不说话，求安慰，看上几眼，泪水鼻涕可劲儿擦，留下一团团浸湿的抽纸，没事走人，像是社区有忘忧草、解烦药，坐下来，静下心，和气氛围里熏陶一下，病就好了。真遇到找刺的人，他们也会想出办法来，先是避其锋芒，冷静观察，而后见机处事，有则改之，无则加勉，总归要避免正面冲突，但也会平和地"上眼药水"，不让这种风气滋长。我为这样的智慧叫绝。在我看来，他们释放的每一个善意，都是广袤荒漠里的绿洲，干枯原野里洒下的露珠。

这群如鲜花盛开的年轻人，的确让人心情舒畅，一个笑脸或许让你开心一天。他们给我的印象很美好，在这样的群体里，觉得自己也年轻且充满激情。小金是名退伍兵，在北京大机关服役五年回到家乡，军旅生涯对他最大的回报是娶了漂亮的西安媳妇——放弃稳定工作夫唱妇随，来江南另谋职业。他至今保持着军人的雷厉风行，疫情防控最吃紧的时候，他将私车公用，专做医用废旧物资储运车，日夜兼程，经常作业到凌晨两三点，毫无怨言。我把他当成战友，对他留有特别的好感。小许、小刘是选调生，一个来自复旦，一个来自山东大学，把他们安排在社区，主要是补上基层经历这一课，两人脑子活，反应快，有干劲，能让我一眼望到未来。阿连、阿蓓来自泰州，算是外乡人，却是本地媳妇，此前在村集体合作社打工，疫情防控期间，借调到社区服务窗口工作。一连几天，她们埋头于堆满一摞字条的桌子上，眼盯着电脑，一手抓着座机不停地接打，一手握着笔不停地抄写，嗓子哑了，眼圈肿了，顾不上吃，顾不上喝，憋着不敢上厕所，连打盹都在说话，让我特别感动，留下很深印象。小陈、小兰、小戎和两个小张是近几年考入的社工，她们年纪轻、有文化，稚嫩的脸庞四射出活力，让人感受到社区处处是春天。特别是平时被大家称为"开心宝"的小陈，家遭横祸，四十多岁的母亲意外车祸，让她身心遭受沉重打击，后事没处理完，便回到岗位。尽管抹干了泪水，可在接待居民时，还是难掩痛楚，可见这种伤痛是一时难以弥合的。面对她的时候，我不知道怎样安慰才好，没想到她从容地表示，失去的讨不回来，只能靠工作转移悲伤，说完又是泣不成声。我开导她坚强起来，面向未来。其实我的内心一样酸楚，一个从小受宠的独生女，再也没有了母亲的疼爱，从此所有的重负都得靠自己扛了。

我一直有个疑惑，目前社区工作烦琐，加班加点，普遍收入待遇不高，为什么他们能这样乐滋滋地坚守这份职业。后来了解得知，他们大多生在梁丰、长在梁丰，是地地道道的梁丰人，他们生活没有多大负担，有房有车有存款，有的家里有数套安置房，没有车贷房贷压力，比起在外打拼的辛苦，在社区工作就近就便，相对稳定，且被乡邻看成身边的"干部"，倒也乐意接受这样的工作。话虽这么说，其实社区这份活儿，未必人人喜欢干，未必人人干得好，真正工作得心应手的，也就两三个中流砥柱。这些年新老交替，进进出出，如走马灯似的，足见年轻人在职业选择上机会不少。但就社区而言，频繁流动是不利于治理服务的。毕竟掌握社区事务的一套规范是需要积累的，仅就民生保障政策所涉内容，要足足学习大半年，何况社区遇到的都是个体问题的解决。

现在的社区不同于往昔，过去一个老太太戴着红袖标管一条街，现在十顶大盖帽未必就能弄清一幢楼。时代变了，群体复杂了，诉求多了，要求高了，服务管理下移，分工也越来越细。社区办事大厅，承接着政府公共服务事项，有党群服务、就业保障、民政救助、应急安监、行政执法等六七个窗口，几乎应对着上级所有部门，有的还分设 AB 岗，登门走访、外出开会、参加活动等，没人顶岗不行。不过，客观地讲，居民办事时常是一窝蜂，有时短平快，有时拖泥带水，全在于事务的难易和当事人的诉求。社区更多的事务是应对各类文书材料、统计报表和信息报送，纸质的、网上的、APP 的，一样不能少。上级三令五申要求"减负"，到头来连"减负"本身也以材料和统计来代替。前不久，社区接到两项任务，一项是私家车辆信息登记输入，为的是进出智能车库便捷高效。这应该说是便民好事，可社区干部上门却遭到"多此一举"的埋怨，理由是商业行为不应社区参与。另一件是全民防癌筛查登记，按说这项工作具有专业性，用居民的话说，这是很私人的事，难道生病政府能包治？转交社区后，面对一摞表格和繁复的手机 APP，社区工作者一脸茫然，可又不得不硬着头皮去做，因为上级每天通报完成进度。有人测算，每填写一个人的数据，至少要二十分钟，许多人特别是老年人面对手机，根本不会使用，社区工作者只得手把手地教，无疑占用了大量时间。社区工作就是这样琐碎而忙碌着。好在社区工作者适应了这样忙的节奏，似乎没有上级交代的任务，自己真不知道干什么。

我跟张荣交流比较多，一来他是梁丰的原住民，二来他是梁丰的"老干部"，他算是梁丰的"活字典"，梁丰上下老小几乎无人不识，大多数居民只认他是社区干部、村副书记，永远的老二。

张荣对社区转型变化有着直接的感受，也由衷地珍惜这个岗位。二十多年前，他学校毕业没有在外找工作，而是回到村里，从打杂干起，之后当文书，做财务，陪了四五任书记，梁丰的前世今生，梁丰的成败得失，梁丰的人情风俗，脑子里一本账，大家称他张老师。起初，我真以为他当过老师，因为长得眉清目秀，举止斯文，像个读书人。哪知这个"老师"是另一个含义。说是年轻时爱打麻将，老是输，可越输越爱打，跟单位同事打，跟街坊邻居打，三缺一当仁不让，一缺三理所应当，实在没人，陪老丈人丈母娘打，跟七大姑八大姨打，一毛两毛不嫌少，三块五块不嫌多，每趟来去也就三五十块，大家不亦乐乎。本来人家叫他张输记（书记），可这样叫太不严肃，便改叫老师。在麻将桌上，他倒有点老师样，玩伴少，多培养，老老小小，一拨一拨地都是手把手地教出来的。只是教会了徒弟，饿死了师父。他不是不在乎输赢，但从不为输生气发火，只在乎乐和。所以跟他打牌，不仅能提高牌技，也能提高修养。不过，麻将之风倒不是张老师带出来的，他说他早已金盆洗手了，一是当上领导，要注意形象；二是空闲少了，家务重了，夫人把每天遛狗的任务交给了他。

别看他长得斯文，倒也有乡土干部的特质，办事果断，不怕得罪人，有想法，敢担当，许多须直面的矛盾，都是他这个副书记出面解决。大家跟我说起这样一件事——有个号称"代言人"的阿姨，总以爱打抱不平自居，常常跑到社区来指责这也不是那也不对，社区几乎没人敢上前搭腔。这天，她直接冲到张荣办公室，理论替人办低保的事，结果遭到理直气壮的拒绝，这下等于捅了马蜂窝。她自感被人奉为座上宾的"代言人"，哪里受得了这样的不敬，先是指责他态度恶劣，继而出言污秽，恶言羞辱，连祖宗八代都带上了。遇到这种人，再好的脾气也孬毛。慈眉善目的张荣被激怒了，他趁着对方毫不顾忌地往他身上拱顶之际，拳头一挥正中脸上，由此留下了铁证。最后警察干预，个人赔偿四千元，总算平息事态。虽然跟"代言人"结了怨，但张荣没有记仇，一来他是领导，总不能小肚鸡肠，跟他人一般见识；二来自己有过错，动手在先，工作简单粗暴，问题出在自己身上，这样一想，倒也换位思考别人的难处了。后来我了解到，"代言人"之所以爱管闲事，其后有个不如意的家庭，本人离岗退养赋闲在家，三十多岁女儿居家养病不工作，靠着微薄的补助和救济维持生计，长期的生活压抑，让她性情起伏不定，社区自然成了她发泄不满的地方。不难理解，一个把日子过得四处漏风的人，只会埋怨老天不公。之后不久，"代言人"家出了事，抑郁的女儿从五楼准备跳楼，张荣第一时间赶到现场，一番开导和应急救援，总算挽救了性命，为此她对张荣算是冰释前嫌了，也不再替人"打抱不平"了。张荣坦言，面对遇到困难的家庭，社区都是想方设法帮助的，可有的不切实际的要求，不是想帮就能帮的，特别是低保和救助，都有明确政策界定，你不符合条件，审核则通不过，有的人以为一闹就能解决，没人理解社区的难处。

我的到来，对他产生不小的影响，用他的话说，建议和思路是站得高，看得远。过去社区是自己管自己，上面让干啥就干啥，现在也要讲政治站位，工作要讲谋划，不仅立足眼前，更要着眼长远，社区同样应为国家和社会承担责任。一年后，快五十的他终被上级看重，委派到邻近社区担任书记。我知道，他这是临危受命，艰巨的棚改拆迁任务等待着他。

梁丰社区组织建制相对特殊，既有党总支，又有居委会，还有合作社，可谓是三驾马车、三套班子。袁非一肩挑，按程序依法推选担任书记、主任和理事长。各班子除了个别交叉任职外，相对都是各管一摊，分工负责。在上级看来，梁丰这些年的变化发展不大，经济出现迟滞，居民诉求突出，似乎成了"落后分子"。其实，倒不是真有多落后，而是兄弟社区后发优势突显，无论党建、经济、民生和治理，都在攀高比强地上升。梁丰与之一比，相对平庸，和尚的帽子平踏踏。个中原因，前几年因发展势头过猛，积累的诸多问题正待消化，影响了整体发展。至于巡察组进驻巡察查摆的问题，有的是共性的，有的是个性的，比如用钱、用人问题随意性大，在基层带有普遍性，比如负责经营的干部报销香烟和茶叶问题，加班人员发补贴、发餐费，甚至有几十、上千元不等的白条等，之前没有这方面的规范。过去见怪不怪的操作，倒是办成了许多事，毕竟村级集体经济变成的股份合作社，经营行为和财务自有一套规章，但按现在要求，或说按现代企业制度要求，不少方面亟待完善。好在上级本着惩前毖后、治病救人原则，除了从事经营管理的负责人被诫勉谈话外，没有人给予重的处分。但巡察报告措辞是严厉的，尤其落下了"组织涣散软弱"字眼。在我看来，这个评点有些言重。我跟班子成员交流谈心，觉得大家还是有政治素质、思想觉悟、纪律观念的，大家还是爱岗敬业、尽心尽责的。小袁书记接任一年多来，做了不小的努力，社区治理和服务有了新的起色，群众满意率高，方方面面评价不错。可面对面广量大的商铺管理，加之基础设施标准偏低，留有诸多历史欠账，特别是城管、消防和环保等方面要求越来越高，一时吃了不少红牌，上了较多黑榜，意味着拖了街道和区里的后腿。事实上，城市管理和市政维护等，落实到属地管理上，他们是不占先的。别说要增建管理队伍，增加财力负担，就是有了队伍，也难行使执法权。基层的困扰往往是遇到难题，相互传球，层层传导责任，最后落到社区。事情来了总要有人背锅。这些年，梁丰社区跟其他社区一样，新招进了一批年轻大学生社工，旨在适应现代治理需求，提高专业化、职业化水平。

初来乍到，我把精力用在了解情况上，走马观花跑了三四个集中居住区，走访了七八家企业，跟社区多数成员进行了交流。我发现，我的到来给了他们不小的压力，工作多了顾虑，也引发了不少猜忌联想，表现得比平常格外小心谨慎。我力求放低自己，跟大家热情地相处。我跟大家有言在先，维持现行运转，不参与具体事务，主要任务是抓班子、带队伍、促发展，当好参谋顾问，鼓励他们放手工作。也可以说是按照既定思路，一张蓝图绘到底。

# 练就"看家本领"

一段时间的接触和交流，初步摸清了社区底数，对社区工作人员情况了解了大概。在总支会上，我谈了自己的看法和想法，提出了注重能力建设的问题。这或许是对领导干部的要求，其实对社区工作者而言也有必要。

不难发现，现行社区工作越来越规范，越来越精细，这无疑让居民办事更加便捷。同时，趋于行政化、格式化的服务方式，让熟识的乡邻成了公事公办的客户对象，无形中人与人产生了距离感。不能说这种形态不好，社区作为社会系统末梢，直面服务对象，专注具体事务，本身构成了服务与被服务的关系，而这种商务式的用户体验，用在熟人之间，还是觉得少了人情味。长此以往，熟人关系疏远，办事拿腔拿调，社区工作会变得毫无意义。事实上，看似社区干部离群众很近，整天跟群众打交道，其实并不清楚群众想什么、要什么，我们能做什么，如同出现感情危机的夫妻，同睡一张床，却不一条心，这是不应该的。

这些年，因工作关系常跟社区打交道，客观上看，社区干部普遍学历高、有活力，想干一番事业，但也有阅历浅、经验少的短板，往往表现出处理棘手问题力不从心，甚至好心办坏事。主观上看，社区干部自身因素对工作影响较大，做群众工作特别讲究智商和情商。实际工作中，常常看到这样的现象，有的人不敢见群众、不愿跟群众打交道，遇事绕着走；有的人跟群众接触有顾虑，担心自找麻烦，怕挑事、怕办不成事、怕丢面子；有的人因业务不熟练，"小曲好唱口难开"，能推则推；有的人给群众办事生硬冷漠，要么搬出条条框框，要么推三阻四，弄得现场剑拔弩张、硝烟纷飞。其结果，简单的事务变复杂了，舒心的情绪搞糟糕了，群众不满意，自己不高兴。之所以如此，其实反映的是能力不足问题。

对于社区工作者而言，能力无须高大上，只要会做群众工作，就是能力。我承认也有这方面的不足，自感是口拙且呆板的人，少有社交活动，甚至有些

"社恐"，可面对这样的情况，我暗自下决心跟大家一起改变和提升。

在我看来，基层工作就是群众工作，群众工作是基层最管用的方法论，社区工作者应该是群众路线最直接的践行者。用老人家的话说，群众工作是我们的看家本领。"看家本领"是什么，通俗地理解，是讨生活的能耐，吃饭的家伙，看似低端，实则是管用的真本事。没有这个本领，我们就无法了解群众，更谈不上服务群众。"群众是真正的英雄，而我们自己则往往是幼稚可笑的，不了解这一点，就不能得到起码的知识。"想到这样的语录，我总觉得自己幼稚可笑。由此感到那些自作聪明的管理者，实在需要提高这样的认知，否则无法调动"群众伟大的创造力"。

事实上，群众工作不是可大可小、可有可无的工作。应该说，哪里有人，哪里有事，哪里就有群众工作。往大了说，群众工作是我党优良传统和作风，是党和军队克敌制胜的法宝。我党我军之所以从小到大、从弱到强，从胜利走向胜利，最宝贵的经验就是把群众当真正的英雄。往小了讲，社区工作对象是群众，鸡毛蒜皮、家长里短都有群众工作。应该说，社区干部总体上具备服务群众的意识和能力，但群众工作绝不仅仅是服务群众，宣传动员群众、团结带领群众仍是群众工作的基本要义。

引发我思考的是，社区工作者如何适应新形势新要求，既能服务群众，维护群众利益，又能扛起团结群众、动员群众、组织群众和教育群众的责任，这是一个厚重的命题，也是一个现实问卷。社区治理和服务离不开群众的参与，先进思想的传播和社会文明进步离不开教化，如果仅停留在社区工作者自身内循环上，一厢情愿地片面重视服务群众，而忽视团结和教育群众，那只会增加治理成本，加重社会负担，实现中国式现代化的根基就难以扎牢。

城乡社区党组织是一线战斗堡垒，是联系群众的桥梁纽带，群众工作的看家本领强不强，直接关系到乡村振兴和社区治理的水平高低。对我而言，在提升自己的同时，想以过来人的经验告诉大家，群众工作是一门艺术，是一种能力，掌握了事半功倍、驾轻就熟，不掌握则事倍功半、越干越累。我想通过我的影响或带动，让年轻人端正这样的认识，加快提升这样的能力，更好地开展工作。谦虚点说，把自己的工作心得分享给大家，不谦虚地说，以自己人生经验，搞好传帮带。

其实，社区是个大舞台，是个"茶馆"，社区工作者类似阿庆嫂。"摆开八仙桌，招待十六方，来的都是客，全凭嘴一张。"假如一个社区干部既有营销员的口才，又有服务员的耐心，工作必是得心应手，信手拈来，根本不会感受到社区事务的烦琐，反而从中获得工作的乐趣。假如不善于与群众打交道，那就很难胜任社区岗位。

首要任务，是让大家意识到在服务群众中增长才干、有所作为，学会掌握团结、动员、组织和教育群众的真本领。

一是要学会善待和团结群众。年轻社区工作者因其教育背景、成长环境不同，在与他人相处中，往往表现出较强的自我意识，这是服务群众的大忌。社区工作离不开居民的支持配合，把居民群众团结在组织周围，显得尤为重要和必要。这就是我们常说的，团结群众是做好一切工作的基础，有了团结基础可以画好最大的同心圆。团结既是能力，也是品质，说到底，是对群众的感情。党历来重视团结和依靠群众，时时处处唱响"团结就是力量"，把团结形象地描述成"把自己人搞得多多的，把敌人搞得少少的"，把党群、干群关系称之为"血肉联系""鱼水关系"，体现与人民同呼吸、共命运、心连心的博大胸襟。

当然，怎么团结，却有着很大的学问。我给大家讲了一个故事，淮海战役中敌我双方兵力悬殊，我军采取围而不打策略，发起宣传攻势瓦解敌人，用喇叭告诉敌军中的士兵，解放区不分敌我，按人口劳力家家分了田地，结果几十万人消极厌战，乖乖地成了俘虏，一下子壮大了我军的队伍。可见，团结不是口号，是看得见摸得着的实惠。社区党员身处群众中间，具有争取和团结群众的天然优势，理应成为凝聚群众的"灵魂人物"。落实在基层实践中，就是要把群众当亲人，把自己当子弟兵，满腔热情地倾注情感，跟群众想在一起、苦在一起、干在一起，只有这样，群众才会拥护你、信赖你，社区各项工作才有力量保证。

张兴是社居委副主任，跟我谈到，社区作为自治组织，居民应该自助互助，如今政府为社区办实事，不少却成了旁观者，有时还有不同声音，归结一点，是忽视了居民群众的参与，如果平时拥护的人多多的，反对的人少少的，工作推动就不会有阻力了。我感同身受，居民参与，恰恰是团结的具体体现，离开了居民参与，谈不上服务群众。

二是要学会动员和依靠群众。常言道，"百姓百姓千条心"。先进思想的宣传和感召，是凝聚强大力量保证。战争年代，党靠着宣传发动，才有了"母亲叫儿打东洋，妻子送郎上战场""最后一尺布用来缝军装，最后一碗米用来做军粮，最后的亲骨肉送他到战场"这样令人动容的场景，这一宝贵经验至今弥足珍贵。我们所从事的事业，同样需要凝聚社会共识，发动群众广泛参与。实际工作中，常常遇到群众不理解、不配合的现象，一方面说明工作部署时，没把目的意图讲清楚；另一方面说明表达的政治语系，群众听不懂。由此对基层工作者提出更高要求，这不仅要深悟各级决策部署，而且要善于运用朴素易懂的道理，回答和解决群众现实思想问题。只有上架天线，下接地气，筑好导流渠，用群众语言叩开群众的心扉，才能完整准确地贯彻好上级决策意图。我半开玩笑地讲，面对群众，表达方式很重要，有时要说通识的俗话，有时要说正确的废话，有时要说打诨的笑话，如果照本宣科读文件，其效果可能适得其反。

我对土生土长的工农干部充满敬意，一是他们会做事，二是他们懂群众。所以他们能一声号令，一呼百应，很受群众欢迎。面对高度开放的新时代，组织群众呈现新情况新特点，生产生活表现的自发性、分散性和个体性，看似淡化了集体主义意识，其实，正是因为社会分工合作变得细微而紧密，人们更期待着构建新的利益团体，期待有"主心骨"的命运共同体。

社区党组织是群众身边的"旗帜"，社区党员干部只要心中装着群众，肯带头吃苦奉献，敢于喊出"跟我来、看我的"，不仅在急难险重任务面前打头阵、当先锋，在平时工作中也树形象、作表率，群众一定会跟着学、跟着干。有意思的是，这在疫情防控中得到了充分体现。印象最深的是，政府动员全民接种，任务落实到社区，按以往，这是一项不可能完成的任务，然而社区在广泛宣传动员基础上，穷尽一切办法，全方位、无死角地找人盯人，确保一个不落地得到接种。有人把这种做法总结为：家中带人、车子送人、广场拉人、现场守人、合伙劝人。尽管手法原始，但灵光管用，效果很好，得到群众的积极配合，也增进了群众对社区干部的理解。社区工作者从中得到很大锻炼。

先进思想的武装，文明风尚的养成，既是社区自身治理的需要，也是群众自我提升的需要。培育文明乡风、良好家风和淳朴民风，离不开教育和熏陶。类似梁丰这样的城中村社区，不少居民沿袭传统生活陋习和狭隘思想，现代文明与落后观念时常发生冲突，造成了不必要的损耗，如此看来，摒弃愚昧落后陋习，消除错误思想认知，是一个长期而艰巨的任务，社区责无旁贷。教化引导作为德治和善治重要内容，需要滴水穿石，润物无声，久久为功，只有这样，社会文明根基才能打得更牢。

三是要掌握服务群众的技巧。服务群众说起来容易，做起来并不简单。社区并没多少服务资源，往往只是受理方，充其量起到认定和传送作用，许多服务受制于主管部门，这就需要社区工作者具有良好的服务意识和上传下达能力。这些年来，经过上下共同努力，社区基本公共服务得到满足，涉及居民生产生活的社保、救助、养老、生育、物业、司法等，均在社区实现"一站式"受理服务。按说这样全面而便捷的服务，完全做到排忧解难了，为何还会有那么多"急难愁盼"事，归根结底，根子出在服务理念上。

同事讲了一个笑话——某领导带着一行人登门慰问贫困户，嘘寒问暖，场面感人，摄影摄像不停地闪着光。领导同情地问，糖尿病好转没有？贫困户一脸困窘，说没有糖尿病，即便是糖尿病也不该惊动领导。显然领导是带着诚意，做了功课的，没想到张冠李戴。贫困户患尿毒症，本来家庭条件还好，因病致贫。接着又是更大的尴尬。领导拿出写有慰问金的红色信封，贫困户接过慰问信封，一番千恩万谢，摄影摄像再次闪烁着亮光，过程看似温暖圆满，令人没想到的是，贫困户用手捏了捏信封，接着打开发现里面是空的，脸色立马转喜为怒。这一表情，幸好被随行人员发现，悄悄跟他解释，说是钱打在银行卡上。贫困户说，倒不在乎多少钱，领导登门慰问很感激，只是这样的形式太过形式主义，有些不习惯。我哑然失笑。但从笑话中得到一个结论：人是需要关怀的，物质帮扶的同时，送上祝福暖心话，往往效果更好。建立"阳光扶贫"

系统，通过银行打卡方式，的确减轻了人力负担，保证了善款善用，却也让善款变得冰冷，难怪有人把低保金当成按月领取的工资，只能进不能退，只能多不能少，人为地制造了不小的矛盾。可见，服务群众，服务理念很重要。

要让群众有真正的获得感、幸福感，对当下社区工作者素养和能力提出了更高要求。一方面，社区干部要"一专多能"，既要熟悉政策规范，做到有问必答、有事必办，也要懂得心理学、教育学、卫生健康知识等，做到有求必应、有难必帮。另一方面，要注重导入社会资源，依靠职能部门、专业机构、专业队伍"对症下药"，满足群众的特殊需求。实践表明，社区治理面临的矛盾问题，仅靠社区力量无力解决，必须发挥各方面优势，综合研判，综合施策，这样才有可能把社区打造成群众期待的幸福港湾。

我深知，这也许是我心目中的理想社区，对社区工作者的素质要求近乎苛刻。事实上，这些年轻人都在尽其所能努力着，这让我感到特别欣慰。

## 吹响"先锋号"

这是一个土得掉渣的领奖台，东拼西凑，临时搭建。然而，它的盛大和隆重不亚于人民大会堂。村里生活过的人，特别喜欢这样的热闹，社区里有这样的活动，大家像过节一样，自然令他们欢呼雀跃。而在领奖人看来，此时这是神圣的殿堂，是人生的高光时刻。这一夜，社区邻里节正式开幕，其中有个环节是为老党员颁发纪念章，给优秀志愿者授予证书。

我已很少激发某种感动了，看到这样久违的场景，便不能自持地为之动容。他们朴素的面庞闪出的光影，照亮了我的内心，激起了我对他们的崇敬。

当我走到这些老人跟前时，我内心很惶恐，不敢直着腰，生怕有一点不恭让我无法弥补。纪念章很厚重，代表着一生的努力。"光荣在党50年"，五十年时光，如白驹过隙，当年的风华正茂、意气风发，如今的饱经风霜、风烛残年，留下的只是时代的印迹。岁月真是一把钝口的镐头。他们给我太多的联想。他们曾经奋斗过、奉献过，是身边的榜样，是赓续传统精神的基因，今天仍是社区的宝藏，值得我们去挖掘和使用。

基层社区高度重视党建工作，至于抓党建，抓什么、怎么抓，各有不同的做法。这些老党员所表现的精神，给我很大启发，关键还是抓人。党建的对象，重要的是党员队伍。党员队伍建好了，组织力量就强了，基层党建就落实了。

作为受党培养教育三十多年的普通党员干部，我一直坚信，基层党员是党坚强领导的基石，是团结带领群众的重要力量，只要充分发挥党员先锋模范作用，就没有办不成的事、克服不了的困难。这些听起来的政治语境表达，恰恰是每个党员应该铭记的。假如一个人对自己的诺言终生负责，那么在写下志愿书、在党旗下宣誓的那一刻，应该懂得自己已然不是一个普通群众了。诚然，现实不可能让每个党员出生入死，经历血与火的考验，但做一个纯粹的人、一个对人民有益的人还是可以的。我总想，假如全体党员都身体力行模范带头，每个党员争做一束光，那近亿党员足顶一个太阳，可以普照华夏大地十亿人民，党的崇高事业和奋斗目标哪有实现不了之理。

或许我是一个理想主义者，对崇高事业有着特别的向往。因为我常常怀想到觉醒年代一批仁人志士，为追求真理，放弃优渥生活条件，献身于革命之路上。又常常怀想到革命战争年代，无数先烈抛头颅、洒热血，为民族解放事业不惜牺牲一切。他们有个共同的名字：共产党员。有的明知共产党员要带头冲锋陷阵，却踊跃报名火线入党，只为这个悲壮而伟大的名字。他们是忠诚的马克思主义信仰者，他们坚信为之奋斗的"英特纳雄耐尔就一定要实现"。面对如今幸福美好的生活，共产党人虽不再前仆后继地牺牲生命，但为国家、为社会、为百姓奉献的精神，却应该是必备的，否则对不起这样的称号。

我了解到，社区党总支下属十多个支部，有四百九十多名党员。这是一个不小的数字，也是不小的力量。如果每个党员都像党员的样子，那将是一支强大的队伍；如果一名党员带动身边二十名群众，那就能覆盖影响到全体居民；

如果十名党员帮扶一户困难家庭，那么社区重点贫困家庭就会得到全部关爱，打造和谐美好、人心向善、环境优美的幸福家园就有基础。当然，这样的假设有点超现实，也许社区党员不同于岗位党员，不少属于老弱病残，本身也是困难对象，还有个别不纯洁分子，但多数党员仍有发光发热的作用。我相信，基层组织强大的动员能力，是能够感召广大党员立足社区作贡献的。

不过，社区党员队伍的状况究竟怎么样，还待摸清实情。其时，随我一并在社区任职的许劲风被任命为党总支副书记，重点分管党建，无疑成了得力的助手。小许是复旦研究生遴选进来的青年才俊，此次来梁丰社区主要是挂职锻炼，积累基层工作经验。小许有热情、有想法、想干事、能干事，跟他交流比较顺畅，他虚心好学，不懂就问，名义上算我传帮带，其实从年轻人身上也学到了宝贵的东西。起初，他忙于规范落实"三会一课"，应对着台账资料和登记统计报表等党建事务。之后我们一起研究，怎样把务虚的工作实化，变成党员群众可观、可感的工作，于是便聚焦在党建引领自治上。

这里也坦诚地对组织说句真心话，眼下提起党建，不少人片面理解为抓学习教育，开开会，听听报告，写写心得，以为墙上挂挂，本上抄抄，台账记记，就成了工作。其实不然，党建的目的，是保证党的科学理论和方针政策得到正确理解和执行，保证上级的决策部署一级一级得到贯彻落实，是抓方向、抓统揽的工作。如果仅是以开了多少会议、发了多少文件，订了多少台账来衡量，那便曲解了党建目的，至少基层一级工作是走样了。基层党建同样要解决"最后一公里"的问题。针对梁丰社区退休党员超过百分之七十五，七十岁以上党员约占一半的情况，如何让他们支持支部工作，参加党内活动，发挥模范带头作用，才是最实际的党建。

基于这样的认识，大家一并商讨，理清了党建思路。具体步骤：一是摸清社区党员底数，切实掌握其构成和分布；二是结合社区党员特点，研究有针对性的教育管理方式；三是区分各类情况，探求发挥作用问题。小许很认真、很用心，自加压力，专门设计了一套推进方案。起初确定为"唤醒计划"，有点显得过于悲观，即便有沉睡现象，问题也不在党员自身，而在于组织没有主动做。后来确定为"先锋号"计划，有点积极意义，社区党员即使达不到先锋，至少也要向先锋靠拢，哪怕在思想上先锋也行。不管是"唤醒"，还是"先锋"，意在更大范围内焕发起党员投身社区建设的热情。而具体动作必须实实在在，归纳起来是"五个一"：

**开展一次入户走访**。建立党员走访小组，仅两个月时间，入户走访了三百四十五名退休老党员，电话联系了七十三名挂靠的在职党员，掌握思想动态，汇报思想反映，送上组织关怀，听取意见建议，全周期对接老党员工作、生活、学习状态。令小许印象深刻的是，一位瘫痪在床的老党员，抚摸着送去的党徽老泪纵横，深情地道出感党恩，激动地拉着小许的手，汇报思想，查找不足，寄语年轻党员要多为党增光。小许回忆说，这是一场触动心灵的新老党员对话，让他感受到了老党员对党的忠诚，由此感受到肩上的责任。

**举办一场政治生日**。在正常开展党内活动的同时，每月为当月入党党员举办集体生日，发放生日贺卡、观看红色电影、重温入党誓词、品尝生日蛋糕、分享入党初心。几乎每月第四周，会议室里都洋溢着庄严的宣誓声和热烈的讨论声，参加活动的党员在这样的仪式下，一次次接受着党性洗礼，让自己的政治身份更加鲜亮起来。

**赠送一套学习材料**。设计了"永远跟党走"文创包，内装入党誓词卡片、党员徽章、主题教育书籍等，发放到每个党员手中。这是党员最好的政治待遇，不少党员以携带文创包为荣，把党员标志挂在身上，展示党员形象，接受群众监督。

**开展一系列民意征询**。结合开展党组织生活，听取党员思想汇报，收集党员反映的社情民意，了解居民群众"急难愁盼"事，共商共议解决对策，为社区治理贡献智慧。从早期组织的八次民情恳谈会情况看，效果非常好，收集意见建议二百零一条，其中三十一条列入社区"为民办实事"和"微幸福工程"项目。这是党员参与志愿服务的最好体现，参与议事决策的同时，发挥了宣传动员作用。

**推出一份结对名单**。在"唤醒"基础上，找准退休党员教育管理的支点，建立了"社区总支—网格支部—楼栋小组—党员中心户"四级组织结构体系，三十三个党员中心户结对三百一十二名党员，一百二十三名党员骨干结对二百四十六个单元楼全体居民，完善了组织联系党员、党员结对居民全链条，让居家党员成为群众信得过的"时代之光"。

"先锋号"的具体计划虽缺少创意，但实在管用，归纳梳理得虽不严谨，但相对周全，具有可操作性，在团结凝聚居家党员方面，找到了抓手。实践证明，吹响先锋号，唤醒一群人，退休居家党员在社区是可以有所作为的。

## 讲好中国式现代化

小袁书记征求我意见，安排我上一堂党课。按说，第一书记上党课是分内的事儿，用不着征求意见。大概是出于尊重或是让我有所准备，告诉我有这个任务。我没有片刻犹豫，欣然答应，倒觉得她的提醒，让我有些被动消极的意思。我跟她商定时间和内容，最后确定讲一讲中国式现代化和共同富裕。

党课教育是党内政治生活的制度安排。社区以退休党员和挂靠党员居多，不同于单位制在职在岗党员，党课便成了教育管理的主要形式了。

按说，党课内容都有现成的模板，照本宣科读一读，绝对不会出错。可我觉得，不管上什么课，都得因人而异。面对社区普通党员，党课不能像对领导干部那样，重在理论宣讲。社区党员以老同志居多，文化水平低，理解能力弱，甚至反应慢，就理论讲理论，他们未必能听懂，遇到耳不聪、目不明，且专心听讲的，还要循序渐进、不厌其烦。如果拿着党校教案上党课，那相当于给小学生讲微积分，给农民讲航空知识，显然牛头不对马嘴，达不到效果。所谓"方法不对，工夫白费"，讲的就是这个道理，且这是极不负责任的态度。这样的认识，在我二十多岁时就已产生。二十世纪八十年代末，部队野营驻训在太行山区一个村庄里，村喇叭每天早晨播放《新闻联播》之后，便是村支书对重要新闻的解读，虽是满口乡音，却是那么悦耳动听，尤其刚刚发表的重要论述，转瞬成了他理解的语言，以通俗易懂、条理分明的乡土比喻，充满魅力地呈现出来，让人很舒服地听了进去。这是一个憨厚朴实的村支书，几乎大字不识一斗，而那反应，那语气，那表达，却让我佩服得五体投地，至今印象深刻。之后所从事的工作中，总想像这位太行村支书那样，把理论语言变成大白话，说出的土话里有大道理，可怎么也学不像。不过，随着阅历增多，也慢慢悟出其中之道，那就是给别人一碗水，自己就得是一口井。

别看我口拙，没有表现欲，可岁月的历练，不得不让我学会讲话。这些年来，参加过大会交流，到过高校教室，为培训班作过讲座，不知是脸皮越来越厚，还是知识有了更多积累，反正那种上台生怯的感觉没有了，不管讲什么都能应景，都能得到一点掌声。当然，背后是有付出的，从来不是信口开河。每次都是根据对象不同，做相应准备，旨在能让人家听得懂，不白来。不过，这也有面子使然，虚荣心作祟。假如听课者心不在焉、交头接耳、跑来跑去，你坐在台上怎么想，瞎耽误人家工夫，那绝对难堪；假如台下一片寂静、个个洗耳恭听，你坐在台上一定洋洋得意，有秀才华的心态。为了这个面子，倒没坏处，只会想着把事情做到极好。做到极好的前提，是要下足功夫。工欲善其事，必先利其器。既然揽这个"瓷器活"，就要好好准备"金钢钻"。

通俗语言讲理论，其实是有不小挑战的。但我相信，只有这样才会有效果。大白话虽土，但充满智慧。其实党的创新理论，不少来自群众实践，并非书斋文人杜撰的，是实践上升到理论，继而理论指导实践。教育的目的，是让党的理论、路线、方针、政策能让每个党员熟知，继而内化于心、外化于行。因为有这样的认识，方觉得把理论讲得让群众看得见、摸得着是多么重要，这恰恰是党员干部应当具备的知识素养。

讲课内容通俗易懂是一个方面，其实讲课方式方法也很重要。有人说，讲课讲究艺术。面对这些从田间地头跑上来的老同志党员，需要秀艺术吗？像演讲那样口若悬河、慷慨激昂，显然不行，像戏剧那样声情并茂、花腔走板、娓娓道来，太假太空，也会让人反感。我参加过无数次的理论培训班，无数次聆听专家学者报告和讲话，无论主讲者多么语重心长、谆谆教诲，总觉得不够情真意切。世上最难的事情，是把自己的思想装到别人脑子里。有的内容要求千篇一律，空洞无物，讲的一大套理论，不像是讲给贯彻执行者的，倒是灌输给理论工作者的。听者云山雾罩，接着又是自上而下照葫芦画瓢，上下一般粗，培训了一批语言大师，纸上功夫者，却少了一批具体落实者。其实，这并不符合传达贯彻的真正意图。

课堂设在辖区单位会议室里。会议室很大，能容纳一百人。会场安排得很正式，显示屏打了会标，进场要签到，大家鱼贯而入找位置，不少人跟久别重逢似的，扎堆在一起，谈笑风生，气氛温馨暖人。

没等上课，人都到齐了。说是到齐了，只是下面座位坐满了。我并不知道能来多少人，这些人不好命令，全凭自觉自愿。负责召集的小陈只是微信群里发了通知，她大概心里有算，按惯例订了这么大的会场，要在平时，社区会议室也能应付。

能有这么多人来听课，我还是挺高兴的，至少给了我面子。当然不是我面子大，而是组织者考虑得周全。单从时间上看，错开阴雨天，安排两个小时课，安排早了不行，结束晚了也不行，上午早了，人到不齐，有部分还在买菜的路上，下午早了，上年纪的有午觉习惯，上午结束晚了，人留不住，半路有人会跑回去做饭，下午晚了，可能有人中途要回去接放学的孙子。我认为，迟到早退的情况很正常，如果内容是他们感兴趣的，至少中途没人退场或少退场。如果讲得精彩，像看戏一样，抓住他们的心，那也会钉在椅子上不动的。全凭我有多大能耐，他们就有多赏脸。这对我多少有些挑战，毕竟机关工作时间长了，有些脱离群众，想纠正官腔官调也不是容易的事。

我站在讲台一角，朝下望去，看到不少熟面孔，有村里的"老干部"，有社区工作的年轻社工，更多的是满脸沧桑、走路摇摆的老年人，一看像是经历过革命年代的。我不免感动，这些老同志，年事已高，不忘本色，是坚定的信仰者。我不好好上课，总有些对不起他们。后来了解，社区上党课、组织党日活动，这些老党员最积极。

大概时间到了，人也坐好了，有人咋咋呼呼地喊，开会啦！开会啦！果然会场一下子鸦雀无声。我不禁窃笑。社区里的人听课，叫开会。开会有点官方，但对那个年代的人，却听得很亲切，很管用。难怪好多人听到叫声，个个都变了样子，真像是开会，虽不正襟危坐，却也有洗耳恭听样儿。也许大家沉浸在那种开会的气氛中，可我倒不希望如此，我不想有居高临下的感觉，我只是跟大家分享一点学习心得，并不希望把我当成老式村干部模样。

过去村干部应该算是干部的，大概是村干部有调配资源的权力，别说通知开会这事不费劲，大喇叭一叫，奶孩子的、喂猪的，统统撂下，径直往指定地方跑。我小时候就经历过这样的事情，觉得这些人是神仙附体——披个军大衣，踏个自行车，样子特别威风，谁见了都得客客气气，生怕得罪了，被打入冷宫，村里人说，怠慢了他们，轻者也没好果子吃，找个理由扣你口粮，让你没处喊冤。我对这种干部是又怕又恨，立誓自己要是当了官，绝对要治治他们。之后一想，没关系没门路，甚至没好感，哪有资格当官，更不可能在村上当官。好在，社会变革飞快，没等我混出名堂，那个年代的人就被时代所淘汰。现在的村改叫社区，不仅是名称的变化，其实是观念的深刻变化。服务是社区存在的必要，既然是服务，便没有上下级，你的威信完全取决于你的服务水平，你不讲道理、不办实事，居民就不买账，服务不满意，可以投诉你，也可以当面斥责你。当然，现实也有懂得感恩的，你敬人一尺，人敬你一丈，但远远不是靠权威，而是靠口碑。我希望我的课，我的态度，让大家对干部的称呼作重新定义。

从他们的眼神里，我看到他们对我是有期待的。我既按备课剥笋式地讲，又根据反应调整语气节奏，总体上看，他们是接受的，是真的听进去了。

我是带着问答式的方式介绍中国式现代化的。我知道，那个年代过来的人，对"现代化"一词并不陌生。七十年代，有"四个现代化"口号，把楼上楼下、电灯电话作为普通人进入现代化的标志。本世纪初，作为发达地区的苏南，也提出了现代化目标，言辞谨慎，叫"初步实现现代化"。在第一个百年实现全面小康社会之时，党又提出第二个百年奋斗目标，就是实现中国式现代化，实现中华民族伟大复兴。这个现代化，显然是有了真正意义的现代化。

现代化是人类追求的理想目标。单纯就词讲词，是抽象的、概念化的。面对普通人，可以描绘一个现代化的前景，很难说他对这样的前景感兴趣，许多人只在乎眼前实际。最好的办法是让大家从眼前实际中感受现代化，就像一块蛋糕没有看到，却能闻到诱人的味道。这要联系每个家庭、每个人的变化，联系周边的美好，联系这块土地，由此联系到历史演变、社会变迁。这是一个宏大的叙述，但同样可以抽丝剥茧，言简意赅。不讲"来时的路"，就难切入到"初心使命"里，就达不到上课的目的。

我想到，人类社会进化阶段，从刀耕火种，靠天吃饭，到工业革命改变衣食住行，再到今天智能技术改变生产生活方式，经历了一个个曲折复杂的发展历程。我带大家穿行于历史长廊里，感知百年来仁人志士的艰辛求索，感知改革开放迸发的力量。聆听西方文艺复兴、启蒙运动、工业革命、科学技术之后，现代化席卷全球的浪涛声，触摸我们的先驱所进行的洋务运动、戊戌变法、民国新生活运动。感受无锡荣氏、周氏等民族工商业者，也正是在这样的时代背景下夹缝中生长的不屈力量。尽管这个时期遭受西方列强的侵略和践踏，但推进社会文明从没停止过，民主平等意识开始唤醒，工商文明得到启蒙，公共事业引起重视，兴办了一批医院、学校，普通人也有了受教育的权利。讲到这些时，我特别举了一个不雅的例子——拉屎撒尿。古代没有公共厕所，拉撒问题是没人管的，房前屋后，户外野地，随心所欲，进入现代文明，这便是公共卫生问题，那就要管了。近代稍有进步，马桶成了排泄工具，城市出现了收运粪便的清道夫、淘粪工，拉撒问题有了处理渠道。当年无锡城几乎看不到公厕，北门城墙根下，每到清晨，男女老少争先恐后，一溜光白屁股照得发亮，只为蹲在那里内急，引得狗鼠蝇等野物争相吞食，场面一片欢腾。现在看来，这种不文明行为实在令人不齿。这个故事没有实据，只在野史有记载，但大家相信了。当年城里人吃喝拉撒的确成问题。新中国建立后，经历新民主主义革命、社会主义建设和改革开放，才让现代化的蓝图渐渐清晰，也就是说比任何时候都更接近目标的实现。从物质条件看，土灶柴火变成了电炉气具，茅坑尿桶变成了抽水马桶，交通出行经历了自行车、公共汽车、高速公铁、飞机和私家车的不断演进，可以说，一跃千年，许多生活方式一念之间进入现代文明。我们用了四十年时间，走完了西方发达国家四百年经历的过程，创造了人类奇迹。而人的思想观念也在不断更新中走向更加先进的文明。

我讲这个问题，意图很明确，是想通过历史纵深的演进，加深对现代化的认识。通常看来，人类追求的现代化是：器物＋制度＋文化。物质上的现代化，大家看得见、摸得着，一说就懂。而制度和文化，似乎抽象，其实跟每个人息息相关。比如吃喝拉撒里就有文化。前面提到了随地大小便问题，在今天看来是个陋习，数千年来是习惯，当习惯变成行为，行为便转化成文化，固化在人的思想里。我说了一个笑话，那个年代，造反派头子霸占一洋房，发现抽水马桶浪费水电，且使用不习惯，便找人敲掉，改成了旱厕所，据说闻着臭味，睡觉也踏实了。简单的拉撒问题，也是文明不断渐进的过程。没有抽水马桶的时候，人们上茅房公厕，没有公厕的时候，可能就会随地大小便。现在连公厕都不叫公厕，而叫洗手间或盥洗室，男女分开，头像区别，不少带有"观瀑亭""听雨轩"和"擎天门""芳草阁"这样的雅名，让如厕变得有文化。现在连农村都进行"厕所革命"，逐步用上了抽水马桶，适应了这样的耗水耗电，习惯了使用抽纸和便后洗手，这是文明的进步。所以，现代化是每个人的事，是大家值得关心并为之努力的事。

涉及文化方面的现代化，便自然而然引申到"中国式"。为什么我们的现代化要加上"中国式"，说明现代化并非只是西方发达国家普遍认可的一种模式，现代化可以多种多样。之所以前缀"中国式"，说明我们追求的现代化是跟西方现代化有区别的，这与国情有关，涉及制度和文化的不同。说制度，我们是社会主义制度，公有制为主体，显然比资本主义制度有优越性。说文化，中国有五千年的传统文化，其人本思想是"人之初，性本善"，而西方推崇的宗教，是"人生而恶之"为前提，诸如此类，之所以中华传统文化历久弥新，在于它是人类智慧的结晶。文化影响到文明形态和生活方式，跟西方的区别，不仅仅是面包黄油和米饭大蒜的口味不同，肯德基和盖浇饭一样可以满足味觉，麻辣火锅一旦走出国门，同样受到欢迎，尽管很辣，辣得无法下口，人们照样乐此不疲。这说明，文化会影响生活方式。讲到这里的时候，我看到了大家眼神的专注，这样通俗的比方，想必他们接受了。

现代化本身是最为先进的文明，必须遵循传统历史发展逻辑，因而我们不可能丢弃这样好的制度和文化，去照搬照抄西方那套现代化。这个结论是讲课内容的核心。

既然是自己特色的现代化，那我们可以自豪地说，中国式现代化创造了人类文明的新形态。是优于人们认知的现代化，是超越当今西方式现代化的现代化。这个问题不容易讲透，但描绘的中国式现代化所表现的"五个特征"，足以体现现代化的本质内涵。而讲"五个特征"，才让大家对"中国式"有更深的理解和把握。

我国是人口大国，十四亿人，五十六个民族，这么庞大的人口基数，解决吃饭问题，就是一个了不起的事情。人口既是资源，也是负担，绕不开教育、医疗、就业、养老等问题，而这些代表现代化水平的需求实现，需要经济实力和技术力量支撑。纵观全国发展水平，尽管不再如许多年前所说的"东部像欧洲，西部像非洲"，但地区差距仍很明显。这是一个不争的事实，也是长期面对的现实，只有西部或说多民族地区达到现代化目标，才是真正的现代化。从全面脱贫，全面建成小康社会这一实践可以坚信，这一目标是可以实现的，也一定能够实现。

更令人振奋的是，中国式现代化是共同富裕下的现代化，这更是一个了不起的愿景。共同富裕，不是平均主义"大锅饭"，也不是西方所谓的高福利社会，是全体人民共同富裕，而不是一个人、一个地方富裕。共同富裕是一个美好的制度设计，重在"规范收入分配秩序，扩大中等收入群体"，形成橄榄形社会结构。共同富裕不是天上掉下来的，需要全体人民的共同奋斗。既然要奋斗，就会有竞争，社会缺少竞争就缺乏活力，就会停滞发展，最后的结果是共同贫困。有竞争就有优胜劣汰，强调共同富裕的同时，则要鼓励公平竞争，让劳动者有公平参与的机会和能力。说到这里，我想起时下的热词"卷"，给大家分享我对"卷"的看法，告诉大家"卷"既有利竞争，也造成人才资源浪费，"卷"不可避免，平衡"卷"与不"卷"，不仅要有好的制度，还要有提升自己的空间。人的全面发展，仍是中国式现代化的应有之义，没有人的现代化，就无法说通现代化。当然，人与人之间是存在差异的，身边的老弱病残，我们怎么保障，对那些具有劳动能力却"躺平"的人，怎么调动起来，这些都是需要面对的。

谈到这里时，我顺便介绍了相关就业、养老、医疗等方面新的政策，这让会场的气氛活跃起来。看来，许多人并未走出自己的空间，国家好多惠民举措，他们并不了解。可见我们的同志非常善良，他们遇到难处几乎自己扛，从不想着给政府和社会添麻烦。

时间过去了一个多小时，我对后半部分的讲解内容做了调整，突出介绍的当前民生保障前景，并留些时间用于提问。果然，没等结束，一群人围拢过来，咨询如何接续社保、如何办理失能高龄老人照护险、残疾人护理补贴应符合哪些条件等相关问题，许多问题跳出了我的专业范围，但我还是认真地倾听，并给出建议，我反复叮嘱，涉及具体问题可以到社区来，让社区干部详细讲解，他们似乎吃了定心丸，带着微笑离开了会场。

事后，我进行了复盘，总的感到，讲述还是接地气的，内容便于理解，至于他们有没有认识的提升，不得而知。不过，这些老党员认真学习的态度是值得尊敬的，可见他们对党的忠诚是朴素的，是本色的，没有丝毫粉饰。他们不由得让我感慨，正是这些生活在群众身边的普通党员，影响和带动着普通群众，才有了改革发展这样的大好形势。

## 社会理疗师

我对"社工"这个称呼，有着特别好感。不仅因于他们与我工作相伴，更重要的是他们专业而有朝气，尤其社区社工，似乎是人间烟火里的一抹红，给人以期望，给人以温情。于是，社工总是我涂鸦里的主角。

多年前，因于感动，我曾不自量力写过赞美社工的歌，歌名叫《小巷大爱》，内容是：我是一把小伞／风雨中为你遮挡／失意的人生少不了温馨陪伴／我是一叶小枝／烈日里给你清凉／烦恼的人生少不了温馨陪伴／我是一滴露珠／渴望时滋润心田／无助的人生少不了温馨陪伴／总有些酸甜苦辣要品尝／总有些艰辛苦难要承担／老人的笑脸是最好的奖赏／孩子的欢跃是最大的心愿／百姓的致谢是最好的答卷／人间自有真情在／助人自助我的爱。没想到有位音乐教授为此谱了曲，专门请全国青歌赛冠军演唱过。可因为小众，也因为过于普通，没能流行。但于我而言，恰是值得纪念的。

"社工"名字，算是舶来品，本世纪初进入中国，便大行其道。其实，社工不是神秘的字眼，它是社会工作者的简称，只是我们不这样称呼而已。当乡村和街巷的叫法被社区取代，特别是国家认定社工师这一职称后，社工的地位由此确认。某种意义上看，社工即是社工师，同教师、律师、心理咨询师职业性质相当，属于社会专业服务从业者。只是作为新生事物，人们对它有个接受过程。

在我看来，无论怎样的社会制度，社会系统既需要"防火墙"，也要有"润滑剂"。在社会学家眼里，社工师是"社会理疗师"。社工的专业技巧和理念，有助于调节利益关系、调处社会矛盾、修复社会功能、疏通社情民意。一个文明而健全的社会，是需要专业社工介入服务的。

近些年来，我们看到了这一可喜变化，从事社区服务的年轻人更多地接受了社工专业培训，取得了社工师职业资格；各地建立的社工节或社工日，扩大了社工的影响力，增强了社工的荣誉感和责任感；政府服务外包让渡社工机构，从机制上逐步得到保障，为社工的发展提供了广阔空间，越来越多的社工人才脱颖而出，传统的管理服务正被专业精准的柔性治理和服务所替代。

窥一斑而知全豹。梁丰社区作为全国千千万万个基层社区之一，一批年轻社工敬业专业的精神，让我由衷地为他们高兴，庆幸他们身处新时代，庆幸他们有施展才华的舞台。前不久，民政系统开展"最美社工"评选，袁非书记被评为"江苏最美社工"。虽然这份荣誉并没有给她带来生活变化，但她也坦言，社工价值得到了肯定，个人有成就感。

小袁书记是大学毕业后考入到社区工作的，那时她没有多想，只是觉得在家门口工作，方便、轻松、稳定，之后发现社区工作并非想象中那么简单。在一般人眼里，社区干的是婆婆妈妈的事，年轻人特别是年轻大学生到社区，有点大材小用。事实上，那时社区工作者大多是大爷大妈，很少看到年轻人。即便有年轻人，也都被人带着异样的眼光看待，大有瞧不起之意。小袁工作的时候，国家推行社工师考试制度，她轻松地获得初级社工师资格，之后又通过了中级社工师考试。十多年的学习和实践，她从普通工作人员干起，被居民选举为居委副主任、主任，推举为总支委员、副书记、书记，一步一步得到成长。我鼓励她，在梁丰社区执掌近五千户、万人之众、域内七百多家企业和工商户，且每年有千万元营收，相当于西部一个乡镇或是边远县的资源，权力和责任不亚于县乡书记。言外之意，肯定她的能力和素质。我跟她交流比较多，谈及社工与居委干部的区别时，她引用了不少比方，她认为社工和居委干部是不一样的，相当于读书人和不读书人表达不一样，城里人和乡下人见识不一样，室内和野外看到的不一样，眼睛目击的和心灵感受的不一样。她接受过社工专业训练，做事情有同理心，工作中很少带有行政命令色彩，尽管大多是行政事务，但力求沟通说服。看得出，她把社工理念融入行政管理和社会服务中了。

现阶段，社工服务已经拓展到社区工作的方方面面，不再是专业技巧和理念那样刻板而单纯。我这里所说的"全能社工"，远非一般意义理解的社工技能，而是"多面手""全能王"。不说十八般武艺样样精通，却是要七不离八地掌握。上面千条线，下面一根针，社工就是穿针引线人。有年轻社工自我调侃，在社区工作要上得厅堂、下得厨房，要兵来将挡、水来土掩，没有几把刷子，是吃不开的。社区是小社会，老弱病残、三教九流、贩夫走卒，各式人等，诉求不一；社区是大舞台，你方唱罢我登场，纷纷攘攘，一地鸡毛，等待着人来收场。由此可见，社区事务很难用程式化套路处理。

面对社会现实，社工必须学会各种"生存"技法，当然也有更多的机会学习和展示才艺和技能。仅我知道的业务和技能培训，每月有安排，人人都有机会参加。各类培训让社工们学会了人工呼吸、消防救援、救灾抢险，学会了核酸检测、食品安全检验，判断过期食品和蔬菜残留药物，学会了修马桶、装电器、修电脑，学会了搞策划、做文案、做道具，学会了当主持、做演员、搞表演，只要上级有要求，居民有需求，社工就能拉得出，用得上。

事实上，有的技能是有用场的。前不久，新街花园小区发生一起车祸，私家车冲进盲区，与驾驶电动车老人相撞，私家车前脸变形、保险杠脱落，电动车七零八落、散落一地，而老人却被抛到五米开外。现场勘查，双方速度都不慢，作用力和反作用力都大。社工小薛和小张赶到现场时，目击者、围观者一层加一层，公说公有理，婆说婆有理，都在论是非责任，就是没人关心老人的伤情。眼看老人不能动弹，俩人先是问了问老人的伤，老人不能说话，一脸疼痛的表情。他们责令肇事车主呼叫120，紧接着轻轻地把老人安放躺平，一套专业的检查护理之后，等待救护车送医院全面检查治疗。急救人员到场后，看到伤者已作简单处置，马上顺势拉到医院抢救，老人颈椎粉碎性骨折，好在没有造成二次伤害。之后家属来社区感谢，说车祸撞成这样，不是现场进行正确处置，可能就残废了。社区从这起事故中得到启示，专门请红十字会人员来社区培训，居民们自发地参加听课操练。用他们的说法，宁可备而不用，不能用而无备。

近年来，社区文化建设提上了重要日程，按照部署的目标任务，像梁丰这样的社区，每年文化活动不少于一百场，参加人员不少于一万人次。按往常，社区开展文化活动基本上依靠第三方来做，社区提思路，第三方搞策划、派演员、做舞美，承包整个活动。文化活动被量化出指标后，如果继续这样的方式，单费用就以百万计，别说纯城市社区无力承担，就是梁丰这类自有财力不错的社区也是不小的负担。当然文化活动有多种多样，全在于统计口径。梁丰有舞蹈队、太极拳队、击剑队，还有松散型的老年合唱团、老年乐队，基本上老年人为主体，自娱自乐，社区提供场地，适当引导，有需要时他们统一行动，当"代表队"出巡各活动场所，甚至参加比赛。但老年人活动不能完全代表社区文化。我中肯地提出，社区活动是自己的事，社会应该唱主角，年轻社工越来越多，应该给他们展示才华的机会。再说，算一笔经济账，肥水不流外人田。起初大家一筹莫展，一是没时间准备，各条线事务繁杂，难以抽身，很多时候是白加黑、五加二，工作连轴转，普遍没兴致；二是没有文艺细胞，难为情，怕献丑，有畏难情绪。我给大家剖析，工作加班加点，自然精神可嘉，但也说明工作效率低，文化活动也是社区工作的一部分，磨刀不误砍柴工，劳逸结合可以事半功倍；社区文化活动不仅仅是服务居民，也是提升自己，即便没有文艺细胞，也要培养文艺兴趣，要给自己提供锻炼的舞台。我私下了解，年轻社工里确有会唱歌、会弹琴的，有的在学校是文艺骨干，闲时喜欢泡吧，他们对文化活动不排斥，只是没机会。小袁书记直言年轻人锻炼机会是少了些，平时聊天慷慨激昂，正式发言磕磕巴巴，想找个参加上级演讲的都往后缩，说明平时锻炼少。

国庆节前，小袁书记突然跟我说，社区将举办一台文艺晚会。我问有没有自己人参与，她开心地告诉我，参加了就知道了。我中途去看了排练，果然出乎我的意料。正式演出时效果出奇地好，至今印象难忘。活动不仅给居民带来欢声笑语，而且让居民看到了社区干部的风采，同样我对他们也刮目相看。这是我看到的最草根、最接地气、最代表老百姓的节目，大家个个是好苗子，人人有才华。我要永远把他们记住：总策划——刘令小，研究生，入职一年；剧务——陈青，1994 年出生，社工入职五年，总支宣传委员；男主持——张争，1998 年出生，入职两年；女主持——张怡，00 后，入职一年。令我惊讶的是，负责救助的 70 后阿敏竟然出现在舞蹈表演队伍里，整齐划一，动作柔美，有板有眼，一看非一日之功；刚入职不久的张露一首《如愿》独唱，一下子镇住的现场，她那落落大方的台风，极具磁性的声音，如明星般举止，让台下观众如痴如醉。其间社区居民拿出的独奏、家庭合唱、集体舞，也让晚会增色不少。最后大家一起登台合唱《不忘初心》收官，尽管张兴男声领唱和兰青女声领唱不具专业，但看得出他们私底下已经磨合过。从未登台亮相的建国、阿涛等老同志悉数参加，不由得让我感慨。之后了解到，在我提议下，他们真当回事了，悄悄地组织在一起，连续半个月晚上练习，才有了这样的效果。

晚会结束后，我以个人经验，开心地做了点评，一来是鼓励，二来是期待他们更完美。我告诉张争，主持人形象很重要，身姿要直立挺拔，语气要抑扬顿挫。我发现他拿着话筒松松垮垮，说话颤抖，两腿分叉像圆规，大概是过度紧张的原因。听说之前参加街道的演讲，也有这种情况。我鼓励他，多练习，实在没机会，对着镜子练，三番五次，就不怯场了。我当着众人面夸赞张露有专业水准，大家才刨底说，她是绝对专业，在校园演唱会上就被追捧，大学十大校园歌手头魁。我指点大家说，你们看，没有这样的文化活动，这个歌星就埋没了，将来多推荐到更大舞台，为梁丰社区争光。几个社工见我说得头头是道，直夸我也专业，说应该请我策划导演。我笑笑拒绝说，没看过猪跑，总吃过猪肉，看得多了，就知道好赖了。经验很重要。接着因势利导启发大家：投入到表演中，效果是双向的，既娱乐了别人，也娱乐了自己，正所谓各美其美，美美与共。对自己而言，经常沉浸在急难愁盼的事务里，不免遇到负能量，作为服务者，需要传递正能量，这就需要学会调节自己的情绪，参加文化活动是最好的排遣方式。同时，也是一种历练。能在大舞台上从容自若，就能在众目睽睽之下泰然处之，将来面对群众、面对突发事件，就会以不急不躁的心态处置。

大家听了连连点头。我笑对小袁书记说，演出这么成功，让书记请吃消夜。将来文化活动就让他们自己策划，自己表演，把省下的钱，拿出来吃消夜。一旁的张兴说，已经准备好了。大家回头一看，三四手袋矿泉水和面包。

看到他们乐呵呵的表情，我顿觉鼻孔发酸。这是一群多么可爱的年轻人，他们都是独生子女，本有着各自的追求，却选择在社区从事最为基础的职业，又是那样不计付出和回报，一瓶水一块面包就知足。谁敢说，他们不是支撑国家未来的一代？

# 2. 期待——现代文明的理念重塑

没有尝过海水的人，是不会知道海水咸腥的；不懂得真理信仰的人，是很难理解粽子沾上墨汁也是甜的。这话不是什么名人名家说的，而是脑子里突然蹦出来的。陈望道蘸着墨汁吃粽子的故事，常常让我想起追求光明理想的一代先驱。

社会是一个复杂的系统形态。任何物质文明和发展方式的进步，都推动着社会结构、社会关系、社会功能和生活方式的变革。人不论是个体还是群体，无不受到这种变革的牵动和影响。

社会生活中，我们常常能发现这样的情况，小纠纷引发大矛盾，个体诉求演变成群体性诉求，隐性问题诱发为显现冲突。请注意，这里所讲的矛盾关系，不是敌我矛盾，甚至连人民内部矛盾都谈不上，充其量是利益关系的博弈，只是社会生活的内在矛盾。而这种矛盾诱因，归结起来，只能说是变革环境中生成的适应性障碍。

社区是居民共同生活的家园。现代化的设施、优美舒适的环境，固然能产生愉悦感，而邻里之间的和睦和友善，更能唤起对家园内在的热爱。当居民之间像家人一样相处时，那种幸福感是油然而生的。文明实践的推动，无疑是通过提高文明素养来弥补人们内心的渴望。在我看来，我们无法生活在真空里，就必须面对思想观念的变化和冲突，面对工作生活的艰辛和挫折，面对人际环境的纷扰和困惑，学会与世界和解，让自己自由呼吸。我们需要共同的核心价值观，需要与时代并驾齐驱的思想知识体系，只有具备现代公民意识、公共意识和公益精神，充满诚信友善、邻里互助、宽容尊重的人本情怀，才会感受到世界的纯净。

社区工作，说到底是做人的工作。人的工作是建立在共同认知基础上的有价值的服务。所谓"谈笑有鸿儒，往来无白丁"，是因为人与人之间的沟通取决于认知差异。由此推出，社区工作不仅仅是治理和服务，同时负有培育共同核心价值观的责任。换句话讲，只有构建起共同的核心价值观，才能实现治理和服务效益最大化，二者相辅相成。

讲求生活品质本无可厚非，而只求品质忽视对细节的尊重，则是对品质的亵渎，某种意义上是满足占有物质的欲望。其实生活的终极就是衣食住行、吃喝拉撒，人为设置多道工序，只是把生活过程拉长，把生活成本拉高，其中的目的，也许是让人活得有趣。这倒是不错的价值取向。一个人不仅要在乎生活质量，而且要在乎生命质量。生活的精致，在于体味生命的细节过程。一个聪明睿智的人，应该在细节生活的体验中，找到人生的幸福和乐趣所在，极度享受只会变得越发无聊，并没有幸福可言。


# 打造围炉篝火


老无锡县衙门楣有一副对联，上写着："能教民能养民便是亲民，不生事不懈事自然无事。"每每走过此地，都会驻足凝望，沉思良久。

这是出自孙中山先生文章词句，当年县长亲笔题写，近年来修复保留的匾联。把教民和养民视为亲民，应该说是善政的最高境界了。历代施政者重视对民众的教化，社会文明进步无不与教而化之息息相关。民国时期，基于社会形态的影响，推行新生活运动，把教化民众放在重要位置，改变了许多习以为常的生活顽疾，让社会走向文明开化。新中国成立后，从抓扫盲识字、反对封建迷信到普法教育，到今天普及高等教育、建设精神文明、健全法制保障，每一项举措，都使现代文明向前推进一步，这是了不起的成就。几千年维系的传统社会生活方式，在不到百年时间里得以改变。就在前二十年，人们并不认为随地吐痰、随便乱扔垃圾、随地大小便、横穿马路有什么不对，甚至司空见惯、见怪不怪，而今此状近乎绝迹，即便偶有犯者，也知道这样的行为是不文明的。人们只要讲到素质问题，那几乎算是严重的道德失范。可见人类创造的一切文明成果，需要与之相适应的人的素养来支撑。

一直以来，自上而下对培育共同核心价值观始终紧抓不放，为经济发展和社会和谐提供了强有力的思想和舆论保证。其中，社区教育发挥了不可替代的基础性作用。社区开设的道德讲堂、国学课堂，成为宣传先进文化和优秀传统文化的主阵地。面向新时代，有品质的文明生活进入一个新天地，无疑对人的文明素质提出了更高要求。社区作为人们生活的聚居地，无疑成为文明进步的风向标和试金石。

近年来，各地在总结公民道德教育基础上，推行建立了新时代文明实践基地，为学习传播先进理论、文明新风提供了平台。如何提高文明实践的成效，让居民百姓真正感受到文明熏陶，做到知行合一、以行践知，是个值得研究的课题。我们常讲，教育要因人而异、因材施教。对梁丰社区来说，居民大多是农民转化而来，普遍年龄大，文化程度低，认知能力弱，以说教灌输的方式，显然收效甚微，能不能找到一个居民喜闻乐见、寓教于乐的方式，让其在潜移默化中得到滋养和提升，也许是个不错的主意。

按照部署，社区计划打造新时代文明实践站。如果仅是完成上级任务，只要腾出房间布置一下，挂上牌子，是没问题的。只是对于梁丰这样一个混合型社区而言，一间房子是不能兼顾到全体居民的，更何况一间房子的文明实践是有局限的。在我看来，文明实践，重在实践，没有尝过海水的人，是不会知道海水咸腥的；一个不懂得真理的人，是很难理解粽子沾上墨汁也是甜的。我主张大家发散思维，不要拘泥于名称怎么叫，也不要仿效别人怎么做，立足社区实际，开拓更广阔的空间，让文明实践的元素更多元、更便捷、更具吸引力。就像冬夜里的一堆篝火，能够吸引人们自发地围坐一起。

恰逢新街花园小区内部游园升级改造完成，这个面积近万平方米的游园，是社区居民休憩娱乐的绝佳去处，在这里注入文明实践功能，沉浸式体验先进文化和时代精神，该是多么有创意的事情啊！共识很快达成，党总支、居委会、合作社和物业公司各司其职，仅半年时间，一个具有标杆意义的文明实践园就此诞生。

现在人们看到，长廊不再只是遮风避雨、闲坐扯空的地方，壁柱布展的文明公约、传统家风家规、孝老爱亲名言，图文并茂，尽收眼底；四角亭旁的法治教育园地，以图说法，简洁明快，如余音绕梁；园内铺设的曲径通道，重新附加了新的内涵，定义为领航步道。徜徉在清洁幽静的小路上，那些激励人、鼓舞人的寄语金句俯拾皆是，给人以力量。园区里，色彩斑斓的卡通塑像和文字牌匾错落有致，令人仿佛置身植物园、展览厅和图书馆，清新宜人之感扑面而来。

草坪周围竖插的四平方尺大小的彩绘小品，皆为别有趣味的书信。这是社区开展活动征集的，大多是居民的内心独白。我驻足摘取其中的几封：

> 写给家庭的信——TO 家庭：家庭是爱和笑的殿堂，有你有我有亲人，让我们共同呵护这个避风的港湾。
>
> 写给青年的信——TO 青年：你拥有蓄势待发的激情，施展才干的舞台无比广阔，实现梦想的前景无比光明。加油吧！朝着目标进发。
>
> 写给孩子的信——TO 孩子：宝贝，家是你开启人生的摇篮。哭了，笑了，爸爸妈妈一直陪着你。
>
> 写给老人的信——TO 老人：您荣归故里，功成身退，回首过去都会露出自豪的笑容，让您的晚年幸福安康，是我们共同的愿望。
>
> 写给邻居的信——TO 邻居：远亲不如近邻，传递邻里温情，小小举动，都会让您感受暖意融融。

我不止一次地推荐这样的做法，内心由衷地赞叹年轻人的创意。简短的问候信，有善意，有温度，有种能把冰冷的心焐热，能把眼眶催湿的能量。

当然，游园点睛之笔，当数"丰小厢"。露天游园少一个书屋，重新建筑显然不行，联想到街头报亭是一代人的记忆，大家想到了以集装箱替代的办法。橙黄色的箱体，L字造型，点缀在游园中间，如飘动的彩旗，让人驻足亲近。大家为她取了个别号"丰小厢"。别看"丰小厢"面积不大，其蕴藏的资源不少。时下热门的书籍、报刊、视频，在这儿可以随心翻阅收看。

"丰小厢"作为便携式书屋的存在，初衷是方便居民阅读学习，而随着人气的不断提升，居民有了更多的需求。如今，"丰小厢"已成为梁丰社区文明实践的象征，承载着居民自我管理、自我服务、自我教育的功能，成了居民文明素养的试金石。

"丰小厢"越来越受到居民喜爱，主要是出于新鲜好奇。然而，随着时间推移，人们还能不能喜爱，这是个值得思考的问题。大家经过商量，除了定期开展活动、更新内容之外，应考虑建立一套常态化运行机制。目前，"丰小厢"正尝试跟区级线上时间银行打通，建立志愿服务积分体系，通过积分兑换实物方式，让更多居民参与进来，在志愿服务和公益活动中，增进居民归属感和凝聚力，让文明实践可观可感。

我在小区走访时，总少不了在此驻留。负责"丰小厢"日常管理的姚阿姨、诸阿姨、蒋阿姨都是些热心人，总会主动介绍近期安排的活动，把我当成检查工作似的，生怕有些不周。其实我倒是想在这儿多看看、多问问。看到她们洋溢着满脸笑容，自己内心有种感慨往外涌动。我知道，近期居民自发开办的传家宝展览，吸引了不少人气。一个老兵把当年抗美援朝的军功章、水壶、茶缸和军装捐献出来了，一个老师把他五十年来的剪报贴本一摞摞地摆放进来了，一位收藏爱好者把他珍藏的唱片机、收录机、老式挂钟也搬了进来。姚阿姨说，有个老木匠，家中收集了大量斧、锯、钳、铲、锥、凿、刨等各类型号的木工器具，愿意奉献出来，让年轻人见识见识，只因场地有限，我们只能往后排了。我笑着说，看来展览也要排档期了，只是你们要多辛苦些了。他们说，大家愿意。我顺便翻看着工作日志，看到已经皱褶的三本笔记本里签下的名字，才真正体会到她们的工作多么有意义。蒋阿姨告诉我，她们平时是六个人轮流倒班，主要是看管好图书、设备和陈列品，向来人介绍宣讲。每周自行安排一些活动，比如唱歌、演讲、才艺培训等，周末组织的织品非遗传承项目体验活动，连小朋友都被吸引进来。尽管空间很小，但很温馨。大家都是志愿服务，没有人讲价钱，觉得能为社区做点有益的事，挺有成就感的。

我再次看到，"丰小厢"的价值，是让文明实践的内涵得到了拓展延伸。最好的公民文明养成是潜移默化、言传身教、身体力行。当专家学者把沉浸式、体验感写在文章里时，梁丰人已经开始尝试，"丰小厢"等景观小品不正是沉浸式、体验感课堂的真实写照吗？热心社区服务的老年志愿者，以自己的义务奉献，表明建设文明社区的信心决心，这样的以身示范无疑对全体居民是最好的示范。

# 看不懂的习俗

在人类社会千百年的进化发展中，科学文明已经成为人类崇尚的主流，是人们精神文化生活的重要组成部分。然而，科学理念和先进思想的普及，并没能从根本上改变人们的精神世界和生活方式，传统习俗甚至传统陋习仍左右着人们的思想和行为，其中的风俗习惯很难用对错好坏来衡量，这已成为社区治理服务中的一大困扰。在此援引数例以为佐证。

## 麻将的麻烦

大概打麻将是庄户人家的重要娱乐活动。

我曾对新街花园小区一排麻将室感到好奇，好端端的店面商铺，接二连三开成麻将室，不到百米长的铺面，足有八九家，难道打麻将能有收入？一问便知，靠收场租费。难道麻将室比店铺生意好做吗？说是只勉强维持，大多图个热闹。也有麻将室摆着零售百货，或是店铺摆着麻将桌的，这大概是借打牌之机，顺便拉动一下消费，倒有点文化搭台、经济唱戏的味道。

村上麻将盛行，参与人群以老人为主，其次是家庭妇女。仅靠这些"3899"

部队，小打小闹十块八块来去，确实没多少营收，可商家和玩家却心照不宣，相互捧场。同事告诉我，此处一度禁赌查封过，可老头老太不依不饶，集体向社区示威，连一百岁的老阿婆都站台支持。社区无奈，只得游说警方，说这事不仅是安定团结问题，也是敬老尊老问题，请求人性化处理。最后警方还真做了变通，睁一只眼闭一只眼，不再定性为赌博行为，只是严格限制赌资额度，要求店家承诺不得以营利为目的，如引发矛盾纠纷，则彻底取缔，这才平息了风波。

殊不知，店家个个跟人精似的，不收费喝西北风呀，做公益也讲究成本，费水费电费场地，这钱总得羊毛出在羊身上吧。他们只是变了收费的手法，改抽份子为茶水费。这倒也得到大家的默认。玩家们彼此心有尺度，自行尽其提醒监督责任，但凡出现斤斤计较、吵吵嚷嚷的，一律先警告、后罚款、再驱离，基本保持住了友谊第一、比赛第二的局面。这种方式只是半公开半秘密地做。文创检查，他们往往是重点整治对象，一有风吹草动，会主动清理现场，关门歇业，绝不会为一时失策而影响长远。不过，店家少不了怨言，他们振振有词说，打麻将维护了和谐稳定，那些列入不受欢迎的人，都知道荣耻了，那些无事生非的人，没有了打歪主意的市场。在他们眼里，打麻将好像成了利国利民的好事。

老人打麻将真的一派祥和吗？不见得！同事列举了不少麻将场的悲喜情节。印象最深的，说是一老人因打麻将清一色"杠开"，激动之余，身子从座椅滑到地下，幸好抢救及时，没有送命，却中风瘫痪，为此，家人把店家和社区都告了；一老人打麻将要赖被揭发，恼羞成怒，一气之下打了人，惊动了社区和警方，结果赔偿三千元，差点吃了官司；一妇女终日迷恋打麻将，不事家务，还闹出了绯闻，结果夫妻关系破裂。同事说，这只是闹到社区投诉的，还有不少是私下调解的。尽管说打麻将是娱乐，可麻将赌博的属性没有变。麻将桌上出现的纠纷，看似与钱没有直接联系，却是赌徒心态导致的。这不由得令我慨叹，常言说，小赌怡情，大赌伤身，对于平时省俭习惯的老人来说，哪怕是十元八元，那也是一顿美美的早餐钱，输了自然心里不爽，赢了也只是暂时的兴奋，不管是输还是赢，都会勾起那份赌瘾。他们在为麻将室存活不断供血的同时，似乎也在检验自己的身心是否强大。

仅此看来，许多陋习不是说改就能改的，有个渐进过程。对于这样的认知，社区一时也拿不出好主意，只得装聋作哑，不做任何表态，既不提倡也不反对。我曾建议社区开设公共麻将室，多数同事摇头，说打麻将不带"小来来"没兴致，爱玩的人没有"小来来"也会打出脾气来，这种风气不能滋长。麻将究竟是糟粕还是国粹，没有权威定性，假如以"存在就是合理"而论，社区这样的态度，不失为一种权宜之计。除非新的娱乐方式取代麻将，否则打麻将之风刹不住。

## 阴间"救灾"

我曾亲历过阴间"救灾"的闹剧，尽管此事荒诞，事后却多了几分宽容。

这年五一长假，长辈老亲托人捎话，说是今年不同寻常，疫情肆虐，人间闹灾，恰逢闰四月，凶多吉少，阴间同样经历灾难，鬼神亡灵不得安定，民间已经兴起为故去亲人"救灾"活动，为体现对逝者先人的敬重，恳求参与祭祀。我内心是拒绝的，可嘴上还是答应了。

千百年来，斗转星移，革故鼎新，民间仍保留着逢年过节敬奉祖宗、烧香拜佛的风俗。人们明知道这种做法的愚昧，但仍不遗余力地践行着，生怕怠慢了祖宗，便会万劫不复似的。

有关阴间"救灾"的说法，早有耳闻，并不稀奇。古时就有"纳阴司钱粮"习俗，每到一个阶段就兴起焚纸钱帛镪，意在让鬼神丰衣足食。而时下流行的"救灾"，通常是女性主导，那些平时没有机会供香火的出嫁之女，特许回到娘家，给本姓列祖列宗磕头上供。从风俗上看，不同于年节的祭祀，而祭祀供品已不是简单的鱼肉饭菜，还需要点蜡敬香烧纸钱。当下科技为祭供增添了新的色彩，人间有的，阴间必须有，手机、彩电、洗衣机一应俱全，如此不足以表达"敬孝之心"，还可以配上香车宝马、别墅亭台，且包装考究，工艺精巧，只需简单展开，活脱脱一套富贵之家的必备。假使考虑祭供之人生前癖好，也会尽其满足。曾有一家妇人，专门上坟烧了些美女画像，引得邻里笑话了多日。至于冥币小到百元纸钞，大到百万支票，就差银行卡、支付宝之类的数字货币了。给予娘家先祖救济，不让他们过着"鬼"不聊生的"灾民"生活，也算是嫁出去的女子表达的心愿了。

已经作古半个世纪的奶奶，生前养育两儿三女，其中两个年逾八旬的老姑，虽是疾病缠身，行动不便，仍带着一堆儿女晚辈相聚到我家老屋，他们蹒跚地张罗着，丝毫不敢怠慢，作为后辈儿女只得言听计从，虔诚地照葫芦画瓢。老年人对传统礼仪的敬重，感染着后辈。磕头作揖、敬香烧纸，嘴里念叨着报平安、保平安之类的祝福辞，告知祭祀物品钱财是赈灾款项，可以尽情享用，其流程中规中矩，一道程序不能省略，似乎唯有这样才能心安。

耄耋之年的家母，拖着不便的身子，从外地赶回，和姨妈相约一起，前往她们的娘家，同样履行着这样一套做法。她们乐此不疲地忙碌着，虽有点好笑，但也觉得温暖。在她们看来，不信的东西既然有了传言，总归是个心结，花点小钱，也算是了却心愿。

在对待迷信和鬼神问题上，俗世社会是充满敬畏的。难怪人们在迫不及待地摆脱居家隔离和自我防护之时，奔走相告传递着"救灾"这样的信息，明知道这是哄人骗鬼的传言，仍随大流地跟风，比执行上面规定还坚决。俗话说，人不作鬼鬼自作。可见传统陋习潜在的蛊惑能量是不可小觑的，人们以此方式祭奠先祖，寄托哀思，倒也不便加以责备。但凡求得心理和精神抚慰的做法，比起邪教迷信似乎显得更有人性些。

其实，人是实用主义动物，只在乎当下的生老病死，很少有人关注逝者如何在另一个世界生活。关心死亡后的生活，倒也是一个有意思的命题。

民间自发生成这样的活动，是否与闰月年份增加到十三个月，比平常年份多出一个月有关，不得而知。如果牵强理解为，多出一个月的开支，才需救济救灾，倒也体现出智慧。

当文字中出现天堂和地狱的时候，人们便将信将疑存在两个世界：一个是阳间，是人类栖息之地，而另一个是阴间，是逝者灵魂安放的地方。人类代代繁衍生息，一茬一茬地出生，一茬一茬地变老，一茬一茬地死去，循环往复，没有穷尽。细细一想，人类其实挺可怜的，只是匆匆过往的旅行者，无法知道自己从哪里来，又去向何方，在啼哭中诞生，在挣扎中长大，在痛苦中消亡，能够留下的只有后辈人的念想。

恰逢双四闰月，春天看似还是那个春天，春光依然明媚，春风仍旧和煦，不过，因为疫情肆虐，民间制造这样的话题，恰是应和这个春天给人带来的那份悲情。疫情无端地夺走无数人的生命，更有那些抗疫牺牲的白衣天使，他们值得健在的人铭记和缅怀。祭奠他们，更体现了对天灾逝去者的敬重。

"救灾"是一个充满悲悯情怀的事情，接济逝者，其做法虽有点荒唐可笑，但也不失温情。迷信也罢，陋习也罢，至少展示出几个积极的方面：一是唤起人们的亲情乡情，对长年在家打拼，或是不常来往的亲戚，可以找到相聚的理由；二是维系家族关系，促进家庭和睦，老少三五代其乐融融，增进交流；三是珍视健康和生命。祭祀算得上一次直观的生死观教育，上年纪的人相互鼓励好好活着，享受生活，年轻的后生悟出奋斗带来的幸福，珍惜难得的美好时光。通过祭祀活动，人们对生命多了一份敬畏之心。

我是出于好奇和敬畏，陪同母亲回到乡下，一来跟沾亲带故的眷属们团圆一下，叙叙旧情；二来借机了解民俗，以便于甄别其中的真伪。了解发现，大家承认这是迷信传言，因为大家在做，所以也跟着做。有意思的是，民间这种习俗，倒是带火了村镇附近的饭店和商铺，阴间"救灾"成了人间聚会。有村干部说，这次抗疫捐款，每户一百元，不用动员，再不济的家庭也掏出这份爱心，人间救灾与阴间救灾同理同心。正应了孔子所说的，未能事人，焉能事鬼。

## 顽固的习惯

在社区里，常常看到这样的现象，有人不讲卫生到河沟里洗菜或汰衣，有人毫不躲闪地拎着水桶在巷道里洗车，有人做贼似的跑到垃圾房里翻捡东西，有人旁若无人地提着便桶往绿化丛里倒，诸如此类。这些人大多是上了年纪的妇女，从外表上看不像穷人。

看到他们的行为，我不由得想到生活习惯形成的痼疾。就拿本人来说，就有特别不雅的毛病，数十年如一日。

一张餐巾纸，可以来回地用，总想把它用到不能用为止；一根牙签，可以两头反复地捅，直到用到起了毛刺为止；一沓卫生纸，也得反复来回地擦，直到没有空白处为止……

我时常纠结这样的习惯，脑子里有过激烈的思想斗争，力求找出理由说服自己，却怎么也不能。就像我所看到的现象一样，尽管生活在现代社区里，有些习惯是不易改变的。

或许有人说，这就是节俭或吝啬。我强烈抗议，这跟节俭一个铜子不靠。况且这点东西不值得省俭，我的收入远能支撑这样的消费，区区纸巾、牙签只是生活开销的九牛一毛，自己并没有想去节俭，即使省俭，也不会在这种分文不值的东西上计较。自己不是为节约而节约的人，有时慷慨大方，有时抠抠搜搜，一毛不拔的事干过，挥金如土的事也干过。

有人说，这跟生活方式有关，勉强算有点道理。也许条件好了，人的生活越来越精致，生活中增设了许多程序。一来让生活有了情调，二来让生活更加健康。类似于餐巾纸、卫生纸和牙签之类的，则成了生活必需品，这在物质匮乏年代是无法想象的。既然过去是可有可无的东西，使用起来也便觉得可多可少、可大可小了。久而久之，许多生活习惯从附加的规矩变得约定俗成，而于我无可置否。吃喝拉撒，是无法抵挡的生理需求，如果在吃喝上追求点高级，倒是满足了肠胃，支撑了身体的营养，而在拉撒这个排泄问题上，弄得花样百出，似乎显得有些做作。排泄与生活质量无关，也就没必要在最低级的事情上用高级的方式来做。这或许反映出生活去繁就简的一面。说得直白点，是怕麻烦。

梁实秋说，人有"九孔"，无一不是藏污纳垢之处。人是爱干净的动物，再干净也离不开九孔的渗泄秽流。要不招人恶心，就得注意个人卫生。然而，许多不雅的"毛病"，仅当习惯也讲不通。习惯是什么？习惯来自养成，过惯了节俭生活的人，不想浪费。同时舆论倡导节俭，社会氛围的影响，会让习惯成自然。有句话说得好，不管一个人多么有能力消费，可资源是全社会所有人的。一根牙签，只是一根微不足道的竹签，并非逢餐必用，只是偶尔牙口出点状况，牙缝挑剔一下，一盒也只两三块钱，足够用上一年半载，不至于每每当成珍贵东西，单独置于方便之处，重复使用。一卷手纸，并不会另作他用，擦的是污秽便溺之物，有时反复折叠反而污了手指，本来图省事的，说不定闹来不省心且呕心。可这种得不偿失，并没有让我吃一堑长一智，过后仍是我行我素照此行事。就事论事，不能不说这是陋习。

细细想来，人们生活中的许多习惯，其实都与省俭有关，比如，提倡节约一度电、一滴水、一粒粮食，随手关灯、关水，吃尽碗里的饭菜；存款零存整取，购物精打细算；打电话控制五十九秒，绝不浪费分钟计费的时间等等。人们深知，肆意挥霍是可耻行为。这种微不足道的习惯，有时觉得是快乐而幸福的，并没有影响到生活品质。

节俭爱惜，固然是一种美德。作为贫穷生活过来的人，深知"一粥一饭，当思来之不易；半丝半缕，恒念物力维艰"，对浪费行为有所不耻。然而，时下消费主义盛行，日新月异的生活用品，正成为追求美好生活的合理需求，不能不说，当具备消费能力时，仍纠结于省着花销，显然是拙劣的节俭。当然，有的东西已经到了无法节俭的程度，比如过度包装。但凡是值钱的东西，包装特别考究，包装不仅仅是卖东西，某种意义上是艺术，可再艺术的包装，最后也成了垃圾。现在流行网上购物，快递外卖的包装同样包含着浪费，不管怎样的快递，不包裹得里三层外三层，不足以显示安全无损。我们处在这样的生活消费当中，想体现节俭的美德都没机会。

如果仅仅认为没有跟上生活方式的变化，又显得以偏概全。回顾人类社会发展历程，可以看到，原始生活直接跟自然界联系一起，刀耕火种，物竞天择，进入工业文明之后，人类生活出现质的飞跃，工具和技术成为生活的重要媒介。今天出生的人很难想象，他们的父辈曾是在没电、没油的时代度过的，过去的生活用品大多反复使用，少见一次性的，即使坏了损了，也是修复了再用。恰恰是那个年代，涌现出大批手艺人和工匠，垒灶、修炉、补锅、做桌椅板凳的，个个都是能工巧匠、身手不凡，连修伞、修鞋、搪瓷补碗都是专门的行当。如今，这样的手艺大多失传，工作生活进入快节奏，仅生活方式的变化即是革命性的，电灯代替了蜡烛，天然气代替了柴草，抽水马桶代替了旱厕……洗脸刷牙，饭前便后洗手，这些看似常识不过的事情，也被广泛接受。生产工具的更新，生活方式的改变，标志着社会文明进步，同时给生态环境造成不小的压力，简约生活不能不说弥足珍贵。

也许有人提出疑问，如果大家齐喑不消费，那哪来的经济发展和社会进步。依我之见，省俭生活是因为我们还不够富有，追求简约生活其实也是一种文明生活，用传统观念引导现代消费很有必要。人类不可能回到刀耕火种时代，不可能回到传统粗劣的生活状态中，再简约的极端主义者也不赞成砸了白瓷马桶改成茅坑，敲了燃气灶改烧柴火土灶。只是不能像晋代富豪石崇那样，在厕所旁侍列十位丽服藻饰的婢女，放置消臭煎粉沉香等物，连放个屁也要扒开裤子。许多省俭习惯，只是减少资源浪费，让有限的资源用在刀刃上。

现实生活中不难发现，不少人的行为习惯是与生俱来，长在骨头里的，就像天分四季、人知冷暖一样，不必驯化自然天成。不过，许多的习惯养成，是一个潜移默化、润物无声的过程，天生的优良品种，植根于优良土壤上，自然是果实饱满。微观世界里，人们发现，任何事物都是由复杂的细微粒子组成的，事物从细微之处萌芽，无数细节构成了事物。其实生活中的不少细节放大来看，每处细物都值得尊重和敬畏。一个人的为人和教养，不会因人而设，其背后有生活特质的影子。假如一个人在乎生活细节感受，可以说明这是个严谨的人，是一个有目标、有计划的人。许多的生活细节，折射出一个人的品行，私密生活尚且如此，平时表现便不会是刻意。这样的人懂得自律，表里如一，言行一致，完全发自内在。

## 宠物的尊严

"宠物热"现象，已经持续了数十年，且大有蔓延盛行之势，这无疑跟经济发展、生活水平提高有关。过去物资短缺的时代，别说猫狗是盘中之物，就是蛇鼠鸟虫也是果腹的食材。而今不少动物走进家庭，成了宠物，地位大大不同。

　　且说说猫狗两大宠物。猫走进寻常百姓之中，不再有捉鼠的功能，甚至失去了捉鼠的天性。常常听到的是猫戏老鼠、老鼠逗猫这样的新闻，一对死敌反成了好兄弟，这大概基于老鼠稀有的缘故。狗的境地更是大大地改善，从野外求生到看家护院，从发挥鸡鸣狗吠用场，到紧随主人尽献媚讨好之能事，完成了"狗生"三级跳。更为重要的是，狗一下子拥有了贵族身份，人们不再叫它狗，而是叫犬。狗的名字不雅，不好的名声总以狗来比方或形容，什么狗腿子、狗崽子，都是骂人的话，狗拿耗子多管闲事、狗改不了吃屎、狗皮膏药，都是不中听的比方，仅有的看家护院的忠诚优点，都被掩盖了。而犬则不一样，套上名犬、洋犬或家犬，再带一个品种洋名，取上一个小名，它就不再卑贱了，完全可以随心所欲地放肆开来，跟着主人摇头摆尾，登堂入室，见到生人则狗仗人势，连吼带蹦，好不威风。

　　宠物热的兴起，似乎唤起了人们的善良，于是，猫狗纷纷走进家庭，走进社区，大有与人共存共生的趋势。这是一个新情况，已经引起了城市管理者的关注，不少城市出台了相关管理条例，以规范其行为，可真正落到实处，却不是一件容易的事，由此引发的纠纷常常见诸报端。

　　我对动物没有偏好，总体保持包容的态度。女儿从小到大，养过狗，也养过猫，大都是原主人兴致过后厌烦，美其名曰，喜欢就抱去。于是，由寄养变成了豢养，给其养老送终。人们不堪其扰，我是有切肤之感的。至今家中仍有一只年老体衰的美短虎斑，已严重影响到了我的生活。每当嗔怪，夫人总会鄙视地说，怎么老是跟猫一般见识，不能心胸宽广一些。你说还能反驳什么。夫人闺蜜是爱猫一族，据传高峰时养了一屋子。夫人喜欢动物，闺蜜慷慨地把虎斑当礼物送给她，至今似乎还欠下这人情。虎斑还是幼崽时，倒是惹人喜爱，随着慢慢长大，问题来了，先是发情，每隔数月，上蹦下跳，声嘶力竭，家里的沙发、床垫被它挠得遍体鳞伤。之后又是脱毛生病，地上、桌上、床上，满是猫毛，有时屎尿失禁，到处乱拉乱撒，臭气比人屁还难闻，为了治眼疾，就差办理住院手续了。更让我无法忍受的是，冰箱里大半食品，是猫食，摆放家中的大部分东西，是猫器，供其娱乐健身，叫不出名字的各种奇特器材，几乎占满整个空间。虎斑在家里可以为所欲为，而我大气不敢喘，因为话题离不开困扰的猫。每当脾气发作时，不能跟猫一般见识，这话警示着我。夫人可以为家务叫苦叫累，唯独打理虎斑没一句怨言，我也只得迁就，她就这点爱好了，由着她吧。

## 狗事非小事

养猫已如此之烦，养狗更可想而知。猫是在私人空间里胡作非为，狗则不同，除了依偎在主人身边，更多的时间要在广阔天地里驰骋。大概狗也只剩下这么一点天性了。可狗毕竟是狗，面目狰狞，乱咬乱吼，充满杀机的形象，总让人厌而远之。对路人而言，十有八九，生怕惹祸上身，遭其毒咬。这当然是极端的个案，而给人心理上是有震慑的。狂犬尚敢吠日，人能不惧吗？

当然，狗成为宠物之后，似乎变得娇骄起来。如今的狗大多被主人视如己出，不是亲生胜似亲生，有的干脆不养儿不养老，花高价买回名犬当娃养。小到卷毛、泰迪，大到哈士奇、松狮、阿拉斯加，全是引进的洋种。主人再忙，也要花心思在狗身上，完成必要的养狗功课。

时常看到这样的场景，每当夜幕降临时，广场上、草坪里，来自小区四处的各种肤色名犬蜂拥而至，要么是人牵着狗走，要么是狗拽着人跑，狗模狗样，各领风骚，蔚为壮观。主人满脸洋溢着幸福，任凭其相互追逐，打情骂俏，你啃我舔，滚打一团，赤裸裸地挑逗，像是看一场西洋景，不时地向对方主人抛去暧昧的讪笑，似乎愉悦的不是狗，而是自己。还有更为可笑的，爱犬发情，专找女主调情，看似不离不弃，其企图昭然若揭。这样狼狈滑稽的场面，真令人作呕。由此可见，从狗身上找到乐趣，多少有点媚俗。

有个朋友养了一只哈士奇，黑白相间，高大威猛，纯德国种。之所以纯，是因为他的女儿在国外留学时，花钱买下的，又从国外托运回来的。原本以为它应该水土不服，没想到一套系列保障跟国际接轨后，让它活得有滋有味，很快融入异国他乡大家庭。朋友一家很有耐心，除了一日三餐正点饲喂，早晚还得准时拉出去溜达一圈，寒暑不差，风雨无阻。另外，每周坚持洗澡、理发，定时还要到宠物医院接受医疗服务。他们这样的付出，让我特别慨叹，跟他们探讨心得，才知他们的无奈，类似这样的非人类生灵，一旦沾上，只能面对，无法摆脱，只得养一天算一天，直到终老。

在我看来，人有人的活法，动物有动物的活法，人类永远无法理解动物的精神世界，动物未必理解人的思考和想法。那些自认为跟狗猫相处有了感情的说法，纯粹是对人的智商的侮辱。猫狗的行为是天生的，猫偷腥、狗吃屎是天性，至于是不是狗有狗语、猫有猫话，这也没有什么科学依据。当然，不排除狗通人性的说法，警犬、军犬、导盲犬等，确实给人类以帮助，这只仅仅是驯化下的一种特长而已，不能一概而论地认为，狗是万能的人类助手。否则真该骂成狗眼看人低，人不如狗了。

人对狗猫等宠物的偏爱，得益于生活条件好了，"仓廪实而知礼节，衣食足而知荣辱"，对动物的爱护，倒也说明人的良知的唤醒。大多数喜欢宠物者，总会认为这是爱心。在我看来，这倒未必，人总是自私的，不可能因为爱心而养宠物，需要爱心的地方多了。养宠物的人，有的宁愿在宠物身上挥霍，未必愿意拿出钱和时间来孝敬长辈、参加公益活动和志愿服务，为老弱病残者尽其力。唯一说得通的理由是满足自私，以此玩弄取悦，寻找精神抚慰，排解孤独，以此快乐陪伴。养宠物者并没有尊重和同情它们，让它们放任天性。最为残忍的是，为让它们不被情感困扰，大多采取阉割措施，彻底断了求偶念头。换位思考一下，猫狗的一生，因为取悦于人，进而没了交配的快乐，从此断子绝孙，这是何等不人道啊！

包括宠物在内的所有动物，都有其天然属性，它们在自然界自然生长，维持整个生态链，才让我们生活的地球多姿多彩，让人类生存充满更多的想象。今天倡导人与自然和谐共生，那是基于发展过程中给生态环境造成的伤害需要修复，并非倡导把动物豢养或驯化得为人类所利用。爱护保护动物，固然是一种文明美德，如果建立在他人生命安危之上，这种美德还不如说是缺德。

## 打狗看主人

狗走进家庭，走进社区之后，究竟扮演着什么角色，见仁见智。总的来看，喜欢的人则喜欢，厌恶的人则厌恶。当它像人一样懂事时，能够博得人的开心，人自然会去亲近它。当它像狼一样凶猛、像猪一样邋遢时，只能让人惧怕和憎恨，最后只会转嫁到对主人不满，甚者诱发纷争，人际关系交恶。此类情况，可以道德谴责，也可以法律规范，实在忍受不住，可以孟母三迁，退避三舍。惹不起，还躲不起吗！可碰到下面的情况，作为管理者，还真不知如何应对。

这是社区遇到的与狗有关的怪事，从中说明——狗是得罪不得的，得罪了狗，便是得罪了主人，狗的尊严是不容侵犯的，侵犯了狗，就是侵犯了狗主人，所以打狗、惹狗、耍狗还得看主人。

八月的一天，一对中年夫妇牵着两只卷毛犬，怒气冲冲地纵横在社区办事大厅里，不明就里地吼叫，强烈要求找领导理论。按常理，如果不是遭灭顶之灾，恐难想象那股恼羞成怒的样子。一般情形下，面对居民登门，社区工作人员都会笑脸相迎，可面对雷霆式的咆哮声，大家沉默了，甚至是惊悚后的寂静。老理说，有捡钱的，没捡骂的。夫妇二人歇斯底里一番，果然没人敢上前劝阻。可这事总不能没完没了，有人跑出去了。一溜烟工夫，张兴进来了。张兴是负责治保的副主任，类似这样的事情，总会是他出面处理。别看他年纪轻轻，调处矛盾纠纷倒是一把好手。他是天然的灭火器，人高马大，身材魁梧，长得弥勒似的，满脸堆笑，性子不紧不慢，看不出脾气，再火急火燎的事儿，经他出面，化干戈为玉帛。我时常拿他说笑，认为他最能团结群众，一是他态度和蔼，见人一脸亲；二是人高马大，也有威慑力，属于软硬通吃。

这对夫妇张兴也不熟识，但还是笑眯眯地迎上前去，先是劝住骂声，告诉他们天热息怒，公共场合注意形象，再说有事他来处理。夫妇二人见有领导出面，显然收敛了许多，但还是劈头盖脸地责问，出现偷盗失窃的事管不管？有没有哪条规定不让养狗？你们有什么权力处理狗的东西？你们还尊重不尊重居民的权益？一连串的责问，让张兴翻着白眼，无法回应，只得点头让他们一件一件地说。有人递来一纸杯凉水，让他们润润嗓子，消消气。这杯水大有深意，夫妇二人马上软了下来，像是当场浇灭了火势。按说，用水润嗓子，等于火上浇油，可以变本加厉地声嘶力竭。这对夫妇没有，说明他们的情绪还算正常，不是那种变态得理不让人的人。

好多时候，这么一个细微的举动，能够温暖或软化情绪。社区年轻人基本懂得了人际心理学，遇到这样的事情，都是一杯水、一把椅子、一句问候就能开个好头。情绪稍稍稳定的二人，开始了你一言我一语的控诉大会。

其实，所谓偷盗、狗、权益，没那么复杂，串起来就是一件事。这对夫妇厉害，把一件鸡毛蒜皮事，上升到一定高度理论，把简单事变成复杂的几件事看待，没有那种精明算计是难做到的。原来他们家养了两只卷毛犬，近来发现楼下的拴狗绳连同狗盆不见了。他们怀疑有人恶作剧，之后觉得是有人故意找事，于是越想越暴跳如雷。这哪是对养狗不满，分明是对狗主人发出的挑战。他们先往狠里说，小区出现偷盗行为，你们还管不管？他们认为只有失窃，才够得上刑事责任，自然会引起重视。张兴问，报110没有？要是盗窃，第一时间要报案的，只有警方有权处理。他们说，也没那么严重，但行为很恶劣。接着，便把狗绳丢失的事说了一遍。张兴说，这么多年来，小区还没听说谁家失窃过，从法律上讲入户盗窃算是偷盗，如果在公共场所丢了东西，充其量是顺手牵羊，除非狗绳很金贵，不然警方也不会上门的。他们说，东西不值钱，也不会有人要，一定是有人故意找事。张兴说，有没有这种可能，你的狗拴在楼下，邻居们进出受影响，把绳解了扔了，也是希望不要把狗拴在楼下，这种可能性也许是存在的。他们说，狗拴在楼下这么些年，没谁提出过异议，他们一家一家问过了，都说没有，邻居不会跟狗计较的。张兴坏笑地说，不会自己长腿飞了吧。他们立刻变了脸色，别给我嬉皮笑脸的，我们知道了，是社区人看不惯收了。你把这个人交出来，不给我们说法，这事没完。张兴这才意识到，事情绕来绕去，还是在工作人员这儿。便说，这事我来问问，过后再给你答复。男主趾高气扬地说，好歹我也是有身份的人，打狗也得看主人，不能看到什么不顺眼都干预呀，我们倒不在乎狗绳丢失，而在于对我们的尊重。此时，大厅里的气氛一下子缓解下来。有年轻人说，那大伯一定是领导了，我们哪儿做得不对，你多多批评。男主说，谈不上什么领导，好歹也是管着十几个人的经理。如果狗绳是你们解了，那就拴到原来位置上。不过这事你们以后不能这样处理，要解也要征求主人意见。张兴听着点头赔不是，一心想着消解不满情绪，也顾不上问此事的来龙去脉。此时，他的确不知道其中的缘由，他要问问清楚，才能给出答复。

劝走狗主人后，张兴问大家怎么回事。有人低声告诉说，这段时间搞文创，网格员见拴着的狗绳没人管，便解开来连同狗盆扔了，顺便把楼角打扫干净了，这不是为他们好吗？张兴一听心里有了数，便安抚大家说，这事做得没错，关键是遇上这样的狗主。

我回社区的时候，吵闹已经结束，只看到夫妇二人出了门，男的牵着黄卷毛，女的抱着白卷毛，气鼓鼓的样子。这种情况对社区人员而言见怪不怪，可对我来说，却是稀罕。心想，怎么能把狗弄到办公场所来呢，公共场所遛狗养宠物，还有规矩没有。本想责怪大家，可一看他们满脸怒气，便不再说什么，只得问问情况，一问才知，刚刚因狗上演了一场戏。大家气愤难平，纷纷议论起这样的人和狗来。为了狗绳狗盆，一早大闹，扛着自己是领导的牌子，吓唬谁！打狗看主人，主人那副腔调，不看也罢，看了恨不能一起！这事就不要理他，看他能闹出什么花样来！我听了心里发笑，但还是安慰大家，林子大了什么鸟都有，也许他要的是面子和尊严，或许男的做给女的看，或许女的做给男的看，找不到台阶，你们就成了台阶，也许发一通火，事情就不难解决了。接着，我幼稚地问，那狗绳还能找到吗？有人马上说，这脏兮兮的狗绳早进了垃圾焚烧场了，到哪儿找？难不成买一根赔他们。大家异口同声拒绝，声明不能让这种歪风滋长。

尽管事情不了了之，可还是让我想了好多。眼下社区狗患成灾，几乎超三分之一的人家养着猫狗，由此干扰了他人生活。即使养猫狗的人，也有不满，这种不满，多数是"只许周公放火，不许百姓点灯"。尤其是高大威猛的狗，见人一脸凶相，令人发怵，完全是主人的打手模样，近乎威胁到人身安全，回家的心情就被这样糟蹋，难说言行不会有冲动。至于让狗撒泼打滚、乱拉乱尿，令环境不堪入目，只得咬着牙，睁一只眼闭一只眼。能怎么办，总不能跟狗斗气吧。

人不会跟狗计较，狗的行为往往映照出主人的教养，本来牵着爱犬出门炫耀的，结果被人投以鄙视的目光，怎么说内心也不爽快。这里有两种情况，一种人的确把狗当人养，舍得花工夫和开销打理，连狗出门都照应得跟娃儿似的，生怕摔伤跌倒，或受同类欺负。另一种人只把狗当玩物，只管牵着或吆喝着，放任其乱拉乱啃，浑身污垢，腌臜邋遢，全然不顾，有的无精打采一看就是带病的狗，路人看见生怕传染上疾病，讨厌憎恨全放在脸上，不知主人会是什么心情。有的连主人都一脸的嫌弃，活得比狗还低下，如丧家之犬一般，好像自己的不幸是狗造成的，却又把狗当宝贝一样。相比之下，这种狗的处境又比流浪狗强不少。如今流浪狗患也成了社会问题，一方面爱狗人士禁止捕杀，一方面又放纵流浪狗的存在。有好心人试图收养流浪狗猫，可又苦于无场地无保障。这样的对立矛盾实在找不出解决的钥匙，只得靠包容理解和耐心说服。

## 狗墓碑惹是非

关于狗，总有说不完的是非曲直。如何对待狗等宠物的生老病死，大多主人没有认真深究过。在梁丰社区，就遇到这样的奇葩事，进而产生了不小的纠纷。

一段时间，西区5栋103室的刘阿婆悲愤交加。悲的是，老伴去世，一下子变得无依无靠了，尽管老伴长年卧床，可毕竟家里有人气，老伴一走，孤零零的，内心比劳累还痛苦，生活没了着落，连吃饭都没味。愤的是，窗前草丛里，不知何时隆起一馒头包，还插着一块牌子，她竟浑然不知，因为好心邻居提醒，等于在她受伤的心口剜了一刀，让她痛不欲生。

刘阿婆是个老实人，从来不善跟人交流，骂人的话，更是出不了口。她倚坐在楼道口，见有邻居来往，便把抽泣的声音拉长拉高，直到尖厉得如蝉鸣，只为求得大家关注。邻居先是以为她为失去丈夫悲伤，劝其节哀，人死不能复生，日子要靠自己过。当她结结巴巴说有人欺负她时，才知她为窗前草坪冒出的土包痛恨叫屈。好心的邻居现场一看，果然是个小坟头，关键是插着一块纸牌，上面隐隐约约有一行字，还带有英文名字及生卒。这一消息很快传开，在西区两栋楼里炸了锅。有人联想起刘阿婆老伴之死，觉得有人不安好心作恶，诅咒邻居们不得好生。邻居们纷纷痛骂缺德鬼、丧门星、不得好死，扬言要替刘阿婆揪出当事人来，讨说法，要补偿。

这事通过110报警惊动了警方，警察赶到现场，果断判定不是什么刑事案件，连民事纠纷都谈不上，只得嘱咐社区协调处理。刘阿婆被好心邻居们带到了社区，义愤填膺地替她申冤，在场的人觉得事情蹊跷又稀奇，不由得同情起来。可事情总得要解决，首先要查明是谁家干的。张兴和张争先是安慰，叫来物业公司老李，一起到现场勘查。果然，事实如所描述的一样。好在牌子只是不大的硬纸板，上面写着中英两种文字，不像立着的墓碑，因为雨打露浸的原因，其中的字迹模糊不清，连猜带蒙大概弄清是宠物的名字、生卒，倒是没看到生平丰功伟绩，以及永垂不朽或千古之类的字。可谁也不能肯定它是动物尸体，还是布娃娃。

这类事情既是奇葩笑话，又是恶作剧，说大就大，说小就小。往小处说，是小孩过家家的游戏。往大处说，是损害邻里关系的祸害。如果危言耸听说是人的器官或是尸体，那警方介入进来，列入刑事案件，深挖嫌疑人，小区里谁也逃不掉，很难说刘阿婆和好心邻居不被拎进去审讯一通。这全看刘阿婆放在什么水平上看待了。张兴本想让物业清理弄走，可刘阿婆不依，非得由当事人解决。看刘阿婆的架势，这事非得有说法，一旦跟老伴去世挂上钩，事情小不了，甚至可能对簿公堂。社区怎么管？大事化小，小事化了，邻里之间的事，协调说和一下，不是不可能，可刘阿婆要是认准这事跟死了老伴有关，解这个思想扣子的难度不会小。

社区几个人看了现场，听了刘阿婆诉求，对情况做着预判，旨在让大家心里有个应对之策。社区内部做了分工，先让老李调查宠物来源，张兴和负责老龄工作的阿涛几个登门安抚刘阿婆，平息抱打不平者的情绪，小陈等人做好舆情把控，必要的时候要请民警出面。

现在可以肯定是宠物犬了，而且还是外来物种。几个年轻人反复中译英、英译中，弄清了它是南美名犬。下一步就是有针对性地确认主人了。狗主人怎么找？老李负责物业管理，成天在小区里转悠，类似于狗等宠物，虽也留心过，可真要对号入座一时也难。好在他练就了警方侦查的技巧，广泛发动，积极举报，拉网排查。先是从"好心邻居"入手，刘阿婆很大部分的怒气是"好心邻居"怂恿出来的，有几个不嫌事大的人总是要鸣不平，那让他们拿证据。老李话一出来，"好心邻居"哑了口，纷纷偃旗息鼓。殊不知，他们大多道听途说，并不了解实情，更没有人证物证。这一招让事态平和了一半。接着确定查找范围，了解养狗主人，重点是有文化的年轻人，最好知道他们有一定的英语水平。可左邻右舍问了个遍，谁也不能明确谁家养过狗、死了狗。这个时候，有的人事不关己，高高挂起了。

老李只好从内部登记的养狗资料里查找。老李完全可以直接从登记手册上找到狗主人的，之所以大费周折地发动居民查找，另有用意。通过大家举报，一来相互监督，养狗也要讲狗德；二来让不了解实情的少管闲事，不要无事生非，同时让居民理解社区工作者的不易。老李认定，这个养狗人，冲其对狗如此钟爱，想必是一个有素质的人，他们会对爱犬实名登记，接受管理。他依次打电话询问，果然有人承认自己的爱犬近期死了，承认把爱犬埋在小区里，理由是实在找不到可埋的地方。

老李把主人找到，吩咐到社区说明情况，商量处置对策。狗主人是一对年轻夫妻，一见张兴和老李几个，心中不悦。女主哭丧地诉说，自家的巴迪从小乖巧，善解人意，没想到红颜薄命，英年早逝，让人伤心呀！老李一听气不打一处来，嘴里骂着，什么巴迪还热巴呢，真当闺女了。一见老李态度不好，男主也气咻咻起来，争辩说，那是生灵，比人懂事，只是不说人话罢了，也没哪条法律不让埋狗。老李哭笑不得，气愤地告之埋狗惹出了麻烦，责令马上清理出来，不留痕迹。夫妻二人嗔怪社区不近人情，有点小题大做，勉强答应，只是表示刚过头七再等等，说是要搞追思会。

一直不语的张兴说话了，事情没那么简单，养狗有养狗的规矩，死狗你偷偷埋了也就算了，偏偏还立个牌，你当是什么呀，公墓呀、亲人呀！这可好，没事弄出事儿来了，人家死了人，跟埋狗发咒联系一起了，你们看咋办？年轻夫妻一听激动起来，我埋我的狗，他死他的人，这有关系吗？老李说，说有关系就有关系，说没关系就没关系，老人讲迷信，认死理儿，万一思想说不通，把你们绕进去，真搞出事儿来，你们收场吧。两人细一听，觉得事情并不是想象那么简单，巴迪影响到人家生活了，便相互埋怨起来。看得出为爱犬巴迪的事，家里没少硝烟弥漫。张兴提醒说，刘阿婆那头已经做了安抚，关键你们态度要好，要主动上门赔礼道歉，争取得到她的原谅，让老人家觉得不是故意为之，只说年轻不懂风俗，千万不能节外生枝。清理也要当着人家的面，否则纠缠起来，日子不好过。

年轻夫妻应诺着，表示按社区说的办，闲聊中道出了苦衷。原来，夫妻二人结婚多年，未有生育，事业经历了大起大落，一年前卖掉了市中心房子还债，余款在西区买下了这套安置房。为哄女方开心，男方买来金毛犬做伴，取名巴迪，不知是巴迪娇贵还是天生有疾，平常并不像别人家宠犬那样生龙活虎，好在巴迪乖巧，善解人意，给灰暗的生活平添了不少乐趣，也让他们更加用心地善待它。哪知随着时间的推移，巴迪的毛病越来越显露，两口子省吃俭用，供它上乘狗粮，隔三岔五跑宠物医院看病拿药打针，一段时间陪着住院半个月。年纪轻轻的爱犬，得了肾衰竭，久治不愈，最后安乐死。狗是一了百了，人悲伤不说，却也有些心力交瘁，好长时间没缓过劲来，总觉得这是一条命，愧对它似的，没想到葬身之地也遇麻烦。张兴半开玩笑地说，看得出，巴迪没让你们少操心，要有在天之灵，也会感恩主人的。老李补插一刀说，一条生命呀，养出感情了，悲伤不为过，搞个殡葬也是必要的。不想年轻夫妻伤心里带着自豪说，是的，我们当闺女养的，有感情的，烧了不少元宝纸钱，希望投胎做个人。老李说，那追思会看来是必要的。张兴瞟了一眼老李说，别再扯了，还是说正事，加紧处理吧。

张兴告诉刘阿婆，说是埋东西的主人找到了，是一对年轻人，他们态度很好，要跟你赔礼道歉。刘阿婆一听找到主人，便要找主人当面理论，发誓说不能道歉完事，要有说法。张兴只好安排他们见面。年轻夫妻不知真是理亏还是听话，按照吩咐买了礼品，随着老李登门。俩人态度诚恳，负荆请罪似的，进门先是向刘阿婆老伴遗像鞠躬，一番节哀顺变的客套话后，问阿公仙逝时间。得知老人去世在先，巴迪死亡在后之后，心里有了底气，便对老李说，这事儿能撇清关系。刘阿婆倒是没有了往常怒气，只是抽泣地哭诉自己命苦，精心服侍老伴，也没挽救住，一定是哪儿中了邪。老李劝刘阿婆不要伤心，阿公长年卧床，忍受病痛折磨，能够安详离世，那也是自我解脱，不要往迷信上想。刘阿婆气愤起来，说一定跟草地上埋的东西有关系。年轻夫妻看到老人激动起来，马上申辩说，阿婆真不要这样想，根本不是一个时间点，按日子算，阿公去世十天后，我家的巴迪才死的，怎么有关呢。刘阿婆听了解释，才勉强回过神来，睁大眼睛看看大家，带着怀疑的目光问道，是这样吗？真是死狗呀。在场的人点头。接着生气地说，你们也够歹毒的，死狗竟往我家窗前埋，咋不装个盒子摆放到家里。年轻夫妻一看情况不对，马上改口说，都怪我们不懂事，马上弄走，马上弄走。张兴和老李跟着打圆场，屋子里气氛总算缓和下来。最后，刘阿婆口气变成了埋怨，总归埋在我家窗前不对吧。年轻夫妻连声说道，是不对，是不对，这不当着你面，当着社区干部面，当着物业的面，登门道歉了吗？

年轻夫妻带着工具来到现场，当着刘阿婆和工作人员的面，小心翼翼地挖开边角，继而从土里拖出一只黑色塑料袋。有人在场失望地感叹，真以为是多大的事儿，原来却是一只手提垃圾袋。伤心的刘阿婆一看，并非想象中的动物尸体，神情一下子松弛下来，年轻夫妻似乎也从祸降临头状态清醒过来。

为狗竖碑建坟纠纷平息之后，社区举一反三，发动居民群众查摆公共空间不文明行为，对毁绿掩埋动物尸体、绿地占用堆放杂物，楼道乱涂乱画等现象，加大力度整治，取得阶段性效果。

## 捡垃圾的老人

又是一轮创建复检。眼下社会面的环境和设施几乎无可挑剔，而小区内的旮旮旯旯总是经不起细究。我翻看着厚厚的测评细则，心里默默地对照标准打分，顿觉泰山压顶似的。我知道，检查考评是推动工作的有效手段，可有时也让基层慌不择路，应付了事。不过，没有这个手段，或许真的无法"现代文明"起来。

这类考评真够难为社区的，一百条测试题，社区干部都答不全，居民能答吗？一堆考评项目，仅临时突击，效果能好吗？面对详尽的细则，我的脑子里闪着一个个有碍观瞻的瑕疵。单就公共部位看，路面破损、墙皮脱落、绿化带里的杂草、枯枝老蔓、小广告"牛皮癣"、车辆乱停乱放、猫狗宠物放养撒欢等现象，就够眼花缭乱的，更别说私人空间裸露的不雅了。居民日久养成的窗台晾晒被褥、楼道摆放杂物、门窗张挂东西等习惯，哪一样都碍眼。社区哪里考虑得那么周全，检查打分，全凭运气了。

我特别关心主干道旁104栋周边环境问题。103室杨老伯以捡拾垃圾为生，房前屋后，五颜六色，色彩斑斓，甚为醒目。每当上级来人视察或检查，这里是必经通道，除非视而不见，实在观感太差。我向袁非书记通报这个情况，小袁一脸苦相，说这是她最为头疼的地方。

小袁先是诉起苦来，说碰到这种水泼不进、盐洒不进，甚至挥舞大棒的人，还真拿他没办法，幸亏都是老邻居，才赏了脸，略有改进，但不彻底。看得出，小袁在老人身上花了大工夫了。

小袁告诉说，她对老人的情况是了解的。她小的时候，杨家跟她家是邻居，彼此熟识，后来杨家出了变故，加上拆迁，各自走到了不同的天地，便再无接触。小袁来梁丰社区任书记时，父母提及过杨老伯。倒不是让她关心他，而是让她提防着他。

老人之前吃过官司，老婆跑了，家散了。出狱后一无所有，便干起拾荒的营生。先是在工地上搭棚收废品，一干干了十几年，没想到把生计干成了热爱，搬进小区高楼里，也随身把废品站带进来了。之前比现在要乱得多，窗前小院里堆满了纸箱、木条、塑料瓶，楼道口堆放着钢筋铁条和废旧电器等杂物，别说大煞风景了，居民出行都受到影响。楼上邻居虽苦不堪言，倒是不敢惹他，只得找社区，社区派人劝导过他，他豪横不理会，连讲道理的机会都不给，大家是看在眼里，怨在心里。

上一轮创建的时候，区街督查组目睹这个场景，像是光天化日之下挨了莫名其妙的喷嚏一样，有气没处出。什么意思？是不给督查组面子，故意而为之，还是这样的情形习以为常，见怪不怪。他们觉得，这么整洁美观的小区，竟然存在垃圾堆场，实在不可理喻。追问到社区，上升到责任心和态度问题，话已经难听了。他们哪里知道，社区也有社区的无奈。可不管怎么说，眼皮底下的问题，连整治动作都没有，着实说不过去。督查认定，这样的垃圾堆场，已不是文明形象问题那样简单，而是重大安全隐患问题。责令加紧整改。此时，小袁刚上任，脑子还没转过弯，头绪也没理清楚，面对督查组的严厉批评，只得认账表态。没等督查组走远，便硬着头皮，冒失地登门。同事们担心老人会冲动地对待她，没想到袁非的正气凛然，倒也让老人的举动柔和不少。袁非介绍了自己，老人一下子少了防备，毕竟是看着从小长大的邻家孩子，起码的面子是要给的。只是话题提到废品时，便翻脸不认人了。小袁是有心理准备的，她甚至想好了给他找一块空地，任由他堆放使用。可眼看要谈崩，她只得从关心生活方面说了些温暖的话，算是给自己找了台阶。之后，社区派出张荣、阿雯和小夏轮番登场劝导，人家仍是置之不理。理由是这是自己的家，想怎么着就怎么着。情绪激动了，便挥舞菜刀逼人远离。劝说无果，只得另辟蹊径。有人提出请公安城管出面强制清理，主意好虽好，社区没这么大面子，况且老人堆放杂物既不是民事，更不是刑事，既不违法，也不违规，没有出警的理由。有人建议半夜悄悄地清理运走，可谁来干，没了下文。大家知道这里面有风险，万一被发现，那事情的性质就变了。有人想到了用隔板围挡起来，这也是不少施工工地的做法，既保安全又遮丑，美化外部环境，可用在人家房前屋后，不征求人家意见行吗？大家又犹豫起来。小袁和张荣觉得，这些办法，只能一时应付，不能从根子上解决问题，关键还是从老人身上改变。既然是创建文明，就要用文明方式处理，不能以粗暴简单方式激化矛盾，不能违背了文创的初衷。小袁下定决心，由她带队三次登门做工作。最后，老人软化下来，社区通过变通的方式，上门高价收购了他的废旧物品，这才算是勉强在检查中过了关。

眼下，是新捡拾的垃圾，虽不如之前的堆积如山，但远远望见，印象毕竟不好。究竟是个怎样的老人，以拾荒为生，视垃圾为宝。我想探个究竟。

那一天，我以走访慰问的方式，敲开老人家门。开门的不是杨老伯，是一个上了岁数的妇女。一问，说是女主人。两个老人虽表情僵硬，但没有拒绝的意思，我先作自我介绍，接着便提出能否进去看看。他们闪开身迎我进了屋。房子算是宽敞，但有些灰暗，不是一楼植被遮阴的缘故，而是前后窗台光亮被零乱的杂物遮住了。屋内除了堆放着纸箱和衣物，看不到值钱的东西，家徒四壁，连个挂历都没有，看样子不需要靠时间来衡量日子。

这样的生活环境，已让人产生窒息，加上那股陈年累积的霉味，实在有喘不过气来的感觉。我问家里怎么有这么重的味道。不知是没听懂，还是根本不想搭理我，他们呆滞地站在一旁，没有回应。我想，假如要求他们清理废品，那一定会跟我急，可我不敢说废品的事。我心里突然有了伤感。我问，生活上遇到困难了吗？我知道，老人原单位有点退休金，拆迁补偿有一笔存款，虽以捡垃圾为生，并没纳入困难帮扶对象。女主人说，老杨身体不好，怕是看不起病。我问他得了什么病，他们也不说，我也不好多问。只提醒说，有困难了，可以向社区反映，只要符合条件，总会给予救济的。他们半信半疑地点了点头，算是应付了我。而在我看来，沟通交流的通道似乎打开了。我对女主人说，这些废品堆在家中，空气不好，会影响健康的，最好清理一下。看得出，家中虽有女主人，却不会过日子，连屋子都收拾不干净。女主人对着老杨埋怨起来，责怪他把垃圾往家捡，还不让扔。老杨生气地说，咋的，又不是偷来的，没有废品贴补，喝西北风，往后想捡都捡不到了。女主人赔笑解释，过去垃圾可以随处捡，现在垃圾公家都管了，垃圾不能随便乱丢，要进垃圾箱，要垃圾分类。我接话说，现在提倡保护环境，捡废品其实是美德应该鼓励，只是废品不好随便堆放。比如堆放在家，家里不卫生，影响健康，影响生活；堆放在外面，就影响到邻居，影响到大环境。我指着窗台前的一堆五颜六色的废品，告诉说，大家早给社区提意见了，考虑到你家的特殊情况，我们做了解释，可这样毕竟不好，至少清理归拢，最好把它们卖掉。老杨没有抵触，女主人动手拾掇起来。

之后，我们继续聊着，既聊这么好的小区环境，大家都要维护，又聊老杨捡拾垃圾也是热爱生活，聊到了熟悉的人和熟悉的事，聊到了退休金，聊到了个人走过的弯路，气氛渐渐热络。老人至今想不通，当年打群架以为小事一桩，没想到会坐牢，一坐就是十年。十年的光景，说没了就没了，连活头都找不回来了。

看得出，老人一直自我封闭着，无儿无女，凡事自己扛，心中有无数的委屈无处发泄。自从回归社会后，亲戚朋友疏离了他，面对炎凉世态，他习惯了孤独生活，甚至不愿被人打搅。看得出，他对女主人也很冷漠，双方没有交流。闲聊到深度才知，女主人是他的前妻，老人吃官司之后，人跑到外地，跟他人结婚育有两子。不知是两人真有感情，旧情复萌，还是年老了双方找个依靠，二人先是偶尔来往，现在基本上是搭伙长居。

听着他的倾诉，我的内心不禁悲凉。一个人犯了法，改变了人生轨迹，已然无法弥合，还要用一生去赎罪，那是多大的代价呀。可人是情感动物，哪可能不犯错呢。难道赎罪的人不能原谅吗？说起来，让被责罚者回归社会，其实社会上真正宽容的氛围仍是不够。别说从前的亲朋好友疏远，就是社区工作者也有避而远之的心态，生怕遭到报复受害，这是多么让人寒心的遭遇。其实得到关爱的人，是懂得感恩的，只是我们不了解他们。我也同样。在跟老杨的接触中，我才放下心来，想多了解他们的内心世界。老杨老了，患上病了，也是我敢于面对的原因。大概是"鸟之将死，其鸣也哀；人之将死，其言也善"。我觉得他是温和的、善良的。

接触之后，老人的家里发生了一点改变。一来家里的废品能处理的处理了，不能处理的归拢得有条理；二来院子里、楼道外的堆放点进行了清理，私拉乱搭的小架子被拆了，并在周围用竹竿结成篱笆墙，摆放了绿叶植物，感观上不再引人注目。

前不久，得知杨老伯去世，我带着某种遗憾走到他家楼旁看了看。房前屋后，竹竿篱笆上披满了月季和蔷薇，让院子有了生机。透过窗户往屋里看，家里不再凌乱，多了烟火气。老人病逝后，房产和积蓄留给了女主人（前妻），谈不上是合法继承人，毕竟没有复婚手续，只是念及曾夫妻一场，在离世的一段日子里，给予了照料，这才有了遗产继承的理由。只是，我产生了另一个担心，前妻会不会为这笔遗产发愁，两个非亲生儿子，会不会动起财产分割的心思，老人留下的财产，会不会引发另一场官司。好在，杨老伯故去，九泉之下，不会再为这样的俗事困扰了。

# 手机控制论

这些年来，我对周围玩手机现象已熟视无睹。因为你看不惯也得看惯，你不接受也得接受，有人的地方，必是一众低头族，这不是一种现象，而是社会形态。只是始终对此百思不得其解。如此旁若无人地或操弄或陶醉，手机到底给了我们什么？直到某天，一对老少辩驳，才让我得以释然。

应该是一对祖孙吧。他们一并挤进了医院等候区里。看得出，老人是陪孙子看病的。孙子一脸的痛苦相，一看病得不轻。孙子看上去像上初中的年纪，老人并不那么古董，跑前忙后顾不得喘气。孙子落座之后，像换了一个人，利索地从裤兜里掏出手机。老人嗔怪地看看孙子，试图阻止玩手机，可环顾四周所及视野里，几乎人手一机，埋头苦看，便无奈地摇头。此时，老人心里一定感慨，这哪是看病呀，纯粹是找地儿玩。手机比医生都灵光，看手机的人，个个表情淡定，有的和颜悦色、眉飞色舞，根本不像病人。

老人有些看不下去了。他问孙子，手机有啥好玩的。孙子无心搭理，老人不忍孙子冒着健康之虞看手机，反复地阻止，嘴里不停地唠叨，看手机，看医生，看啥子。孙子受了干扰，很不开心，但总算应声，"不是我想看，是因为它在身上，需要看"。老人懵懂，摇起头来。孙子接着说："这里也是一个社会，不关心，就不是完整的人。"此时，正在后排候诊的我，如从梦中惊醒，睁开迷糊的眼睛，脑子里琢磨这两句不咸不淡、无厘头绪的话来。一下子为孙子的表达拍案叫绝。

人为什么要看手机，因为手机就在这儿。这个答案有些虚空，一下子上升到哲学的高度，却又充满禅意。这不禁让我联想到类似的经典问话。有人问一个登山者，登山那么苦且险，为什么还要登山？登山人说，因为山在那里。难道山在那里，就是让你登的吗？这是一个充满智慧的回答，一语通透，无懈可击，却又富有幽默感，倒让许多畏惧者勇敢地去感受登山的乐趣了。这实在是一件功德无量的事。而老人听了回答，虽有一脸茫然，倒也无话可接。或许老人进入了一个新的思维状态，那些埋头沉浸在手机里的人们，难道真的进入了另一个社会里？

孙子把手机功能看成是一个社会的存在，实在是真知灼见。而归纳出"不拥有两个社会的人，不算完整的人"，更让我醍醐灌顶。这大概是上了年纪的人与年轻人的差距。不难看出，我们工作生活在一个具象社会里，时时处处离不开空气和水，吃喝拉撒，生老病死，待人接物，为人处世，样样都是直观的，要说我们还生活在另一个社会里，其实一点也不难理解，手机已经不亚于空气和水的作用了，说它是生活伴侣、灵魂伴侣也不为过。

我实在佩服当初取手机之名的人，绝对是高瞻远瞩。手机的初心只是通话，解决通信联络方便问题，不至于因座机电话诸多不便而影响联系。起初也有把手机叫作大哥大或是手提电话的，既然是通话工具，叫它手机实在是有点牵强。

手机诞生之日，手中之机不少，有BP机、小灵通、随身听、平板电脑等，最后谁也没替代了手机的功能。发明手机的人早有先见之明，不仅可以通话，而且可以代替其他工具，以至那些同类手中之机纷纷落马淘汰，唯独叫手机的在不断迭代之后，繁花盛开。一部手机取代了通话、发信、视频、记事、摄影、游戏、娱乐，甚至成了钱夹子和理财工具。这该算是人类几千年来最有影响力的发明成果，普惠大众，老少咸宜，无处不在。

因为有这对祖孙对话作铺垫，我以身作则，刻意减少对手机的依赖，也越发留心使用人群。我力求公共场合不掏手机，宁可甩着两条胳膊，目光呆滞地看着远方，也绝不低头。几番尝试之后，反倒觉得自己成了另类。地铁内、公交车上、商超里，凡有人群的地方，终是一个场景，大家专注于手机屏幕，没人在乎周围会发生什么。手上不拿手机倒很尴尬。像是自己进了澡堂，别人赤裸裸地，而自己却西装革履，很是不搭，也很难为情。

其实手机已经替代了生活不少要素。如果还带着钞票出门，那真有点回到节衣缩食的状态了，连半个社会都没占上。手机捆绑银行卡、支付宝和微信，方便快捷安全，能搞定一切与钱有关的事。冲这一点，想不承认手机是人生存的另一个平行社会都不行。其他的服务更不用说。看新闻，订饭店，查交通，看天气预报，生活的日常少不了手机。如果你想狡辩说，手机不能煮饭洗衣做家务，那就更是 out 了，快递外卖一点就成，什么样的品味随你挑。而今，许多人出现情感问题，不找亲人、朋友或心理医生，首先是上网找陌生人，一副倾诉衷肠之后，精神为之一振。如今夫妻吵架、上下级关系紧张，不会针锋相对，哪怕躺在一个枕头上，全然可以不发声而"动手"。线上打骂的好处比线下温和，语言攻击性不强，文字里看不出情绪和节奏。你面对面可以声嘶力竭，而短信和微信的文字，避免了语音语气带来的不当误解，甚至一个表情包就代表了情绪。至于网上的那些情感专家更是尽其所能，一通心灵鸡汤娓娓道来，足让你五迷三道。当然这种看似问寒问暖的共鸣，那只是公式化的大套路。其实人在当下的困境大体如此，别把一顿安抚当作免费的午餐，那些大咖靠你这样的人，已经赚够了流量。

这样的网络世界，还算是正能量的，催人奋进的，真正吸睛的，怕是那些负面报道，或是措辞强烈的"网暴"语言。我曾一度看到这样心寒的报道，四个年轻人消极厌世，选择集体轻生，结果网上约定，在某名胜高山跳崖；某学校学生遭车祸，母亲悲痛不已，视频发到网上，却招来围观，指责母亲穿着不合场所，结果多重压力之下，年轻漂亮的母亲选择跳楼。类似这样的网络新闻或视频很多，大多因为跟帖参与者的罔顾事实或出言不逊，导致事件偏移逻辑路线。可见，网络社会的能量之大，既能一夜捧红，实现暴富或明星梦，又能一下子撕得体无完肤，杀人不见血。在手机构建的网络社会里混，心理素质需要足够强大。

当然，能在网络社会游弋的毕竟是少数，而大多是参与者、围观者。这也符合社会的基本逻辑。鲁迅在《药》中早有这样的描述，老栓为求人血馒头，早早赶到丁字街口，一眨眼工夫，已经涌过一大簇人。那三三两两的人，忽而合成一堆，潮一般向前赶，将丁字街口簇成一个半圆。老栓向那边看，只见一堆人的后背，颈项伸得很长，仿佛许多鸭，被无形的手捏住，向上提着。静了一会，似乎有点声音，便又动摇起来，轰的一声，都向后退，一直散到老栓立着的地方，几乎将他挤倒。其实不仅中国人喜欢这种血淋淋的围观，似乎人作为动物，都有天然嗅闻血腥的本性。路易十六被送上断头台时，甚至那些同情他的法国人民同样围观着他人头落地的场面。尽管路易十六面对断头台下围得水泄不通的人民高喊"我是无罪的"，"希望以我的血能换来法国人民的幸福"，却也未能博得在场民众拯救他的声音。今天无数人低头玩手机上网，不时会对某个事件出现一边倒的现象，这与围观看杀人是何等相似。有时，我甚至怀疑，当人们陶醉于某种暴力和血腥事件中时，那种悲天悯人情怀和正义之感何以建立。我更是怀疑，那些叫嚣最为鼎沸的人声中，有多少是发自内心的，有多少人是附和宣泄的。

尽管我鄙视那种低头族无视一切地操弄手机，但我并不排斥手机的技术服务功能。手机对我最大的好处，是让等候不再孤单。许多时候为一事无聊地等待着，白白地让时间流逝，因为有了手机，人便不会烦躁于等。比如前面所说的住院排队、乘坐地铁公交，还有其他无端的碎片时间，因为手机的陪伴，再急的事情也不会急了，再焦虑的心情也不会焦虑，因为自己没有闲着。

原以为手机控制着人，其实人越发依赖手机。我试图拒绝手机，可百无聊赖的时候，惦念的仍是手机。人不能不吃不喝，手机无须冷暖，只要充了电，信号无处不在。有人做过试验，假如手机离开一天，脑子里一定会想到会不会有人找自己，需要花钱怎么办，怎样才能进出家门，诸如此类的担心此起彼伏，一定会搅得人六神不安。事实上人已经离不开手机，了解资讯、关注时事，看股票，查基金，游戏聊天，阅读网文，网购外卖，正在成为生活的日常。连寺庙和尚都在上网开直播，可见网络社会的出现，世界不再有清静。

应该看到，人的精力是有限的，本来闲暇可以放空自己，让人回归宁静状态的，可自从有了手机，空闲便不空闲，看手机成了最大的空闲。这样的空闲，不得不被手机里戳心的视频、喷沫的文字，扰得内心烦闷，翻江倒海。当然，也有不少视频和文字是抚慰心灵的，只是这样的东西并没有多少人感兴趣。

我真钦佩那些除却睡觉之外把玩手机的人，玩弄手机，要精力充沛，耳聪目明，手脑并用，专注抗干扰。我曾亲见一头戴耳机、手握手机的年轻人，置生死于不顾，游刃有余地穿梭在行进的汽车间，那种从容淡定的神情，像似身上装上了无数传感器，丝毫不会出现人车剐蹭现象，大概年轻人心里清楚，即使自己不留神，也不会有车主动撞他，人不扰我，我不扰人，心里早有了不畏惧的准备。倒是让旁观者捏着一把冷汗，当然不满的谴责是必需的。

人对手机的依赖，既有手机网络原因，也有人为自身原因。因为网络构建成一个虚拟的大社会，人人都可以参与其间，思想者、励志者、消沉者、发泄不满者、不同政见者隐身在后，大行其道，势必造成鱼目混珠、良莠不分现象。可以说，手机脱离了它的本真，不再是一个纯粹的、脱离了低级趣味的工具，而是一把双刃剑。如同科学家研制了炸药，在造福人类的同时，可以用于战争杀人。如今网络科技通过数字算力，可以毫无休止地满足你的好奇心，可以不断地喂食你所需要的一切资讯，直到你善罢甘休。眼下人工智能的出现，再次让手机功能得以拓展，充分暴露了取代人类一切的狼子野心，手机随身于人，而人反而成了手机工具，大有欲罢不能，这不知是福还是祸。

可是，人们不再视手机如洪水猛兽，而面对手机特别是网络带来的负面作用，也只得规范和控制。规范是政府的事，而摆脱手机控制，则是人类自身需要思考的。

# 3. 挑战——社区家园的自治实践

　　"社区"概念，最早出自十八世纪的欧洲，由德国社会学家滕尼斯所提。他认为，人们聚居生活的形态，有别于社会。那些具有共同价值取向的同质人口组成的关系亲密、出入相友、守望相助、疾病相抚、富有人情味的社会关系和社会团体，应该定义为社区。二十世纪八十年代，由国内知名学者引入，继而成为官方表述。

　　其实，我国古代也有"社""区"之说。所谓"社"者，"祀后土之所也"，"封土立社"，意思是土地庙垒起的土台子。所谓"区"者，最早出自《汉书》，有"有宅一区"之词，指宅屋的建造点。只是古代聚居区多以家族形成的自然村落为主。而今天的社区概念，更多赋予了行政区划下的单位建制，成了区域里的社会基本单元。这仅仅是物理概念。从现行模式看，社区尤其是城市社区，完全打破了传统乡村、街巷的格局，呈现人口高度密集、经济活动频繁、社会结构复杂、生活设施完备等现代文明特征，已与社区概念的本义有不小差距，就其形态而言，很难构成"富有人情味的社会关系和社会团体"。由此看来，打造"具有共同价值取向的同质人口"任重而道远。

　　人们常被生活中的鸡零狗碎所困扰，可生活就是生活，来自每个个体的不同体验。如果把生活的不完美归结于他人，而让自己置身事外，且希望生活符合自己的逻辑，那么对待不如意的生活细节，永远只是埋怨和指责。

　　面对人生困惑、生活困境和情绪困扰，社会并不具备排泄"困"的管道基础。正如大家所言，物质有了，精神看似关照了，而心却不知怎么安放。大众焦虑的信号来自底层社会，这不仅对社区工作者提出更高的要求，也为规则制定者提出更高要求。规则的制定，是弥补漏洞，不是制造缺陷，生活服务的细节不该被冰冷的规则所约束。强调底线思维，重在关注底层社会，给予底层人群足够的物质帮扶和心理关怀，让弱者内心有暖，也许这样，人们的心态会越来越平和。

"有事好商量，众人的事情众人商量，是人民民主的真谛"。协商民主看上去是政治语境，其实正是人民群众自我管理、自我服务、自我教育、自我监督的有效形式。

自治协商看似一个简单的过程，其意义却是深远的。在我看来，协商结果并不重要，重要的是协商议事唤醒了民主意识，协商的过程是培育民主精神的过程，这本身是一个进步。协商如同一束光，参与的人越多，光所折射影响的人便越多。

# 有事好商量

说真心话，在社区工作的日子里，不少时候情绪是压抑的。

这来自两方面原因：一是面对居民群众的诉求或求助，有时显得无助，因为每一个诉求背后都有复杂的因素，根本不是说解决就能解决的，即使是困难救助，也有复杂的流程，倒不如自己掏腰包来得干脆，往往只是抱有理解和同情。二是面对社区干部忙碌的身影和无奈的表情，显得压力巨大。家长里短、婆婆妈妈的事情，看着不是事情，却总会牵动起整个神经。特别是面对棘手难题和刁钻需求，常让我们处于焦躁不安、盲从应对状态。

有人说，做社区工作要有勇有谋，有时候的确看到斗智斗勇的情况，就差用上《孙子兵法》了，这让这份职业找不到快乐的感觉。诚然，管理与被管理、服务与被服务本身是对立的，可人与人之间是平等的，好在社区干部要求不高，只要有一点被尊重理解，他们都会洋溢着甜美的笑容。

因工作关系，我对基层社区建设和治理有过实践和思考，撰写发表过此领域的窥见。依我看，经济的高速发展，加速了社会转型，难免出现社会关系、社会结构的调整，进而带来人的心理精神的不适。所谓"阵痛"，是必须经历的过程，问题在于我们如何正视它、修复它。令人欣慰的是，社区体制的建立和运行，较好地承载了社会压力，消解了社会风险。

不可否认，社会是在矛盾中不断发展进步的，生活本身就是矛盾综合体。社区作为居民生活的聚居地，无疑要面对各种诉求表达、利益协调和权益保障，也要面对着各种家长里短，鸡毛蒜皮，甚至人生困惑、生活困顿和情绪困扰。显然，许多问题不是政府提供公共服务所能解决的，而是需要通过内化机制得以满足。基层社区组织本身具有自治共享性，古今中外概莫能外。而社区自治方式则表现在自助、互助和协商调解功能上。

## 调解和协商

社区任职的日子里，我见证了调解中的世情百态，也见证了调解工作的艰辛。

赵达松是社区调解员，社区专门聘任的。退休前，他在民生部门工作过，在涉法问题和调处矛盾上积累了丰富经验，退休后，社区如获至宝，请他出山，返聘负责调解工作，并为他配有专用调解室。类似老赵这样的老干部、老战士、老专家、老教师、老劳模，他们政策水平高，有专业特长，会做群众工作，在群众中有威信，很受社区欢迎。我对老赵早有耳闻，很想认识他一下，向他讨教经验，可又常常不巧，多次匆匆相遇，又匆匆进入各自的忙碌状态。同事告诉我，赵师父不在调解室的时候，也是工作状态，他要么在调解的路上，要么在当事人家里。同事们称他师父，可见他在社区的分量。我第一次看到他时，是在社区凉亭里，一群老人围着他问长道短。

老赵看上去憨厚，却是古道热肠之人，见人一脸慈悲，像是从莲花宝座上走下来的。他的工作似乎无处不在，只要有人的地方，都能发现他的价值，从中感受到"随风潜入夜，润物细无声"的力量。比如，你是带着满脸愁容做事，他能一眼看穿，在闲聊中不经意间来一份鸡汤解药，让人食道肠胃一股热乎。也许我这样的夸赞有点做作，但老赵的确让我刮目相看。

那天，老赵接待了一对老夫妻，老头满脸怨恨，老太声泪俱下。我在一旁悄悄地听着，也想看看调处的门道。夫妻二人接连诉苦，一口气冒出四件事：一件是老两口感情危机，一件是儿女家务事，一件是邻里之间的纠纷，一件是拆迁遗留问题。四件事起到了连锁反应。

先是老两口相互攻击，老太骂老头老不正经，老头骂老太捕风捉影。从老太的哭骂声中听出，老头爱跳舞，舞伴年轻貌美，两人勾勾搭搭，暗送秋波，无视她的存在。从老头的诉说里听出，老太成天絮絮叨叨，争风吃醋，听风就是雨。看得出老头不占理，处于弱势，并没有过多为自己争辩。然而，随着老太的火药味越来越大，老头按捺不住情绪骂道，本来家丑不可外扬的，非得逼着人说出来，你把家败得一塌糊涂，不得人心，咋不照照镜子看看自己。接着老头说出了老太被骗的事儿。一年前老太迷上了网络理财，结果掉进了诈骗陷阱里，省吃俭用的百万存款全被骗光。老太被老头一揭短，总算平息了歇斯底里。

我一听老太遭网络诈骗，心头一惊。这年头，听到这样的故事太多了，妻离子散的，寻短见一了百了的，命运走出了岔道。咋会有这么多人相信天上掉馅饼呢，警方到处宣传，总有中了魔法似的人勇往直前，许多受骗的还理直气壮地说不可能被骗，直到彻底地连本都讨不回来时，才大呼上当。据了解，真正报案的人很少，大多被骗者知道无法追讨，只得自认倒霉，也有寄予希望的，仍在坐等获利的消息。而那些报案者，大多是数额巨大，被割得肉疼的人。有个老领导的遗孀，遭遇电话诈骗之后，向警方报案，警方因无法取证怠慢了她，便找大领导投诉。起初一问说是被骗三十万，再一追问得知被骗近千万。警方调取银行信息证实超过一千二百万。遗孀省吃俭用，连同老伴终生奋斗的遗产几乎被骗个精光，就这样还羞于说出真相。难怪，这对老夫妻面对被骗，只得忍心吞声，大概心态都是如此。

停顿片刻之后，老太转移话题，提起跟儿女之间的矛盾，又是气不打一处来。老夫妻育有三儿一女，其中三人早已分家单过，老夫妻和未婚小儿子一起生活，拆迁分了两套房，如今老夫妻一套，小儿子一套，门对门挨着。因为存款被骗，儿女们动起了划分遗产的心思，一笔一笔开始清算，这让老两口不堪其扰。兄妹三人一致表示，两套安置房人人有份，结果搅得鸡犬不宁。

提到两套安置房，老两口又是一通叫苦，说是楼上邻居常常半夜闹鬼，老头说老太睡眠不好，一有声音就被惊醒，老太一醒，便会折腾不睡，老头就不能休息，休息不好血压就上升，血压一高就得打120，往医院跑，如此往复，健康得不到保障，生活受到严重干扰。

最后联系到第四件事，是拆迁带来的后遗症，让他们平静的生活不再平静。

老夫妻你一言我一语，连喊带骂半小时，竟然无视老赵的存在，直到口干舌燥端起杯子喝水，这才停顿下来，茫然地看着端坐的老赵。老赵的确有很深的功力，面对唾沫四射，他竟视若无睹，视他人如空气。其间，我注意到老赵的细节，手握着笔，当枪似的指指画画，偶尔在本子上记点什么。

看着老夫妻心情得到平复，老赵开始说话。开场白很简单，说，既然信任我，我就说两句，归结起来就是一件事，遭到诈骗，心情变坏了，家人不满了。问了问被诈骗的事报案了没有？接着带着训斥的口吻说，陌生人比亲爹还亲，一个电话就能转账，眼前的家人当成仇人，你说你们糊涂到什么程度。接着老赵揭起老底来，说你们夫妻一辈子吵吵闹闹，一路狂飙，这是相爱相杀，到这个年龄，只能认了。儿女矛盾是因你们没一碗水端平引起，多从自身找原因，不要总以不孝为名，排斥问题的解决。邻里关系问题，可以主动找邻居谈谈看法，不要动不动120、110，这只能把事情搞僵。至于拆迁遗留问题，扯得有点远，陈芝麻烂谷子，挂在心里还堵不堵，早该消化掉。后面，我们再跟你们儿女坐下来了解情况，商量共同解决的办法，邻居之间的事情，我们上门做工作，帮你们这对老冤家解解扣。没等老两口做出表态，老赵就让他们先回去。看得出，老两口如释重负。

我看了半天，没看出什么名堂来，觉得没什么高深的技巧，倒有点像当年孔子用过的手法。相传，孔子执掌鲁国司法判官时，受理一桩父亲状告儿子的案件。孔子一上来不听申辩，先把儿子拘押到官府里，连续三个月不闻不问更不审。全家人莫名其妙，一等再等不见分晓，反而着急担心起来。想着儿子在官府里受尽折磨，父亲后悔心疼起儿子，便主动请求撤诉和解。一件闹得沸沸扬扬的纠纷案，就这样不了了之。究竟孔子"葫芦里卖的什么药"，其实这一做法，契合了他一贯倡导的"和为贵""以礼治天下"的儒家思想。后来此案成为衙门处理家庭纠纷和民间矛盾的范本，得以推而广之。古代民间有"排难解纷""止讼息争"的传统，内部纷争以调解劝和方式为主，西周时期，氏族内部设有"调人""胥吏"官位，专司调解和平息诉讼；汉唐时期，调解机制发展为乡官治事，县以下的乡、亭、里设有夫职位，其职责是"职听讼"；二十世纪三十年代，推行地方自治期间，建立了由乡贤绅士组成的息讼会，负责民间调解纠纷，并以立法方式固定下来，一定程度上钝化了社会矛盾。新时代倡导浙江枫桥经验，"小事不出村，大事不出镇，矛盾不上交，就地化解"，某种程度上，是传承创新。也许老赵并不知道孔子这个故事，而做法恰是孔子的做法，他充当了古代"夫"的角色，履行了"职听讼"责任，以礼治理念冷处理家庭纠纷，继而确保了"矛盾不上交，就地化解"。不能不说，正是有了一批像老赵这样的基层调解员，才有了社会和谐的基础。

后来，我问老赵两个问题，一个是电信诈骗的事，打算咋处理？一个是邻里纠纷是咋回事？老赵告诉我，电信诈骗不是个案，这几年社区接到报案的就有五六起，有的是套路贷，有的是私下吸储，有的是P2P，通过高额回报、刷单返利、网络中奖等利益诱惑，进而越投越上瘾，直至血本无归，这对老夫妻是上了陌生电话恐吓的当，把存款转到了所谓的"保险"账户上了，结果一查，钱早转得无影无踪。老赵认为，这种被骗不奇怪，拆迁安置大多补偿了不少钱，村民很朴素也很单纯，总想钱生钱，到头来，被坏人钻了空子。这种事，仅靠调解不能解决问题，只能报案，要靠警方集中打击才行。邻里之间的问题，说来话长，原来楼上楼下是老邻居，过去曾因宅基地问题积怨很深，搬进安置房后，又是邻居，一直老死不相往来，私下暗暗较劲。过去一家一户这样的纠纷很常见，大家坐下来把话说开，我们从中调和，一笑泯恩仇。现在大家搬进楼栋里，关门过自己的日子，界线感分明，邻里关系淡漠，按说不存在矛盾，因为之前有隔阂，所以遇到事情，总会联想到冲着对方示威，这既是心胸问题，也是偏见问题。类似这种情况，我们有责任把他们拢在一起，化干戈为玉帛，不然永远是个症结，而这样的症结，有可能发酵为病态情绪，一旦遇到触点就会爆发。就老夫妻提出的纠纷调处之事，老赵直言，后面要做的工作很多，这只是先做好安抚，把脉号诊之后，才能对症下药。

听了老赵的分析，我由衷地钦佩起他来，数十年的调解工作，让他深谙调解之道。我确信，对他而言，调解或许不需什么专业知识，不需过多的繁文缛节，也许凭着个人魅力，凭着小道理、土道理，就足以达到调处效果。

老赵为老夫妻调处纠纷，只是社区治理的"冰山一角"，其实社会生活中遇到的矛盾纠纷或是诉求问题，林林总总，实无规律可循，许多事情不是社区干部能力和范围所及，要靠集体智慧，群众参与，综合运用协商、道德和法律，加以调处化解。

"有事好商量，众人的事情众人商量，是人民民主的真谛"。协商民主看上去是政治语境，其实正是人民群众自我管理、自我服务、自我教育、自我监督的有效形式。基于这样的认识，我们对社区协商进行了设计和规范，在试点施行基础上，推出了"邀约协商法"，在社区治理服务中起到了一定作用。

"邀约"是现代服务领域推行的主动商洽的交流方法，体现在商务活动双方或多方的诚恳协商，是站在用户体验角度的一种人性化服务。这是一个非常好的理念，把协商的前提固化在平等、真诚和友好的氛围里，而不分协商的主次、高低，避免了居高临下的误解，目标更有指向性，参与更有广泛性，议事办事效率更高。于此，对协商做出制度化安排，尤其对协商流程和责任边界进行量化细化。通过集思广益，梳理出社区协商事务清单九类七十项，以制度规定下来，便于操作。

梁丰社区的议事协商，已有很好的氛围。居民参与议事的积极性高，协商议题准备充分，凡协商事项跟居民文化生活息息相关，往往预案考虑得周全，基本堵住了异议。但也有共同的通病，一是"意见领袖"影响力大，个别人意见左右多数人意见；二是事关自己的事项关注度高，公共事务或是利他事项显得漠不关心；三是办实事议题容易协商，解难题议题相对被动。

我不禁想起一则笑话。西方某议会研究表决两个预算议案，一个是更换国会大厦的照明设备，一个是建设超导材料实验室。结果更换照明的数百欧元项目成为辩论焦点，而出资上亿的实验室项目全票通过。之后发现，之所以灯泡预算没能通过，是因为议员们都了解灯泡品牌和价格，却因选用什么品牌产生了分歧。而实验室提供的一大堆数据，议员们视若天书，反而轻松地通过了预算。在社区议事协商中，也有这样的情况，可以面红耳赤地争执窗下的树枝，却对被毁的苗圃无动于衷。人们的视野往往停留于关心鸡毛蒜皮，不关心潜在影响生活的公共事务。

我曾出过一道问卷：假如上级拨十万资金，让社区做民生项目，有三个选项，一是改造巷弄路面，二是重建小公园，三是建造养老助餐中心。结果选项一得票百分之二十，选项二得票百分之三十，选项三得票百分之五十。显然多数人注重实际的，因为参与问卷的大多是老年人。接着，我又补充说，路面改造和小公园同时建在 A 楼，结果两个选项增加到百分之三十以上，而助餐中心改造降到百分之三十，因为参与问卷的 A 楼居民占多数。这说明，假如议事协商的事项，事关自己的生活，有可能出现两种情况，一种表示欢迎，积极支持；一种表示反对，拒绝或消极应付。作为利益方，总希望协商事项得到普遍支持，事实上不是所有的协商事项得到圆满结果，即便推出的事项是"办实事""办好事"，可仍有不少项目要经历九九八十一难，最终才能求得共识。

湖垛社区张敏主任曾跟我切磋过这样的困惑，为什么办实事，总会有反对声音？她提到自己争取到一笔资金，准备用于社区内部修路，施工还没开始，就有居民站出来反对。反对理由很简单，白花钱，浪费钱，不如把钱发给大家。显然这种理由太幼稚，专项资金挪作他用是不现实的，项目做不成，也不可能资金给社区，更不可能发给个人。她想到了走协商流程，得到大多数人支持，反对者的声音才被压了下去，项目总算启动。交流中，她坦言，尽管议事协商有时影响效率，甚至增加成本，但至少排除了风险。这样的案例，其实不少见，常有高层决策研究出来的工程，遭到群众反对或抵制，常有不错的便民利民项目,群众成了旁观者,常有专家提出来的思路,在群众眼里成为笑话,这说明什么?说明我们有的决策不接地气,脱离群众需求。更关键一条,项目的审议决策,少了群众的参与,群众就不叫好。也许群众不如决策者聪明,但缺少了尊重,便缺少了拥护和支持。

其实,社区协商看似一个简单的过程,其意义却是深远的。在我看来,协商结果并不重要,重要的是协商议事唤醒了民主意识,协商的过程是培育民主精神的过程,这本身是一个进步。协商如同一束光,参与的人越多,光所折射影响的人便越多。只有把支持者搞得多多的,把反对者搞得少少的,工作开展起来才能得心应手。

近年来,梁丰社区针对小区设施老化破旧等问题,组织开展了十余场次议事协商会,把利益相关方“请进来”,把诉求意愿“摆出来”,把协商主体身份“亮起来”,“一事一邀约,一事一会商”,促成了垃圾分类、车位增设、廊亭改造、电梯更新等项目的顺利落地。然而,仍有许多民生实事,需要耐心的协商。如目前普遍遇到的适老化电梯增设问题,按说这是一个为老服务的民心工程,理应得到广泛支持,可在推进过程中,往往进展不大。一个重要原因,人是利己动物,高楼层者有建造使用需求,低楼层者有维护私权诉求,尽管以货币折换为条件,仍有不为所动者。可见,类似电梯这类特殊的公共产品,依靠民间协商难度可想而知,亟待通过有效的补偿机制加以支撑。

## 物业的烦恼

人们常被生活中的鸡零狗碎所困扰,可生活就是生活,来自每个个体的不同体验。如果把生活的不完美归结于他人,而让自己置身事外,且希望生活符合自己的逻辑,那么对待不如意的生活细节,永远只是埋怨和指责。作为最基础生活单元的社区,总被人们寄予很多的期待。事实上,服务的供给从来不是完美的,物业管理便是其中之一。

关于物业管理的话题,总会成为社会的热点。根据我居住小区的心得,物业和业主相生相克,天然地对立。二十余年间,遇到过物业刁难业主、业主罢炒物业、业主内部争斗等乱象，因不堪其扰，学得"孟母三迁"，换置了三个小区，且越换离城越远，越换越觉得房产质量和物业管理问题重重。只得反思自己，大概是住的房子多了，切肤之痛深了，对此越发苛刻的缘故。

即便如此，物业方面的困扰，仍有说不完的话。比如，私家车增多，争抢车位，进而大打出手；树木茂密，有人要求砍伐，有人要求保留，双方引发争执；有人图省事，乱扔垃圾，甚至高空抛物，制造毁车伤人事件；房屋渗漏，墙体受损，设施损坏，物业无所作为；保绿、保洁、保安不尽责任，产生不满，如此等等，类似情况，每天都在发生。平心而论，同在一片蓝天下，总有众口难调的问题，物业管理只能面对，因为你是服务型企业。

社区作为治理单元组织，责无旁贷充当多重角色。要么是执行人，要么是"老娘舅"。说得直白点，社区里的鸡毛蒜皮，几乎都绕不开社区组织。物业矛盾纠纷的核心问题其实两条：一是物业费收取困难，因少交、欠交或拒交引发矛盾；二是对服务质量不满，收费标准和服务水平不匹配。两者甚至产生恶性循环，不交费不提供服务，服务不满意不交费，双方据理力争，进而导致纠纷。

我接触过数个极端的物业纠纷事件——

某楼层居民因集体欠交物业费，被迫叫停电梯使用。这是物业公司最后拿出的撒手锏，公司实在拖欠不起电费，影响到整个小区正常保障。然而，即便如此，该楼层业主不仅抗交，且时常将锁定的电梯门打开。物业采取更绝的办法——砌墙封堵。继而矛盾升级，投诉不断，直到社区干预下，做出让步整改。然而，多数业主支持物业，理由是，天下没有免费的午餐，既然不尽交费的义务，就没有享受使用的权利。物业公司担心自己成了"免费的午餐"，只得再一次向抗交和拖欠发出警告，拒绝以少数业主的自私捆绑多数业主的利益，借电梯维保之机，暂停使用。但凡乘坐过电梯的都明白，一个"暂停"可长可短，问题不解决，暂停可以无限期。果然，"暂停"时间不长，大家开始冷静地谋划电梯命运了。问题集中到电梯费用分摊上。

有关电梯使用收费问题，在业主微信群里看到这样的争论：甲业主认为，电梯收费应一层一价，运送距离长短是收费标准，这才公平合理。乙业主认为，不管楼层高低，只要电梯运转，就会产生费用，不存在长短的问题，一人乘坐与多人乘坐，产生同样的损耗，跟出租车一样，不论距离长短，起步价一样，一个人和三个人一样。丙业主没有介入争论，而是折中了甲乙双方的意见，建议刷卡乘电梯，一来不交费不享受刷卡乘坐，二来可以防范陌生人进出，对业主住户有安全保障。后面引来众业主点赞。紧接着，有人发言，刷卡好是好，智能改装费用从何而来？后面便不再有人跟帖。看得出，电梯无法正常运行，不是技术问题，不是精算问题，而是人的心态问题。从业主群里的对话看出，这些业主的精明程度，不亚于超算机器人，只可惜算计于生活日常，实在大材小用。

某老新村小区，一直有业主拒交物业费，已经形成"破窗效应"，导致欠交业主越来越多。该小区建于上世纪末，属于单位集中建造的公寓楼，相较于新型商品房而言，建筑结构简单，设施配套不全，加之年久失修，损毁严重，维修保养相对复杂。这样的住宅小区最大的优势是公摊面积少，入住成本低，实惠！在开发商品房以每平方三到五元计价物业费的情况下，该小区停留在收取三毛到五毛区位上，不能不说廉价，可仍有欠交或不交者。

说句公道话，巧妇难为无米之炊，物业公司不是慈善机构，养护管理需要付出成本。我纳闷，面对简陋建筑、残缺配套和低物业费，提供服务的物业公司，不知是靠什么存活下来的。想想，都替他们担心。好在政府结合老城更新升级，为这样的老新村进行了加固改造，但不足以完全改变面貌，日常的管理服务反而难度更大。有人提议，可以提高物业费。物业公司何尝不想。连物价部门指导价都难以执行，按服务标准收费更是难上加难。局外人有所不知，之所以成为老新村的居民，也是当年住房困难者和低收入人群，真正有条件的，早已入住到商品房小区里，老新村居民大多成为老弱病残的代名词。按说业主交物业费天经地义，何况羊毛只得出在羊身上，而这里物业面对的不是羊，而是灰鼠，显然不能在灰鼠身上出羊毛。据了解，物业公司自有一套生存之道，他们大多另辟蹊径，东方不亮西方亮。一是针对停车需求旺盛，争取停车位改扩和收费权利；二是利用公共资源，争取商业广告收益；三是争取政府扶持政策，堤内损失堤外补。但愿这样的办法，能够缓解物业管理成本缺口。

真佩服他们自有生存的门道。

眼下私家汽车爆棚，停车问题突出，尤以老旧小区为甚。一朋友常常开车来父母所在小区看望，每到此地，最为发愁的是停车，有时为了找车位，转遍周边各角落，曾有多次因为停车难，干脆让父母下楼见上一面。父亲生病卧床之后，老人更是迫切希望得到探视，母亲为确保儿子常来，总是提前预约儿子，在小区里侦察好车位，带着板凳专门蹲守，以防他人抢占。此后形成习惯，朋友要尽孝心，便提前通知母亲，占到车位后，驱车赶来。朋友笑言，"停车难"让尽孝的成本大大增加。

某小区一度深夜汽笛长鸣，让居民不堪其扰。了解得知，此业主车位常常被人占用，一怒之下，便不停地鸣笛抗议。而该业主恰恰又是上下不敢得罪的"戆头"，三番五次之后，有人只得求助于110，警察到场后，进行劝解，算是暂时止住扰民行为。然而，事情并没结束，几番交涉之后，物业公司不得不做出承诺，免费进出道闸，并派专人替他看守车位。哪知在某一深夜，车位又被他人所占，物业保安因怠慢处置，结果产生争执继而大打出手，"戆头"因伤人遭警方拘留。

某小区因长期拖欠工程款，导致物业设施残缺，结果闹出笑话。在某次消防演习中，人们打开取水消防栓时，不见水流，查找原因，竟发现阀栓只是摆设，地下根本没有管道。在场的人吓出一身冷汗。幸好是演习，万一出现火灾，后果不堪设想。之后进行专项整治，发现这样的情况不是个案。有的黑心包工头或是昧心开发商以为消防栓是装饰品，偷工减料，蒙混过关。

在上述事件中，我不想论这些做法谁是谁非、谁对谁错，因为事实真相背后，总有千万个理由，可谓公说公有理，婆说婆有理，生活的烦恼大多由此而生。

也许有人会说，物业管理的问题，根子出在住宅品质上，历史欠账带来的。的确，社会发展太快，人们对住房的需求越来越大，品位越来越高，过去规划建设和工程标准只是满足基本居住需求，没有电梯，没有物业，居委会代管，当年配套的车库只能用于存放自行车，谁会想到如今几乎家家拥有私家汽车；供电只是照明线路，谁会想到如今家家都是大功率电器；住宅小区不仅是居室，还需要多功能休闲场所和干净优美的生活环境。应该看到，这些年里，政府投入巨资加快老城更新，特别是老新村改造，一方面加固住宅基础设施，确保安全性，另一方面完善生活配套，美化居住环境，提升可观感，再一方面是调整布局，争取更多可利用空间，为休闲和停车提供场地。我对这样的为民办实事并不看好，这样的投入，并没有换来面貌的彻底改观，有的只是简单的"穿衣戴帽"，不少改造后的老新村小区未经三五年，又恢复到老样子。原因很多，其中物业管理服务质量是一个方面，同时与居民业主事不关己、置身事外有关。

蜜多不甜，油多不香。我不禁想起一则寓言。从前，有位国王每次出行都为路面崎岖不平而苦恼。一日，他突发奇想：能不能把所有的道路都铺上牛皮，这样走路就不会硌脚。于是就下令要求杀牛筹皮，没想到招来群臣的一片反对。因为全国的牛杀了加在一起，牛皮也铺不了多长的路面，更何况牛皮还是充饥御寒的好东西。这种既不现实，也不实用的想法，终被否决。国王无奈，出行时只好用两小片牛皮包住脚，解决行走硌脚的问题。国王的想法看似愚蠢，其实反映了这样一个认知：公共利益是公众的利益，同样需要考虑成本效益。公共产品往往比私有财产投入的管理成本要高，说到底，人是私欲动物，人的趋利本性，往往漠视公共产品的存在，只在乎自身需求。各人自扫门前雪，莫管他人瓦上霜。也许人的精神理想达到无我高度，公共产品才会得到应有的珍视。用财政资金为民办实事固然值得赞许，而以此为私有产权提档升级"买单"，并不是好主意。崽卖爷田不心疼。现实生活中，恰有不少人把国家和集体利益当成"唐僧肉"，不吃白不吃、白吃谁不吃，某种程度上淡化了个人对社会应承担的责任。

基础设施的改善，不是一蹴而就的，需要常态化地养护和管理，至于生活中遇到了琐碎杂务，更需依赖于第三方供给。我们不可能生活在真空里，生活在聚居小区里，难免会遇到各种各样的问题。桐城有个"六尺巷"，应算是历史上有记载的物业纠纷了。朝廷大学士张英府邸与吴姓人家相邻，吴家要占用巷子建房，张家不允，结果闹到了县衙，县官见两家望族背景深厚，不敢轻易判决，张家只得求助张英，哪知张英回复家书附诗一首，"千里家书只为墙，让他三尺又何妨？万里长城今犹在，不见当年秦始皇"。张家深知书信其意，便主动让出三尺空地，这一举动也感动了吴家，吴家随后也让出三尺。"六尺巷"由此得名。这个故事看似道德感召的力量，其实折射生活中处理矛盾纠纷的智慧。当我们埋怨生活中的不如意时，设身处地换位思考一下对方，检点一下自己的所作所为，也许矛盾和烦恼就会消解。

于此，我只想说，服务是有成本的，物业不是家务，是硬妥妥的家政，家政和物业其实是外包的服务。物业是一个很个人化的事情，政府的角色是监管规范第三方物业行为，营造物业管理服务的良好生态。更新观念，为品质生活购买服务，是城市居民最基本的消费事项。

## 安置房的名分

我很为我生活的城市自豪，因于她山明水秀、四季温润、物阜民丰。真得感谢造物主的恩赐，让她有了这样的气质，无论山林谷沟、江河湖库，处处相得益彰，妙然生趣，所以有了"江南无所有，聊赠一枝春"的优美诗句。的确如此，她太值得引以为傲，不仅大环境景色宜人，即便小环境也美。

就拿梁丰社区来说，生活环境不因是安置房而失色。新街花园小区算是相对老旧的安置房小区了，如今仍配得上"花园"这样的名称。小区里有景观河、有公园、有商铺、有幼儿园，常年绿树成荫、繁花似锦。走进小区里，处处闻香，沁人心脾，真有"桃源仙子不须夸，闻道惟裁一片花"的意境。

那个暖阳的日子，我走出办公室，走近亭子里老人们中间，参与老人们的闲聊。老人们正在谈论地铁开通江阴的话题，正为可否开到长江边看江景而争执。我插话说，这不是问题，锡澄一体化了，年底就开通直达。大家觉得这是了不起的大事，脸上露出赞叹的表情。老人们都很健谈，特别关心国家大事，常看《新闻联播》《海峡两岸》，连俄乌冲突、巴以局势都有独到见解，也关心自己的养老金，相互间讨教着养老金构成和增长口径，连职业年金都懂。我问他们是不是梁丰人，有说是土生土长的梁丰人，有说是拆迁安置的新梁丰人。我羡慕地问，住在这个环境里，满意吧？幸福吧？真跟花园似的。老人中间有人认识我，便说，过去到城中公花园玩，要倒三班车九站地，现在家门口的公园比公花园还好，真没想到现在过这样的日子。老人夸赞一番后，遭到另一个老人的调侃。这地方过去是庄稼地，种粮食和蔬菜，供你们城里人吃，没想到现在供城里人住了，不能忘本呀。有个更年长的老者深情地说，当年部队渡江进城，在这儿修工事，不是这个地方，部队不知牺牲多少人呐。老人们谈古论今，尽管跑题，却意味深长。言外之意，这片土地为革命和建设作出过贡献。这是一拨了不起的老人，假如时光倒退七十多年，他们一定是坚守阵地的战士，跟今天的年轻社工一样充满朝气。老人们对这块土地充满感情，虽是不长庄稼长出了房子，却仍对此怀有深深的眷念。而令我感慨的是，老人们带着这样的观念进入现代文明生活，内心会有另一番滋味。

楼上楼下，电灯电话，是二十世纪描绘的最为理想的现代化生活，是中国农民梦寐以求的向往。如今社会发展远远超出了人们的想象，洗脚上楼的梦想提前实现。也许，优美的环境，只要投入人力和财力就能打造，然而，适应和匹配这样的生活方式，仍需一个过程。没有人的素质的现代化，没有优质的管理服务，再富丽堂皇的花园小区，也是难以维持长久的。

梁丰社区是典型的混合型社区，所辖七处片区中，四处安置房小区，两处商品房小区，还有"夹花地"的两排自建房，物业管理分属不同的机构。商品房小区规模较小，基本由开发商选定的物业公司承包运营，安置房小区不仅安置着原梁丰村民，还有周边老村村民，甚至有市区统一安置的城市住房困难居民。经过二十年的变迁，有人进来了，有人出去了，出租房或空置房随处可见。随着房龄的增长，物业管理和维护的成本不断上升，无疑，社区面临着诸多治理难题。

为弄清安置房性质，我专门请教过专业人士，也百度浏览过相关知识，众说不一，没有规范的标准定义。但有一点是清楚的，它不同于商品房，安置房本身是拆迁安置，以房换房，只可居住。如需上市交易，必须补交土地使用金，取得房产证。安置房多为政府开发建设，价位普遍低于商品房，同等地段的安置房价位往往不到一半，对拆迁安置和困难群体而言，明显带有补偿和福利性质，充分体现了发展红利让给了普通民众。

我对梁丰社区物业管理做过比较，反倒对商品房小区物业管理多了庆幸。与安置房小区相比，商品房小区物业管理基本做到良性循环，有稳固的可持续发展基础，而安置房小区仍沿袭着集体意识的治理模式，物业管理更复杂，难度更大。突出表现在，只对物业管理和服务有需求，却不愿为物业付费，保留着传统生活方式，各顾各家，各找各妈，在享受公共利益和公共空间权利的同时，对履行公共义务缺乏认知。据了解，安置房居民没有物业交费意识，尽管每平方米二至五角钱，物业服务费收缴率也不足百分之四十。这在安置房小区是普遍现象，还有不少安置房物业缴费不到百分之十，物业亏空部分只得通过集体收益转移支付。

站在拆迁安置的角度，有时也理解。过去世代居住的民房是没有物业的，更不存在物业收费一说。在多数人看来，征了我的地，拆了我的房，安置房属于自己的，没有交费的道理。何况，搬迁集中安置后，生活成本随之增加。有居民反映说，过去用水不花钱，房前屋后有水井河沟，果蔬自种自给，烧火做饭靠柴火，现在关起门来都得花钱，连拉屎撒尿都费水费纸，水电气费自动克扣缴，想赖也赖不掉。物业服务，不是生活必需品，可要可不要。正如人们抱怨的，现代社区生活的每一个细节，都是靠钱铺就的，少了钱，连家门都进不去。

他们的说法不无道理，只是有一点他们没有意识到，或是意识到根本没当回事：住进小区，不仅是居住条件的改善，更多地表现在生活品质的变化，其中的公共服务和公共设施，需要投入和维护。然而，入住二十年，这个观念仍有人不予接受。

这不是个案，而是多数。类似安置房物业管理的问题，不少地方采取的措施仍是集体托底。集体支付的资金大体分几块，一是拆迁补偿款集体提留部分，二是配套用房出租租金，三是集体股份合作社收益部分，四是较为富裕的区街，依靠财政适当补贴。这大概可以说是对村民利益的最后保护了，也算是村民享受到了隐形集体福利。

有识之士不无顾虑，这样的情况能够走多远。集体财力并非取之不竭、用之不尽，当蛋糕被不停地瓜分完之后，拿什么出来填充。事实上，集体经济发展的空间越来越小，集体收益受市场因素的波动影响越来越大，无疑使集体财力成了变数。我曾鼓励社区重视发展集体股份合作经济，从共同富裕的高度认识发展集体经济的重要性必要性，然而随着城市化进程加快，原有产业用地慢慢收缩，夹缝中生存的村级园区被逐渐蚕食，进而住宅高楼拔地而起，集体经济业态被新的业态所代替。当然，这代表着一个城市的繁华，从全局角度考虑，牺牲小小集体利益是不足挂齿的。只是靠自有财力维系社区治理的做法，越来越举步艰难。

多年之前，梁丰社区就有了这样的忧患意识。当城市社区普遍引入专业物业公司管理时，他们通过业主自治，探寻自救之路。

西花苑小区分东西两个片区，入住居民一千七百多户，大多为第一批拆迁的梁丰老村民。搬迁入住时，小区的配套设施并不完备，但对于住惯了传统村落民居的村民而言，已然满足。然而，随着时间流逝，小区问题越来越显现，影响到公共安全和日常生活。当初物业公司因收缴不到物业费，维持不了管理成本而撤出，进而环境无人清扫，垃圾无人清理，时常出现小偷小摸，小区秩序出现严重混乱，有的设施出现损毁现象，连消防安全都拉起警报。

二十年前建造的小区，如同当年人们穿着的布料，基本属于又土又粗，且历经泡糖之后，漏洞百出。眼看着好端端的小区被这样糟蹋，社区居委会不得不直接干预，临时组成志愿服务队介入物业管理，先是做好居民安抚工作，继而协商探讨物业管理对策。按照物业管理相关规定，物业服务机构是在社区党组织和居委会指导下，接受业主委员会的监督。对于梁丰人来说，业主委员会是个新兴组织，是居委会之外代表业主利益的自治组织，它是由物业管理区域内选举的业主代表组成。这些搬迁安置入住的居民大多缺乏业主意识，没有监督和协助物业服务的观念，进而对物业管理满不在乎，导致物业服务缺失。而物业公司的缺失，瞬间造成小区问题百出，被冠以业主的居民们这才发现，自己的生活根本离不开物业服务。

　　物业公司撤出了，物业服务怎么办？社区派人跟业主代表协商，多个方案只是议而不决。有人提出聘请新的物业公司，但多数人认为收缴不上物业费，服务还会有问题。有人提出让社区其他物业机构接管。新街花园小区物业做得相对比较好，跟负责人一沟通当场遭拒，理由是物业服务靠队伍，没有人什么服务都谈不上，而服务是有成本的，没人做倒贴的买卖。最后征求意见，能不能业主自治管理？大家表示赞同，可提出谁来干时，大家推三阻四起来，有的表示自己年纪大了，干不动了；有的说家务重，精力顾不上；有的说身体不好，怕出毛病。显然，大家对物业服务的艰辛是清楚的。之后社区研究认为，业委会虽是自治组织，但离不开党组织的领导，不少退休的党员干部在小区生活，让他们出来主事，便于做通广大业主的工作，维护业主权益，同时能够调动物业服务人员的积极性，保证服务质量，遇到困难矛盾，也便于及时跟社区和街道主管部门沟通协调。这一方案的提出，得到了业主代表的赞同。

　　张玉凤退休前在村里担任过妇女主任，有领导能力，有群众基础，是社区热心人。社区提名推举她担任业主委主任，让她牵头来推业主自治。张阿姨起初有些畏难，毕竟她不懂物业，有推托之意。当社区提出给她增配一名物业专业服务管理人员时，她才答应试一下。江师傅曾在大型企业后勤系统担任过负责人，积累了一套物业管理的经验，他接受了业委会聘请，担任物业经理。江师傅首先是对业主自治管理物业进行了规范，重新招聘的一批服务人员，很快实现了小区由乱到治的转变。难能可贵的是，小区保安、保洁员皆从业主群里就业困难人员中选拔，一来就地解决就业问题，获得一份稳定收入，二来带动其他业主共建共享优质物业。张玉凤说，物业管理人员乡里乡亲的，拉拉扯扯总能沾亲带故，不看僧面看佛面，遇到问题也好处理。不过，对江师傅而言，管理他们比较困难，这些人大多年龄偏大，文化程度低，平时松散惯了，不愿受规定约束，起初离岗脱岗现象严重，经过严厉整治，杀鸡儆猴，队伍面貌才有所改观，也让小区服务上了水平。当然，历年积累的痼疾，在社区支持下，也得以解决，仅垃圾清运一项，便花去二十多万元，为业主自治管理创造了良好条件。尽管物业服务上还有许多不尽如人意的方面，但多年疫情实现"零感染"，物业功不可没。

近两年，业主自治遇到了新的情况和诉求，对业委会自身建设提出新的要求。社区党总支决定在业委会建立党组织，通过党建引领自治，促进物业服务上新水平。在业委会建立党支部，这在全区乃至全市为数不多。社区的初衷是通过建立党组织，加强业委会的核心领导，发挥战斗堡垒作用，解决自治共识不够、自治不能自决的问题，提高凝聚力和执行力。党组织的成立，有效地推动了自身能力不能解决的诸多问题的解决。

停车难，是老旧小区普遍面临的问题，安置房小区尤为明显。社区协助业主委争取到老新村改造更新资金，重新拓宽了内部道路，整合闲散地块开辟停车位。自筹资金一百五十万元，将沿街商铺门前通道改造出近百个车位，一来满足购物停车需求，二来错时为小区业主提供车位。曾为争抢车位闹得不可开交的现象得以缓解。

住宅破损问题。因日常维护管理不足，有业主反映出现楼顶渗漏现象。按说这类的维修是有大修理基金保障的，然而，安置房小区的特殊性，却不在此序列里，因而维修资金无法落实。如果说小补小修，业委会或是社区倒是可以承受，然而，业委会认为破损问题是工程质量问题，是建设方的责任，不是自己的职责权限，于是，只得以组织的名义对上报告，请求参照大修理基金模式解决资金问题，果然得到的主管部门响应。

电梯保障问题。东区高层住宅，自开发交房起，普遍对二三两层电梯门作了封堵。据说当初有业主表示低楼层不交电梯费，故此电梯门洞被封。近年来，住户强烈呼吁开通电梯，可社区又无能为力，只得逐级向上反映，直到在人大代表等联名呼吁下，终于列入改造整治计划，前不久近百部电梯全部开通，低楼层的居民不再为此烦忧。

尽管业主自治带来了新的气象，改变了社区面貌，但在我看来，这只是初步的，仍有许多问题需要破解。甚至可以说，这只是梁丰社区的特例，复制的可行性较小。物业管理是专业化和职业化工作，本质上有严密的章程规则，物业人员是服务的提供者，而业主是服务受益者和监督者，一旦运动员变成裁判员，章程规则便难说有效执行。之所以梁丰尝试成功了，是因为集体经济有力的支撑，有一批难舍难分的好邻里，至于其生命力和可持续性，还有待观察考验。

## 门卫的面孔

眼下，但凡是个单位，总得圈个围挡，设置一门岗。这倒不全是防盗防火防意外，有的纯属装点门面。似乎不弄个门亭保安，不足以显示单位的存在。我在梁丰社区，就看到这样大大小小的门亭门岗，每个门岗都有一到两人值守。这些门卫大多上了年岁，一看慵懒而无精打采的样子，便知是没有经过正规训练的，但他们都体现着对岗位的忠诚，不管亭岗多么逼仄，多么醒龊，从没见他们擅离职守过。

这不由得引起我的好奇。细细一想，门卫这个特殊的职业群体，已成为工作生活的一部分，而这支庞大的职业队伍，面孔如同风景一般，越看越有味道。

某刚刚开盘的小区，入驻一支仪容整齐的保安队伍，除了没佩枪支，帽徽、领章、腰带、绶带等一应俱全，俨然一支皇家卫队。起初业主进出，敬礼示意，彬彬有礼，大有豪门贵族的气派。可日头长了，发觉不对。这可是自己的家？如此戒备森严，加之面无表情、冷若冰霜，反倒有了不适感。不过，对于这种职业特质，业主习惯了这样的做派，并慢慢地接受。

随着时间推移，这种整齐划一的保安形象，便开始走样。大概那种僵硬的查验，连门卫自己也不习惯了。来来往往的业主或访客，总得有个问长道短的，于是不自觉间便松松垮垮起来。情况更糟的是，保安不是稳定的职业，铁打的营盘，流水的兵，老的不断地退出，新的不断地进来，原有的标准身高体形，不经意间被杂牌军替代。跳槽更替不要紧，业主不在乎怎样的门卫，只要服务好、安保好，谁都一样。关键是，新的门卫眼里，业主成了新人，出入重新多了盘查的麻烦。遇到好说话的门卫，简单解释一通，能够自由放行；遇到顶真的门卫，便是复杂的盘问，搞得业主成了访客甚至是可疑人员，弄得心中大不悦，少不了相互争吵一番。

某小区门卫，新换了一男一女，样子就特别有意思。大概是用工荒季，那些有模有样的门卫保安春节之后一去不复回。本以为是临时拼凑的，不想两人是扎扎实实地蹲下来。男的很稚嫩，一看像是未成年男孩，有时歪戴帽子的样儿，憨态可掬，能跟流浪三毛一拼。女的四十来岁模样，长得还算端正，只是身材矮小，有时连进出道闸都举不起来。两个极不像保安的人，只要认真起来，也是一套一套的。男孩不苟言笑，起初，面对进出不认真出示证件的人，他会板着面孔，歪斜着身子，颇有一夫当关、万夫莫开的架势，谁也拿他没有办法。慢慢混熟了，特别是对他友好地打招呼，他也能活络一下，虽没有笑脸，至少能主动开闸放人放车。女的穿上肥大的保安服，虽不伦不类，却也显出了精神，加上天然一脸的热情，倒给人好感。不知后来是受到领导批评，还是业主的发难，对人态度发生一百八十度大转变，由此少了笑脸，多了提问，一视同仁地冷漠。有好事者向物业公司发问，门卫是小区的脸面，能不能找点像保安的人当保安？物业公司一脸苦相，说就这，人也是留不住的。

大概小区门卫保安纯属服务人的行当，且受制于业主的素质，待遇和地位不及其他单位的原因，因而难以招到合适的人。与之相比，那些像模像样单位的门卫，好看的面孔未必都会针对着你。

闲来无聊，大致梳理了几种门卫类型。

一是公事公办型。大多出现在行政机关门口。这里的门卫面孔，多很威严，一股浩然之气状。一来与衙门氛围匹配，二来自带优越感。古人说，宰相门前七品官。过去风气不好的时候，人们埋怨"门难进、脸难看、事难办"，尤其是一迈进大门，先是接受证件检查、讯问、填单、通话核实一系列程序，接着便是上下打量。眼下条件有了改善，进出有了智能道闸系统，对工作人员而言，掏出证件核实无误，在道闸处打卡刷脸，便可自动进出。对办事的人来说，除了智能管控，还得出示各种证明证件。"从哪里来？到哪里去？办什么事？找什么人？"一一应答，稍有迟疑，便露出冷峻怀疑的凶相，给你造成胆战心惊之感，结果慌得连办什么事都说不清楚，更忘了所找的办事的单位和人。这种情况，偶有心得。进某机关大院参加某会，急匆匆忘了带会议通知，被堵在门岗处，里面电话催着，自己内心急着，对两个门卫苦苦哀求无果，结果一赌气折返，挨了缺席通报批评。领教了这种公事公办、旁若无人的嘴脸之后，对踏进这样的衙门，总是心有余悸，一直耿耿于怀。

二是以貌取人型。这类察言观色的保安，算是情商高的，只是做派让人有点作呕。常常看到这样的门卫，看到穿着考究，夹着公文包匆匆走来的人，总是笑脸相迎，敬礼招呼，熟识的，便是点头哈腰，一路放行，陌生的，也是彬彬有礼地上前问明情况，而后指点方向。而今，人们坐车出行办事，门卫的眼睛盯着了车号和车牌，但凡奔驰宝马总比一般轿车招摇，车标则成了响当当的出入证，门卫放行的速度似乎也快了不少。相反，衣着朴素、灰头土脸，别说门卫不待见，就是跟办事人员打交道，也会是一副懒洋洋的面孔。难怪有种说法，穿着打扮，体现了对他人的尊重。原来尊重是相互取悦。曾听说这样的一件真人真事，某领导一时兴起，想起自行车的好处，便改为骑车上班。平时坐惯轿车公务出入，没有想到自行车既能健身，又观赏了城市的风景，一路骑行，让他心情大悦。令他没料到的是，愉悦的心情被门卫的冷漠弄蒙。领导骑到机关大院门口，客气地下了车，推着车欲进，结果被门卫挡住盘问。领导说明自己的身份，门卫上下打量，就是不予放行。口口声声说，里面的领导我们认识，别蒙我们了，领导从来不骑车。言下之意，哪有领导骑车上下班的。领导不便辩解，只得电话打到秘书那儿，直到秘书赶到门口，这才算是解了围。一个俯视着全城，前呼后拥的领导，却因换了自行车，被门卫搞得有点颜面扫地，实在是不应该的事。不过，领导自我反思，每天出入于大院，坐在车里，连门卫都不识，多是自己的问题。

三是狐假虎威型。有一种门卫，出于职业的本能，做得跟桃符上的门神似的。传说中的门神秦琼和尉迟敬德，一个战功赫赫、深受敬重，一个武艺高强，舍命救君，二位深得主子李世民信任，站岗放哨，驱邪镇宅，体现的是忠诚和担当。如今门神倒是跟凶神一般，总会拿出颐指气使的样子来，但凡有出入访客，总会一视同仁地盘问，只差骑马扛刀。一旦遇到不好说话的，拿出气势压他，他也会软下心来，自我辩解说，是领导要求的。一旦客客气气地求他，他则是一副高高在上的嘴脸，就差留下买路钱。有人质疑厚此薄彼，痛斥谁给你这么大的权力，不要仗势欺人。他们会强调，这是履行职责，是领导要求的，他们只是干活的。当然，他们也怕把访客搞毛了，毕竟是服务岗位，搞出矛盾纠纷来，饭碗同样不保。当然，更多的门卫在经历世事之后，学得聪明起来，善于见机行事、见风使舵，巧妙于周旋。门卫的岗位，毕竟是个阅人的岗位，见的人多了，脑子也会开窍了。领导在时，一副正经八百的样儿，挺胸直立，严肃盘问，领导不在时，睁一只眼闭一只眼，敷衍了事。一旦有人质疑他们，他们辩解说是领导让这样做的，他们也不想麻烦。曾遇到这样的事，某公到市民中心办事，进入大门倒是马虎地通过了盘问，可车却不争气地熄了火。这下急坏了门卫，连附近的铁骑都冲了过来，一堆人一个劲地催赶着走。可人越是着急，越乱方寸，怎么打火也不成功。有人板起面孔，开骂起来，说这是什么地方，怎么这么不长眼。有人几乎哀求，马上市里老大要出来，赶紧挪动啊！某公听到骂，心里不爽起来，回敬说，这不是市民中心吗，我是市民，该想怎么进就怎么进的……可看到其中门卫的苦相，便也冷静下来。都不容易，人家靠这饭碗吃饭。随手拨弄一下，车子又启动了。之后，他心里犯嘀咕，以为警察会以妨碍公务让他思过几天的，不承想，也稀里糊涂过去了。

四是情绪支配型。其实门卫保安表现的各种状态，大多由环境和情绪支配，别以为他们经历了职业化训练，处处体现专业精神，其实他们都是普通打工一族，喜怒哀乐都挂在脸上。有人归纳过他们的状态——假如惠风和畅，门卫似乎心情愉悦，对待出入宾客便多为和颜悦色；假如狂风骤雨，他们则会躲躲闪闪，漠不关心出入的宾客，只是偶尔显得不耐烦，彼此顾不得那么多的讯问；假使某天耷拉着苦瓜脸，见人似乎欠他八百吊钱样儿，那一定是受到领导批评或是家人埋怨，访客可得小心翼翼交流，否则一口污水喷涌而出；假使谈笑风生，喜色溢于言表，那一定是或得到了领导的夸赞，或如愿拿到了考核奖，或赶上了亲朋喜事，那传递的温暖，也会让出入者心情大好。某君常常出入于机关和企业单位，喜欢察言观色门卫。一日，某企业门卫接待一访客，访客叼着烟，满不在乎样儿，门卫劝他摁了烟进来登记。访客带火的烟是掐了，激动的情绪倒是上来了，嚷着让老板下来见面。门卫神情严峻起来，说老板是随便见的吗？访客回敬道，我是老板祖宗，不能见吗？门卫一听不爽，脱口而出一句，我还是你祖宗呢！结果两人干起仗来。某君一看，上去劝架，一问缘由，是听岔了话。门卫心有埋怨，老板迟迟不发工钱，他急等着回家过年，心里的火与前来讨债的访客不相上下。访客一听解释，反倒不为难他了，一顿同是天涯沦落人的安慰。

五是欺软怕硬型。如果说以貌取人型，透着一种奸猾，那么欺软怕硬，则有点德行问题了。门卫保安大多是打工一族，素质参差不齐，不排除有嫌贫爱富、恃强凌弱之流。曾见过一处保安门卫，大腹便便，满脸横肉，胡子拉碴，活脱脱梁山好汉样儿。只要他轮值在岗，似乎出入者特别地小心翼翼，没做贼也像个贼样。不过，他也并非认真地履职，真要有人存心干出鸡鸣狗盗事儿来，他未必就能盘查出。有人发现，他是典型的"两面人"，能一眼识别出布衣之士和权贵王者。对单位领导是一套殷勤，自不必说。对穿着时髦的人，他会从上到下扫视一遍，接着满脸堆笑，恭维地迎合上去，大概他是猜出这些人的身份和地位。而对单位下属或是普通访客又是另一副面孔，冷峻而威严，上下打量不算，还得仔细盘问，不把人逼得山穷水尽，绝不善罢甘休。有意思的是，一旦遇到跟他同样凶巴巴的，或是不好说话的，他也不敢上硬弓，只会绕开眼神。有人略施小计，弄点小恩小惠开道，果然管用。比如办事的人掏出烟来点上火，套套近乎，他会放下端起的架子，让人登记进出。有一次，该门卫遇到一个同操家乡口音的办事者，一句"你这个尿样，别故弄玄虚狗眼看人低了，何必打工的为难打工的，有本事真抓几个坏人试试"，让他一下子自卑了好久，从此放下架子，不再内外有别了。

综观各式门卫保安，纵有千般面孔，也离不开人情世故。他们是人，他们要工作，他们要保饭碗，只得表现各种各样的状态，迎合来来往往的人。联想到，古书上有个这样的故事，一新科秀才欲拜见当地乡绅，先是打点认识了引荐人，介绍进府门的时候，再给管家递上三百文钱，管家引进认识师爷，给师爷打点五百文钱后，师爷把秀才和引荐人安排妥当，接着是等乡绅的接见。

这还只是有身份人之间的往来，要是走进衙门办事，各路门神打点，还不知破费多少。

现在是文明社会，设置门卫的意图不再是看家护院、通风报信，它多了许多延伸功能。政府机关门卫，负责进入人员的验明正身，接待来信来访，维护正常公务秩序，必要时处理突发事件；企事业单位门卫，重要的职能是出勤打卡，他们眼睛犀利、嗅觉灵敏、一视同仁，因为智能系统的出现，倒逼着既要监督人，也被人监督，他们代表单位形象；社区生活小区门卫，是物业管理的一部分，没有门卫似乎不算小区，因为人员和车辆的进出，需要有人维持秩序，这大概就是门卫的作用，充其量保安角色。眼下不少设置门卫的地方，大多因停车所致，"停车经济"是个不错的生财之道，自然少不了门卫，如今进出场所有智能记录仪，道闸实行自动化，杜绝了人工收费中饱私囊的可能，而门卫仍有维持停车秩序、加强停车管理的责任。门卫岗位，为一批劳动技能不足者提供了就业的可能。

忽然发现，在评点门卫面孔的同时，不知门卫对往来人流做何感想。他们窥视各式人等，眼里可是大千世界，说不定内心里鄙视着我的说笑呢。

## 爱挑毛病的人

有人说，老钱爱打官司，打官司打出了甜头，因为吃了甜头，变本加厉地挑毛病，弄得鸡毛蒜皮变成天大的事，弄得友人变成了仇人。

有人说，老钱是个认真的人，世界上最怕"认真"二字，认真过头是认死理，爱钻牛角尖，尽管人不待见，可也挑不出他的毛病。这种人不干监察可惜了。

老钱大概就是这样一个与众不同的人，难用对与错、是与非标准衡量，法治社会讲究维权意识，凡事讲规矩，于公是伸张正义，于私是保护自身权益。只是摊在他头上的事情，几乎是剪不断理还乱，弄得社区干部见了发怵。只要一提老钱，唯恐避之不及，敬而远之，直呼提升能力水平任重而道远。

我在社区的日子里，没有接触到老钱。同事说，老钱经常来社区，只是他不认识你，你才不认识他，否则胶皮糖黏着，甩都甩不掉，我们也不敢介绍你，否则有事没事找个茬儿，三天两头提意见打小报告，我们也吃不消。哈哈！我感觉出来了，只要老孙出现，没人敢主动搭讪，佯装没看到，更不会把他推荐给我。我不善与陌生人交流，人家自然也懒得搭理我，无形当中"保护"了自己。好在老孙的事情不全是冲着社区而来，只是最后协调或调解的任务落到了社区头上。说到底，老孙的事，也是社区的事儿。

有关老钱的故事听得不少，即使让我出面处理，也可能是越办越糟糕。就拿经社区交涉的几件事情来说，就让大家头疼不已。

一次，老孙去超市购物，结账的时候，掏出的全是零碎钱，收银员顿时露出不悦，嘴里嘀咕了几句。这要摊在别人身上，也许一笑了之，可遇到了老孙，情况不好。于是，购物受到不公正待遇的事件，因此发酵。

超市现场，老孙慷慨陈词、据理力争，直逼得收银员赔礼道歉。这还没完，他提出要投诉超市，当班负责人出面打招呼，恳请他有事私下沟通。之后沟通没达到目的，继而扬言投诉消协，问题已不是服务态度，而是商品质量，放言超市有假冒商品。负责人不敢肯定商品没问题，心里清楚，只要执法检查进场，抠洞扒眼总会找到毛病，否则是执法检查没水平，最后只得屈从地把钱如数退赔。老孙总算得到了安抚，但又觉得离弥补精神损失还有差距，离开时又警告了负责人一番。

据目击者反映，起初收银员的确对老孙态度不好，但也可以理解，毕竟现在购物不是刷卡就是刷手机，用纸币的少，看到一堆硬币零钱哗地一撒，收银员皱眉头、说闲话也属正常反应，之后对收银员的吵吵嚷嚷、不依不饶，那就过分了。这么一件小事，什么《消费者权益保护法》，哪儿跟哪儿呀，一般人说过就过去了，没必要上纲上线理论一番。分明动机变了，像是有意找碴似的。在场的人由同情理解变成了鄙视，毕竟影响大家购物心情，扰乱了公共秩序。

商超负责人本以为可以息事宁人的，没想到消协和 12345 热线投诉接二连三要求回复。只得请求社区从中斡旋。社区干部一听，觉得不是什么大事，知道老孙的目的，于是领着负责人，带着礼品登门致歉。登门赔礼并不顺利，老孙先是拒绝，看到社区干部在场打招呼，觉得有代表集体出面的意思，便软了口气，但始终肯定自己维权的合法性，在得到负责人反复承认错误后，才有了寄予期望的表态，意思下不为例，否则要代表全体购物者伸张正义，直到社区干部表示支持并监督辖区企业合法经营，总算止住了这场风波。

在我看来，老孙是个是非分明的人，面对不公正甚至歧视行为，他是深恶痛绝的，并非出于以精神补偿的方式占便宜，某种程度上他需要被人尊重。

另一件事，社区也感到憋屈。小区修剪树木，本是正常的养护管理，居民一般不会有什么态度，然而他认为没有人征求他的意见，便提出异议，阻止无效后，就投诉社区和绿化部门。在他看来，修剪不符合要求规定。有同事说，当时老孙摆出一条条章法来，该办什么手续，由什么部门负责，修剪按什么顺序，修剪到什么程度，无人能够辩驳。原来修剪绿化也有那么多流程、那么多规矩，连专业绿化队的人都不了解，硬靠一己之力阻止住"盲目砍伐"。之后，有人劝他，不要因为不合自己心愿，而得罪大多数人。他却以"沉默的大多数"回击人家，扬言捍卫自己的权利。

老孙的确是一个善于维护自身权益的人，他要自己活得明白而不混沌，所以对自己的利益特别在乎，哪怕是意外得到的，也要弄清子丑寅卯来。

多年前，锡城有个惠民项目，专门为城乡居民办理家庭财产意外损害保险，由政府统一为每户家庭名下出资一元钱，一旦因灾出现财产损坏，可获得三至五万不等的保值赔偿。但在办理保单过程中，需要每个家庭核实信息，签字认可。可老孙觉得这样做不妥，于是提出了一系列质疑，让社区工作人员始料未及。在社区看来，政府办好事，工作人员挨家挨户上门服务，做些登记和签字工作，没有给居民增加任何负担，应该得到欢迎拥护才是，哪有不理解的说法。可老孙有。社区怎么解释也解释不通，因为老孙对《保险法》有研究，他有理有据，有章可循，非专业人士无法理解。最后只得请求保险公司上门做宣传解释。据说保险公司派出三名营销高手登门服务，没等说出充分理由，便甘拜下风，认他为"祖师爷"。陪同的小陈后来说，老孙的确是个人才，凡事刨根问底，见招拆招，哪有人是他的对手。好在保险员心服口服地夸赞了他，这才放了一马，总算在保单上签了字。

其实，关于家庭财产意外损害保险的事，我略有了解。意外保险是委托保险公司运行，自然按保险公司的流程办理，只是面广量大的核实签字，委托给社区操办，这样的过程易把商业行为变成行政行为，这不能不让老孙这样的人怀疑社区动机。社区在为民办实事上，时常会出现这样的交叉或错位。类似这样的事情仍不少，常把社区推到风口浪尖上，如为配合排查安全隐患，对检查不合格燃气灶具进行更换，如为配合食品安全宣传，推广无公害绿色食品等，如为私家车主设置手机智能停车系统，这些都曾引发居民质疑，社区工作人员忙里忙外，出人出力出钱，却不被理解，那种委屈，不比老孙遇到的不被尊重小。

据说，老孙在保险问题上舌战群儒之后，扬眉吐气了一把，出入小区时的精神面貌发生了重大变化。之后，他自告奋勇替人义务打官司，当起了业余律师，多次参与法庭辩护，只是时间不长，还是回到了原来的生活状态中。人们发现，他对法律的确有些研究，只是事实依据抓不住重点，只在瑕疵上做文章，辩论并不能被法庭采纳，显然与专业律师的学养有差距，不能不让当事人感到，这只是玩的小聪明而已。

如果说老孙只是精于算计，人们倒也不会对他反感，只是之后发生的事情，却让他的人设彻底颠覆，遭到邻里的强烈鄙视。

那年深秋，天气无常。老孙的母亲来到他家，可怎么也打不开门，最后老人躺在了门口。此时，大雨倾盆而下，邻居发现老人遭受雨淋，便打电话找他，却无人接听，最后只得打到社区。张荣副书记赶到现场，看到老人气若游丝，马上送到医院，三天之后老人在医院病逝。之后的日子里，老孙倒是忙碌着母亲的后事。张荣回忆说，原来担心他在母亲抢救或去世这事上会纠缠，结果还好，没有对我们怪罪，只是后来大闹殡仪馆讨赔偿，大概是整个事件的总爆发。

火化那天，老孙验尸发现问题，大为恼火。原来他母亲的遗体转运殡仪馆后，没做任何处理，遗容出现霉变现象。老孙觉得，这是殡仪馆没尽责任，是对死者的大不敬。对死者的大不敬，就是对活着人的大不敬。他找工作人员理论，工作人员竟无视他的存在，这让他大伤自尊。他不得不强硬干预，这才引起了负责人的重视。

一场面对遗体的"辩论会"就在尸炉房展开，一方提出质疑，另一方答辩，一方抗辩，另一方再辩，从生前模样到尸变原理，从死后机理变化到死人出现尸斑，从尊重死者到服务意识，争辩步步升级，导致火化无法进行。最后声嘶力竭地咆哮，盖过了告别厅里阵阵悲戚的哭泣声，引得其他追悼会场上的人们前来围观。

殡仪馆向来是肃穆神圣之地，被视为亡灵和肉身分离的地方，人们内心是敬畏和忌讳的，然而，为了母亲最后的尊严，也可能为了发泄心中的积郁，老孙彻底地放肆了。不顾惊扰母亲的灵魂，不怕惊扰这儿的无数亡灵，更不顾亲朋和其他人的悲恸，愤然向殡仪馆发出示威。

据殡仪馆负责人说，自实行火化以来，殡仪馆少有纠纷，因为亲人离别，悲痛失控、伤心至极的倒是不少，像这种因为尸变引起的矛盾，实属罕见。亲属不从自身找原因，而是把遗体处理不周怪罪于殡仪馆，这很没道理。

面对现场出现的混乱，殡仪馆负责人不得不做出妥协，一方面当众赔礼道歉，另一方面答应赔偿。之后了解到，殡仪馆免去火化费，赠送骨灰盒，赔偿现金三万元。

此事一经传开，人们唏嘘不已。有人说，这么一个地方闹事，不怕闹鬼，也算是个奇葩。有人说，人能算计到火葬场，借母亲火化发财，这已经不是精明问题，而是人品问题了。有人调侃说，生前没好好尽孝，死后为母亲维权，也算良心发现。人都不能往坏处想，越想越丑陋。那时的老孙也许心情特别复杂，或是失去亲人的伤痛，或是内心的懊丧悔恨，母亲是倒在自家门前，未能及时抢救突然离世的，作为儿子是有过错的。当看到母亲遗容出现异变，再也不是慈祥的模样，他一定特别惊愕，也许他不愿看到母亲带着累累伤痕走进天堂，这样他的内心更会不安。那一瞬间，他也许看到了别的遗容都做过修整，而母亲却是素样，由此他把内心的自责转向了殡仪馆。殡仪馆里的"黑幕"他早有耳闻，从寿衣、化妆，到骨灰盒，一条龙服务，全是独家垄断，暴利经营，他要从亲身经历之处开刀，捅开他们的黑洞。他有了这样的推断，自然理直气壮，至少在母亲身上不让他们占一点便宜，还得让他们汲取教训。他的这一招果然奏效，逼得他们步步后退，想告"敲竹杠"都站不住脚。

一个偶然的机会，张荣指着阅报栏看报的中年男子说，他就是老孙。因为我们与他相隔一条路，中间有汽车遮挡，我们注视他的时候，他并没有注意到我们。他倚着自行车，头戴遮阳帽，着深灰式夹克衫，脸部口罩鼓鼓的。自行车是女式粉红色，龙头和车毂满是锈迹，一看是个生活节俭的人。张荣说，平时很少见到他出门溜达，听说这段时间身体不舒服，在小区活动多了些，大概是怕传染疾病，连戴 N95 口罩都不放心，普通口罩加了三四层。年龄不算大，退休才几年，人越来越惜命了！我问他家条件咋样。张荣说，别看他穿着普通，骑着破自行车，可这个小区里，没几家比他强的，拆迁房三套，在外面还为儿子购置了商品房，家具是红木的，电器全是进口的。之前在运输公司跑长途，别人辛苦一趟只赚几十元的时候，他能赚几百，脑子灵光，算计精明，是个难得的理财高人。

张荣悄悄地告诉说，别看他爱挑别人毛病，遇到比他还较真和暴躁的，他也会认怂。

怎样看待老孙这样的人，我跟张荣有过一次长谈。张荣认为，其实老孙不能算坏，只要给予他尊重，他还是讲道理的。推着破自行车，戴着口罩出门，这种异常表现说明什么？说明他有怯懦的一面，有信任恐慌，把自己包裹一层硬壳，那是安全感缺失。在别人看来，一是怕露财装穷，按说乡里乡亲的，串门是常事，而他家很少有人踏进过，即使社区上门服务，也是留条门缝说话，生怕家里的东西被人窥视心生歹念。二是不愿交往，活在自己的世界里，继而面对不如意的事情便吹毛求疵，以反击来保护自己。张荣说，这些年我们也尝试着跟他打交道，只要老孙出现在社区，便主动打招呼，嘘寒问暖，一杯茶、一支烟，让他轻松下来，语气柔和起来，有事说事。他也愿意聊点闲话，不再是当头一棒，板着面孔横加指责一通。由此感到，我们需要提升的地方还很多。

必须承认，现实压力和人格差异影响到社会认知和处事方式。我们正经历百年未有之大变局，社会心理一时恐难与之适应，大众焦虑现象在所难免，加之社会充斥着各种戾气，影响着人们的心态，面对现实往往放大负面效应。很难想象，一个人孤独地生活在阴晦的空间里，哪会感受到晴朗的美好。在没朋友倾诉、没人际交往情况下，于此内心荒芜而寂寥，继而，处事方式便是制造麻烦，引发关注，刷存在感和认同感。当情绪管道不畅时，社区作为最基层的组织单位，便成了最便捷的"出气筒"。

值得反思的是，社会应当提供情绪排泄管道，而我们并没有做好这样的准备。正如大家所言，物质有了，精神看似关照了，而心却不知怎么安放。这不仅对社区工作者提出更高的要求，也为规则制定者提出更高要求。规则的制定，是弥补漏洞，不是制造缺陷。强调底线思维，重在关注底层社会，给予底层人群足够的物质帮扶和心理关怀，也许这样，人们才会在被尊重中得到满足。

## 突然断电之后

我对停电、限电这样的事情并不敏感，因为很少有这样的情况发生，即便遇到，也会泰然处之。停电算什么，世界没有电的地方，太阳照常升起，日子照样度过。不过，不是每个人都这样想。

艳阳高照的一天中午，办公室里突然停电，电脑在"咔"声中黑屏，室内从明亮突然转暗，空调随之应声闭合起来。此时，我正专注地看电脑，屏幕一黑，感到世界一下子寂静下来，眼前的事戛然而止，心情随之泛起小小波澜，猜想其中定有原因。盛夏时节，电力超负荷运转跳闸，是常有的现象。几分钟后，正如我预想的那样，电又来了。我再次打开电脑，重新恢复到文档界面，浏览数秒后，又是黑屏。电又断了。我又想，一定是电线短路引起的。强行合闸后再跳闸。有生活常识的人，大都有这样的经验。我借机抻了抻腰身，倒满茶慢慢饮着，边喝边等，想在午饭前看完公文，可越等室内越燥热，人一下子从清凉舒爽转而汗流浃背。

我没有了再等的耐心，走到大厅里，大厅同样灰暗。大家木讷地看着我，或许也在等待着通电，因为室内的温度节节攀高，有了闷热之感。我问大家是不是哪儿短路了。他们说可能是隔壁单位控电了。我问，现在还有这事？他们解释说，前一段隔壁单位上门吩咐，总电超标了，意思是提醒我们省电。我一打听，因为是临时办公地，跟隔壁土管所同一座楼、同一条电路、同一个电表。我想，既然两家用电分摊，不应该以断电方式节省，而且没有预先告之，想必会有其他原因。

午饭的时候，小金匆匆赶回来扒饭，我问他断电的问题，他说施工队碰到电缆了，已经报修。小金负责安全生产和物业管理，他简单吃两口要去现场。我边吃边问，影响面大不大，他说暂时还没摸清，估计整个小区要受影响。如果说影响到小区甚至整个社区，这事不是小事。通常出现的水管爆裂、燃气管道泄漏等情况，往往是牵一发而动全身的，直接影响到生产生活，而触碰电缆这样的事，尽管没有水、气涉及的面大，但解决的难度也不小，势必会影响到周边单位生产和居民家庭生活。

草草吃完饭，我和小金赶去工地。此时，现场已围满了人。在距社区服务站两百多米的地方，两台橘黄挖掘机马达轰鸣，头如捣蒜般上下舞动，人们围拢着它，丝毫不顾及安全，似乎等待着奇迹出现。我挤进前去，冒失地问一个看似指挥的年轻人，小区断电了，会不会施工引起的？年轻人解释说，在清理现场，等电力维修的人来。围观的人们纷纷议论，这要等多长时间？年轻人摇摇头，不再说话，样子显得胆怯，知道自己做错了事，一旦应答不如意会招来一通骂。看得出，在场的人都是满脸不满，但还算比较冷静。也难怪，酷热的天气，站在阴凉处都满头是汗，加之机械操作满是扬尘，大家聚拢在一起，绝不是为了看热闹，他们要见证维修过程，期待着加紧通电。可没人会想到，断电会有多麻烦。

挖掘机施工的现场是个三岔口，小区内部通道，只能容纳小汽车单向行驶。施工铺设的工地并不大，只是沿路开挖沟漕，用于管网埋设。这是对上争取的老新村改造项目，除了开挖地下管网外，楼顶防漏、墙体保护、路面修整、绿化美化等一并施工。开挖沟漕，完成排污排水管道和网线埋设，只是头道基础工序，通常是被人厌恶的"开肠破肚"。现场看到，顺着不宽的路边，由西往东已经掘进了宽和深约五十厘米，长达一百多米的沟漕，十余名工人正有条不紊地搬运和安装水管，三根内径十厘米左右的黑色胶管已顺势铺设进去，断电并没有干扰他们的施工。两台挖掘机一台负责锤钻，把疑似断电线缆位置的水泥路面轧碎，再由另一台负责挖掘清理。看得出，司机很有经验，两人配合默契，很快将界面向外延展到两米多，果然地下的线缆裸露出来。在场的人断定，一定是这个位置碰上电缆了，导致断电跳闸。

眼下，只能等待电力维修人员进场了。面对骄阳似火，烈日烤人，围观者已然没有了耐心，有的充满疑惑，有的表示失望，更多的带着怒气，一拨人散开，另一拨人又聚合，陆陆续续的聚散，随时会有汹涌蓬勃的浪头打来。

我和小金无奈地离开工地。显然，我们无能为力。连施工方负责人是谁，我们都不知道。这也许是我们的失职，我们之间少有沟通。施工方是上级指派的，社区只是前期准备阶段参与了对接，协助项目方召开了几轮民意协商会，至于可能遇到的相关问题，需要社区做什么，概不清楚。不过，施工方是值得信任的，没有金刚钻，不敢揽这瓷器活。凭着多年参与改造建设的经验，他们会有这方面预案的。事实上，他们发现触碰到电缆后，很快向电力部门报备抢修。可随着时间推移，居民陆续关注停电问题。

我意识到，如果断电问题不尽快解决，社区不介入都不行。居民无法找工人理论，工人也不会理睬居民，真正能解决供电的是电力部门。居民拎得清，遇到电的问题，从不会跟电工理论，电工代表电，电是什么，电是老虎，得罪了电工就得罪了电老虎，就会受没电之苦，在这个份儿上，往往点头哈腰、递茶倒水，求之不得，很少有直面指责的，甚至连埋怨都不敢。因施工导致电力中断，情况不同，他们知道找施工方也无济于事，只好找社区反映，由社区出面解决。社区往往在这样的事情上，被居民重视，也被居民当"出气筒"。

回社区的时候，已有居民聚拢在大厅里。刚刚挂职到任的小戴书记和小陈、小张正在跟大家沟通安抚，看到我们风尘仆仆回来，叽叽喳喳的谴责有了收敛，但还是听到了埋怨声——突然断电意味着什么？或许正在炼钢的锅炉，熔化的铁水马上凝固，锅炉瞬间报废；或许正在运行的网络数据，瞬间丢失或切断；或许高速运转的机械，突然停止工作，产品成了废品，或许，还有更多或许。我心一震，有种被电晕的感觉。居民说得没错呀，停电何止影响了生活。好在这么一个高度发达的工业社会，这种意外难得出现。细究一下，也觉得可以理解，毕竟"难得意外"，面对横贯千家万户的生活用电来说，停电似乎没有这样的破坏力，停电不等于停止了生活。还好，他们指责的眼神里也是有份理解的。至少看到我们神情不安的样子，他们放低了声调。转而向我们打听起情况来。

一位阿婆关心地问，啥时候来电？小金说，在等电工到场，接一下也快。另一位中年妇女说，都等半个小时了，电梯上不去，饭锅没法煮，没空调热死人。满脸世界末日的绝望表情，似乎此时耽误了午饭要出问题，没了空调会出人命。看大家焦急的样子，我安慰说，大家克服一下，这也是意外。我想，耽误午饭，可以叫外卖，电梯不通，可以爬楼梯，空调不通，可以先找地方待着，要是工厂停电，那才是问题。我没敢把想法说出来，我想一旦说出来，肯定会招喷。因为我的观点，不像是解决问题，而是搪塞。事实上，没电，不等于什么都不能干，吃饭叫外卖咋不可以，爬楼梯咋不行，没空调也没热死人，人不都是从没电的时代过来的。此时，任何埋怨都于事无补。其实，我说克服一下，已经有人不满了。一中年男子早已拉下脸来，不客气地说，说得倒是轻巧，好像我们来无理取闹似的，冰箱里的东西化了谁赔？残疾人上不去楼咋克服？幸好旁边的妻子通情达理，马上制止住男人，解释说，不是冲你们发火的，请你们理解。听了男人的责问，我也有些生气，真想反问一句，要是不来电，难不成生活不下去了，事情正在解决中，难道不能耐心等待一下。不过，中年男人的责问，并没有引来在场人的呼应，多数人认为这事不能怪社区，完全是施工方造成的。

一个阿姨气愤地说，自从施工队进场，小区搞得乱哄哄的，不出问题才怪呢，怎么野蛮施工没人管？另一个大姐说，难道施工前不做好勘探？难怪挖断地下线缆。你一言我一语，大家自问自答，我们不便插话，也只听之任之。在社区，好多时候，人们交流发问，并非全为解决问题，而是通过问题找点话题闲扯，把一个不满转移到另一个不满上来，发泄心中的积郁。

一个五十上下的男子，手拿一只水杯，一直没有说话，只是倚在柜台上，旁若无人地看着我们。小陈关心地问他，有事吗？男子活泛起来，似乎因问话点燃了火气，气势汹汹地说，没事就不能坐着啦！天这么热，断电了，就不能在你这儿纳凉了。看得出，他早已心怀不满。我冲他笑笑，说稍等会儿就会好了。本是出面打圆场的，没想到这话一接，惹得他生起怒气。整天不干正事，好端端的地方搞得乌烟瘴气。我解释说，施工总会对生活有影响的，这只是暂时的，一旦弄好了，小区不是更舒适了。他扬着手说，谁让他们干的，我本来就不同意，这可好，出了事，没人管了，让我们干熬着。我说，断电这种事也是没办法的事。我的表述有点口误，其实表达的意思，断电纯属意外，施工过程中，只是出行带来了不便。没想到，他抓住了"没办法"三个字。你们遇到事情就是推三阻四，遇到问题总以"没办法"来搪塞百姓，从来不想着怎么解决，这就是你们的工作姿态？我一听感到又遇到较真的，马上改口，不是没办法，而是没办法避免意外，有时因为施工，不得不暂时断电断水，克服一下困难总归做得到吧。他见我强硬起来，便不再纠缠"没办法"，而是气愤地说，当时让我签字，我就没同意，知道不会有好事。我知道，他说签字，是征求小区改造意见，需要有三分之二居民家庭签字认可，否则不能列入施工改造项目。我说，这也有个少数服从多数吗，多数人同意或通过，就代表了民意。没想到，我此话一出，他更为恼火，差点冲到我胸前来，手舞足蹈地喊叫，那我是少数派了，少数派就没有权利了？俗话说，顺的好吃，横的难咽。看他怒吼吼的，我虽露出愠色，但还是想着避其锋芒，只得转到一边，任由他颐指气使，咄咄逼人。为这，实在不值得跟他争辩。心想，政府投入巨资，为老新村小区升级完善配套，本是一件可遇不可求的好事，怎么会因一时停电这样气急败坏呢。真是百姓百姓百条心。

　　我纳闷起来，好端端的地下，怎么会冒出电缆管线呢？从现场看，小区大门旁，醒目地立着一根高压线杆，足有四五层楼高，架有三股线缆，线路由西往东，在三岔口拐了弯向北。被挖断的地下线缆，很大可能是顺着电杆转入地下的分支。按说，目前小区线路基本看不到那种蜘蛛网状架线了，所有线路往往进入地下管网统一铺设，为何在这儿会出现这种拉线状况呢。小金告诉我，这个小区的楼盘不是一次性开发的，西南角是安置房小区，仅五栋，九十年代末区里代建的，东南角连排四栋是 2001 年开发的，西北角高层楼盘是十年前开发的，看似一个小区，其实分属不同的开发商。可见，因为时间差，出现了线路有架杆的、有埋设的。施工改造的道路，原来并不是小区内部通道，之后因停车和出行引发矛盾，才在进入主干道口设置了进出道闸。

　　因为三个小区历史遗留问题较多，且分属不同的物业机构，治理难度较大，区专门设置了社区，成立了居委会。近年来区街又下决心撤并社区，把它划归给梁丰社区。合并理由相对充分：一是社区小，不足千户，财力保障有限，梁丰社区实力强，可以多挑担子；二是社区被梁丰社区包围着，类似于社区中的社区，管理边界不清，合并起来，可以减少扯皮现象。由于小区开发不同步，管网各自为治，加之管理权属重叠，谁也说不清地下管网铺设的规划设计，施工方不慎踩上线雷，也就不足为怪了。我甚至想，施工方也不希望遇到这样的麻烦，耽误工期影响进度对他们而言也是损失。他们也许内心诅咒这狗×的电缆是怎么埋的。

　　之后，大家提及断电给居民带来的影响时，普遍认为，停电、限电这样的事，在往常倒也是见怪不怪的，而今已不多见，可一旦出现这样的问题，反而觉得不可思议，其中一种古怪的情绪在作祟。断电只是发泄情绪的导火索。疫情之后，社区很少制造这样的话题了，眼下大家生活得都不容易，有了情绪爆发点，借此发泄一下，也能避免干柴烈火。或许根本不是因为断电。只是有了借口，发泄一下脾气，似乎因为天热或是关在房子里，变得焦躁，跟宠物一样喘着气，找发泄的通道。天干物燥，人也一样。

小陈半开玩笑说，这就是人间世态万象。人总在一个时段，有意要跟某个势力较劲，这或许是释放的办法。我们只得换位思考，停电这样的事，说大也不大，说小也不小，其实克服一下也可能就过去，只是有的人过不去的是心情。本来生活好好的，突然间，冰箱不制冷，电梯不启动，饭锅饭夹生，电视精彩处突然黑屏，那心情自然好不了。

我理解了男子对我的指责——人在情绪激动的时候，道德和善心往往被抛到九霄云外，讲道理只会变成争辩，只会加剧胡乱地发泄，只会加大情绪对抗，就跟老年痴呆一样，大小便失禁，嗅不出尿屎的味道，是非好坏不分。谁让我们的工作没有做好呢。群众说得对，不能整天喊着"群众利益无小事"，标语贴着"群众的事再小也是大事"，要真的把群众的事当自己事干才行。我觉得，社区干部没有不努力去帮着解决问题的，只是有的事情爱莫能助，有的事情鞭长莫及。社区干部是普通人，不是圣人，不能手眼通天，自然许多事情的解决是心有余而力不足。何况，世间如麻辣火锅，总有众口难调的口味。许多时候，你连解释和争辩的权利都没有，每句话都需要解释而又不听解释时，那种无力感会让人绝望。

通电，一直到我有事离开都没解决好。后来他们告诉我，真的遇到断电差点弄出人命的事儿。原来有个靠制氧机维持生命的病人，因为断电，无法吸氧，面临生命危险，家属急吼吼找到社区来求助。小戴和小张一听吓得不轻，马上意识到稍有怠慢，后果会很严重，便按家属的指引，三步并作两步，从一楼爬到七楼病人家中。一看情况，果然如此，一边呼叫120，一边把病人从七楼抬到楼下，等待急救车运送医院。办住院手续时，情况发生变化，家属拒不支付住院费，小戴和小张只得硬着头皮，两人凑着从微信花呗里透支，算是把人交到了医院手中。

一个小时后，电力抢修人员赶到，居民本以为马上可以展开维修，哪知双方扯皮起来。接通可以，钱谁掏？施工方自知理亏，毕竟是自己惹下的祸，苦心请求先接通再论赔偿。哪知，电修方有自己的规矩，先要查明原因，再论责任，白纸黑字，签字画押，一套程序下来，一两个小时被耽误。在场的居民焦躁地等待，却也表示理解。人家说了，维修本身有风险，何况是一组电缆，万一不周，两次三次损害生命财产的可能性不是不存在。之后才知，受损电缆是一条横贯周边地区的总线路，受断电之苦的不止社区居民，连周边的工厂、学校、交通红绿灯都停止了运转。双方开始论起责任来，电修方责问，施工为什么不向电力系统报备？施工方说，报告过，回复说不需要报备，因为施工开挖深度不超过六十厘米。电修方说，那也是擅自开挖损坏的。施工方解释，我们知道，电缆有深埋一米以下的规定，这根电缆显然只在四十厘米左右，难免不会碰到。这个问题一抛出，电修方感到了压力，重新提出新的维修方案——改排线路，设置电井。显然，这样做可以一劳永逸，可眼下要把原有的电缆挖出来，再重新开挖一米多深的线沟，在损坏处增挖直径一米多的圆井，是个不小的工作量。

眼看一时半会儿通不了电，在场的居民躁动起来，矛头直指社区多此一举，要找社区负责人理论。眼看局面失控，小戴和小张只得忍受着谩骂阻拦着，赔着笑脸任由人推推搡搡，保持着最大的克制和耐心，同时，苦苦哀求施工方配合电修方加紧施工。他俩恨不能把自己当成电缆连接起来，让大家看到光明，然而时间在不断地延迟，两人的衣背湿了又干，干了又湿，也无法换来加速度。直到三个小时后，重新开挖的近百米缆线沟总算完成，此时天色已暗，下班的人流涌进小区。当第一次接通电缆时，小区里迎来一阵欢呼声，紧接着，又是一阵"咔咔"声，原来出现了跳闸。接着，又是一次次调试，直至完全接通固定。

之后，有人算了一笔账，这一断电，造成的直接经济损失就有十余万，间接损失近百万。第一次接通一瞬，十一部电梯电容器击毁，三十余户家庭电器受损。而电容器更换和维修的万余元费用，只得由小戴和小张垫付着，加上之前靠制氧机维持生命老人的住院费，有近两万元，至今不知由哪里出。两个年轻社工，微薄的工资收入，只够养家糊口，遇到这样应急的事情，只得自掏腰包。而施工方和电修方的赔偿问题，仍在交涉中。

有关断电引发的后续问题，让社区陷入窘境。

# 万能橡皮图章

近来友人有些心烦。既不是工作碰到问题，也不是生活遇到困难，说来事小，只为处置岳母的银行存款。如今他岳母已去世十年，无论是银行还是公证机构，都要求出具"我妈是我妈"的证明，他蒙圈了，急得抓狂。

这是他亲身经历的事，否则真不知社区居委会的图章是那么管用。事情是这样的——

前不久他夫人整理母亲遗物，发现生前留下五六张银行卡和存单、存折。这不能说喜从天降，只是怀念之中多了意外，让他们对老人节衣缩食增添了崇敬，没想到这笔钱，带来了本不该有的烦恼。

老人走得突然，没有留下任何有关存款的信息，如今已去世十年，虽账不烂，但想取出也不易，需要出具证明。这从情、理、法，都说得通。他夫人有了这样的思想准备，于是先托朋友找银行打听，确认存款里面的数额，再补办手续，把存款取出。没承想，过程大费周折，出乎意料。

通常情况下，银行操作是很便捷的，本人带上身份证，可完成存取，服务员最后还会热情地吩咐一声，在意见器上给按一个满意、基本满意或不满意，会让你笑容可掬地离开。可人不在了咋办？有的银行人性化操作，可以让委托人提供死亡证明、身份证、户口本。谢天谢地，多亏这些年忙碌，忘了给老人注销户口，上缴身份证，否则这一关就过不了。遗憾的是，所有卡和折，都设置了密码，钱仍是无法取出。

不得已，只能走常规程序。按银行提供的思路，关键是要证明他夫人和岳母是母女关系，再通过公证，取得合法继承的资格。这事一听简单，细想就绕头。这倒不怪人家刁难，银行哪里知道你妈是你妈，万一冒名顶替，责任谁负。法律讲究的是公正严谨。咨询专业人士后才知，涉及遗产继承，必须理清关系继承人。第一继承人是配偶、子女、父母，第二继承人兄弟姐妹、祖父母、外祖父母，甚至养父母、养子女都是合法继承人。他夫人一听，脑子炸了，除了父亲故去有据可证明，其他一无所知。

说起老人，情况比较复杂。他岳母祖籍山东，父辈闯关东，在哈尔滨落脚。年轻时思想进步，六十年代响应国家号召，丢下刚出生的一双儿女，跟随丈夫奔赴西南支援三线建设，之后举家搬迁到贵州山区。多年之后，又接受新的任务，迁至河北太行山下，就此定居工作生活到退休。儿子南下创业后，为照顾孙子，转而在江苏南通暂居多年，也跟他们之间方便了频繁走动。令人意外的是，本想安度晚年的岳母，突然患上重病，一查便是肺癌晚期，前后不到半年。人算是客死他乡了。作为子女，只是完成了她最后的遗愿，把骨灰移送到河北张果老山公墓，跟丈夫合葬。从感情上讲，岳母和岳父生前对他这个女婿还算满意，他也愿意多尽孝心，只可惜，在他们有能力时，却相继离世，岳父享年五十三岁，岳母享年六十九岁。这是他和夫人最为遗憾的地方。至于夫人的爷爷奶奶、姥姥姥爷，见都没见，连名字都不知道，更别提尽孝了。

眼下，要想取得公证书，必须弄清岳母直系关系情况，主要是夫人的姥姥姥爷的情况。好在哈尔滨还有一个表兄偶有联系，通过七绕八拐，总算打听到他们的姓名和生卒大体时间。然而，怎么证明他们就是岳母的父母，却又遇到了麻烦。当然，这一关落在当地派出所，再往下便只有社区居委会了。姥姥姥爷居住的地方早已夷为平地，连地名都在地图上消失，原来有个墓地，因道路改造被迁，后城市扩建再次被迁，连遗骸都不知下落。现代人生活节奏太快，连历史都在缩短，半个世纪前的事情早已被人淡忘，更何况一个普通人的生死，谁会在乎，那个年代出生的人，也都奔花甲了，想找点记忆，恐怕也是大海捞针。

现在的情况是，派出所不是当时的派出所，居委会不是当时的居委会，户籍管理再严密，网格管理再精细，也管不到五十年前的事儿，让人家证明五十年前的"我妈是我妈"，确是为难了人家。可没有社区这份证明，这笔遗产永远不能动。

按说落在居委会一级已算是人性化了，居委会只是一群人的组织，它代表家庭开具证明，有点牵强，不过事情总得有个结，总不能把骨灰复原弄出来验明正身，搞个人脸识别或指纹印的。

事情的操作却在这儿戛然而止。这才是第一步，后面至于在河北开户的银行卡单，能不能在江苏取款，兄妹能否同时到场，这些还是未知，要是要求出具配偶父母、兄弟姐妹及其旁系，从没打过交道的七大姑八大姨，全部牵扯出来，好友这事恐怕要"黄"。

我曾对社区盖章问题不屑一顾。自从证明"我妈是我妈"上了热搜后，才意识到小印章兹事体大。在社区任职期间，对印章的体会更为直接。

到社区办事的人，几乎离不开盖章开证明，申请救济、领取失业救助、申报廉租房、办理退休养老补助、独生子女遗失证明等，自不必说，少不了社区核准。这也是民生服务的主项，需要调查摸底，核批申领，证明盖章是重要手续。至于居民个人和家庭处置的事项，要求社区盖章证明，似乎有点勉强，如车祸纠纷要开证明，物品挂失认领要开证明，银行保险手续不全要开证明，家人失踪或死亡火化要开证明，办理财产分割公证要开证明，诸如此类，本已闹心的事情，却又设置着这样的关卡，实在有点难以理喻。不能不说，小小的社区居委会，因为万能的印章，加持了权力和威信。当然，也让居委干部平添了忙碌和烦恼。

那天，我跟袁非书记谈到社区盖章问题，她正为一事要不要盖章而犯愁。有一年轻居民，喜欢旅行露营，可每次出行最大的苦恼是沿途加油问题，于是他想自带油桶，以备不时之需。令小伙没想到的是，罐装散装汽油要出具证明，没有证明，再牛的加油站也不理会。小伙子跑到派出所，说明自备油料之如何重要，可派出所理解他，但无法证明他的动机是否纯正，不敢开此证明，只得建议他找社区。小伙子到了社区，恳求工作人员盖章，工作人员很是为难。毕竟第一次遇到这样的事，加油还得盖章？既然盖章出证明，这事还是谨慎为好。先是热情接待，后是拒绝，于是争吵起来。事情闹到书记办公室，大家觉得蹊跷，为什么要盖章，社区能证明什么，证明小伙子根正苗红，现实表现优秀，还是证明用油没有非法目的？即便社区证明又能说明什么？芸芸众生哪里看得出好坏，即便有劣迹，那也不是社区能掌握的，让社区证明他没有非法动机，显然社区不干。袁非看到小伙子被逼到苦苦哀求的份儿上，只答应变通，让他写几句话，说明自己是本社区居民，经常长途驾车，急需携带备用汽油，不会另作他用，应付地盖了印章。至于印章有没有管用，反正小伙再没来找过。估计有了这个证明，散装汽油搞到了。之后，我们觉得又好笑又担惊受怕。好笑的是，证明根本没说明什么，似乎跟加油没有一毛钱的关系，大概加油站要的只是图章红印；担心的是，汽油可是易燃易爆物品，万一以此作恶，哪怕是不慎使用，后果都将是严重的。盖章出证明，是前置第一责任，追究下来，那不比作案犯罪轻。我曾半开玩笑地问盖章的小陈，是不是为这事提心吊胆。她先是自嘲说天天看新闻，看有没有爆炸案。接着理直气壮地说，要是人人自保，不敢担当，老百姓真的寸步难行了。

我一直在想，处在一个发达开放的现代社会中，人口的大迁徙、大流动，不可避免会增加社会治理的难度，如果停留在计划经济年代的思维，靠单位证明来保障管理服务，显然不合时宜。我原来以为，"单位人"变成"社会人"之后，确是没有了能够证明人的社会背景的能力，唯一可以证明身份的只有巴掌大的身份证。其实不然，互联网刚被利用时，没人知道你是谁，而今天，人肉搜索的潘多拉盒打开，别人不仅知道你是谁，甚至知道你身后的记录、轨迹，至于婚姻状况、亲朋好友、资产信息，全然暴露在光天化日之下，再以盖章证明来证明身份，显然有推卸责任、转嫁责任之嫌。

当然，社区证明这样的形式，如果面对的是非常时期，也不能说没有作用。比如疫情防控期间，我们采取非常措施，打疫苗、做核酸、进出医院、走亲访友，起初也运用社区证明盖章，那是对全民健康负责，得到居民群众的认可。如果引申到百姓的日常生活中，这样的做法，显然是给百姓添堵。

我们常讲，要千方百计解决老百姓的"急难愁盼"事，其实不少烦心事并非自身因素造成的，而是多方因素所致。其实许多问题都是相互制约的，凡事都得兼顾到权利和责任，从这一点上看，设置证明类的条款，又显得必要。毕竟法治社会，讲求正义和规则。然而，有的条款并不是对等的。如好友在处置岳母存款过程中，就听到这样的反映，说是父辈拖欠银行贷款，子女负有连带责任，要求子女分摊偿还。子女们反驳，为何人家办理遗产分割要证明"我妈是我妈"，偿还债务却不需要子女证明"我妈是我妈"，凭什么就认定我们是他的子女。这事倒也让银行哑然。普通人面对单位总显得弱势，发球权在人家手里，有时你连回球的机会都没有，遇到问题时只有万般无奈。面对这种情况，社区印章似乎是维护公平的最低成本的有力证明。

# 4. 悲悯——卑微生命的底线坚守

面对百年未有之大变局，不是所有人都做好了迎接或拥抱的准备，当各类困扰叠加在一起的时候，焦虑在所难免。发展的加速度，生活的快节奏，有人赶超，有人掉队，有人放弃，有人堕落，现实压力和人格差异，影响到人的行为认知和处事方式，由此上演着人间悲喜剧。生活本来并不完美，因为我们本身并不完美，我们没有挑剔的理由，只有共同面对或改善的从容。

人间烟火里，每个人都有自己的生存密码，不管富有或贫穷，健康或疾病，最后都难逃痛苦和死亡的结局。作为弱者，既然无法选择命运赋予的生活方式，那么就从改变内心做起，让自己坦然地面对生活，把生活的格式设定在适合的位置上，让一个个普通的日子渗透出幸福的味道来。

站在社会学角度，我不由得思考这样的问题——管理服务该不该只是冰冷的约束，普通劳动者尊严如何得以保障，能否在底层社会留点喘息的空间，人们追求的幸福应该是什么样。于此，我特别向往那个朴素的年代，路不拾遗，夜不闭户，出门不上锁，没有围墙，更没有保安，人与人之间从不设防，一家有难大家帮。我不忍看到社会在文明前进，而人性在堕落。

面对柴米油盐，必须接受五味杂陈。对于活在自己世界里的人而言，只有放下心中的愤懑和委屈，整理好繁杂的心情，轻装上阵朝前奔，不如意的生活才会过去。

这个时代处处充满着希望，我们无理由让焦虑与不安如影随形，更不应该被生活"问题"所困扰。生活可以有无数选项，艰辛或磨砺的过程，也许是美好生活的起点，只要努力着，都值得尊重。

## 拯救绝望之巅者

"幸福的家庭都是相似的，不幸的家庭各有不幸。"面对幸福或悲伤的时候，我总会想起托尔斯泰这句名言，以此让自己的情绪平静下来。

这些年，听到或看到决绝的痛苦有点多，大都是没有征兆猝不及防的突发事件。那么宝贵而年轻的生命，连招呼都不打，说走就走了，令家人痛心又难以启齿。我无法相信，有一种心理疾病，会让人不知不觉地选择自戕。也许自身可一了百了，但留给亲人的却是痛苦悲伤，甚至是一辈子的自责和遗憾。看到朋友摊上这样的事，我常常不知怎么面对和相处，言行总是照顾对方的感受，那种相聚的愉悦感很是压抑，生怕某个话题会勾起那段不幸的往事来。这种情况让我变得敏感起来，在社区里，我便特别留意这样的家庭。

那天，办事大厅的人不多，但现场气氛很沉闷。一个年迈的阿婆泣不成声地坐在柜台前，等着阿敏办理事务。阿敏是负责社会救助的居委会干部，在平时，她对居民都是笑脸相迎，问长道短，可面对悲伤沉重、颤颤巍巍的老人，表情显得有些木然。事后，我问她缘由，才知阿婆孙女跳楼摔成重伤，这是来办医疗救助的。细听老人家中遇到的情况，我先是震惊，继而感到欣慰。毕竟生命没有就此终结，生命有了被拯救的机会。

阿婆家住梁丰苑小区。本来老两口的日子过得还算安逸，自从孙女因病休学，把她带到身边照料之后，阿婆的生活从此提心吊胆起来，每天如在刀尖上行走。前不久，孙女小玉在没有任何征兆的情况下，从阳台一跃而下，摔断了肋骨，生命倒无大碍。这是第三次跳楼，幸好居住的楼层不高，是三楼，楼下是一片草坪。可面对随时可能出现的极端行为，不仅爷爷奶奶无奈，父母也无奈。

小玉何以这样地对待自己？是消极厌世，还是外力胁迫？十九岁的花季女孩，究竟心中装着什么，没有人能说清楚，她自己也说不清楚，陪伴的奶奶也不清楚，本该履行监管责任的父母，虽有愧疚，但却采取躲避的方式。

小玉很小的时候，父母离异，母亲离家，从小跟爷爷奶奶生活。十五岁那年，正读初三的她，性情突然大变，老师发现苗头不对，便劝其休学，被父亲领回到家中。本以为是学业负担过重导致的，可休息一段时间并没让她情绪好转，反而变得郁郁寡欢、闷闷不乐。这才发现，小玉心理和精神上出了问题。起初父母倒也同心协力，为她四处求医，可日子长了，双方厌倦起来，加上都在工作，只得托付年迈的爷爷奶奶看护。回到老人身边，小玉的情绪慢慢好起来，人似乎有了精神。然而，看上去跟正常人没啥区别，却冷不丁地制造惊吓，连爷爷奶奶都无法把控了。最近的这次跳楼，完全是在无法预料状态下发生的。

这是一个沉重的话题，因为这样的事情在朋友身上发生过，只是小玉死而复生，而朋友却成为过去。我很想通过对小玉的了解，剖析此类人背后的深层次原因。

我带着诸多疑问，想前往阿婆家探个究竟。阿敏告诉说，千万不能，他们从来没透露过小玉的事，一来算是家丑，羞于启齿；二来对外人敏感，只会加重情绪反常。犹豫再三，只在她家楼下仔细察看了一下。阿婆家住三楼，阳台和窗户都用合金钢栅栏包裹着。这样的防范，小玉是怎么跳下的，我不禁有些疑惑。至于为什么会跳楼，我更是百思不解。难道支配生命的意念一时出现了错乱？

我只得从熟悉她家的人那儿打听，目的是了解真相，以解心中的疑团。网格员阿莲告诉我，这家的情况很特殊，主事的是奶奶，爷爷体衰多病，基本不出门，父亲是长途汽车驾驶员，很少回到这儿住。据她奶奶说，小玉本人很少出门露面，除了吃饭洗漱，平时一个人关在房间里，也只有在房间里，一家人才放心踏实。他们不说是跳楼，而是说不小心掉下去。这么大的人，怎么会掉下去，而且一而再再而三地掉，连一点恐惧都没有，可见他们已无可奈何。要不是这次小玉出事，我们主动让奶奶办理救助和残疾证明，她也不会到社区来。也许家里因有这样的病人，避讳外人知道吧。阿敏介绍说，这次来社区办残疾证，才知道小玉的情况，办了证之后，我们推荐到第七医院，接受免费治疗。阿婆出于感激，才掏心掏肺说了实情。

小玉从小性情孤僻，大概有父母离婚的因素，妈妈离家后，很少回来看她，父亲忙工作，也顾不上她的生活，由老人照顾起居，只能说不缺吃不缺穿，可平时孩子心里想什么、要什么，哪里知道，学习上更是帮不了忙。休学这几年，人在发育，以为会变得懂事的，哪想到会变得怪异不敢认了。前两次跳楼，倒没那么严重，自己跌倒了，爬起来，看看周围，掸掸身上的泥土，没事人似的回了家。打她骂她也没感觉，偶尔喜滋滋地笑，让人恼不得悲不得。现在医院确诊这是一种病，可以治疗，全家人心里也开解了不少，只是身边不能离人，随时随地要看着她，生怕哪天再出事。

阿敏平时对这样的家庭情况掌握不少，但对看似健康的身体，却动不动寻短见的人，还是不多见。我问她，这样的家庭有多少，她说，社区领证的精神残疾者有三十六个，这类人群里大多有明显痴呆症状，还有好多隐性的，如按小玉这样属于抑郁焦虑等疾病的，远远大于这个数字。这种心理和精神疾病，大多自己不会当病，亲朋好友也避谈是病，认为只是心态问题，其实是错误的认识。

我认同这样的观点。小玉精神出了问题，与她的家庭和生活、学习环境有一定关系。从小缺少母爱，又对温暖幸福特别渴望的人，往往积郁内心的不快，久而久之，身边的微妙变化，都会掩饰不住她的敏感和脆弱。

这不由得让我想起一朋友。这个朋友是我夫人的闺蜜，是曾经的战友和同事。她是个性格开朗、思维敏捷、热爱生活、才思泉涌的人，因为情趣相同，孩子一般大，我们跟另一家战友邻居都走得亲近，空闲的时候少不了组局，打打牌、聚聚餐，说说笑笑，其乐融融。这些年也许父母相继离世，女儿学业遇到困扰，丈夫不太善解人意，她变得深沉而忧郁起来。我们还笑话她变得成熟稳重了。到这个年纪，家庭负担和社会责任大了，自然精神状态也不一样。其实她的心理发生了变化。这些只有她自己清楚，没人揣摩到她的内心世界。我们一直认为她是幸福的。从事残疾人事业，工作体面、受人尊敬又充满慈悲爱心。丈夫对她百依百顺，女儿也能哄她开心。夫人大概知道她的情况，专门找她散心，陪她散步运动。出事前的半年里，三家同行去了乡下老家，几个人一起种植桃树，有说有笑。之后又组团春游，驱车三小时一同去她丈夫的老家桐庐，在富春江边既赏美景，又品美食。看到她陪八十多岁的婆婆挑拣青菜，我还戏谑她会当儿媳。临走的时候，瘦小的婆婆追着拉她的衣角，往她手上塞东西。那场景让我动容。可有谁知道，半个月后，她在单位的楼顶露台纵身一跃，结束了自己的生命。听到这个消息时，我特别震惊。这事不该发生在她身上，这么热爱生活的人，工作、生活没遇到逆境的人，也会对生命不负责任。我根本不会想到，开开心心在一起说笑打牌的人，原来跟我们不在一个世界里。时至今日，婆婆拉她衣角那温暖亲切的场面，回忆起来总是令人心酸。听说，丈夫一直没敢跟老母提儿媳的事，她的骨灰只得让娘家人处置。

在殡仪馆告别的那天，我发自内心地写了一篇祭文《为什么你走得如此决绝？》算是留下对她的一份怀念。

今天，我们带着沉痛而复杂的心情，同你的亲人、同事、朋友一起，在泣不成声的悲哀中把你送走。

这些天来，我们的内心难以平复，甚至对你有着无法弥合的悔恨。我们无法说服自己，你为什么会选择这样的路？又是什么让你绷断了生命的琴弦？

还在半个月前，我们组团去了你丈夫的老家——桐庐。我们一起领略富春江风景、一起闲话《富春山居图》故事、一起在江边品尝江鲜、一起同你的婆婆、姑姑和丈夫发小们神聊，丝毫没看出你的异常。

还在一个多月前，我们组团去我的老家，一起种桃树、一起吹海风、一起掼蛋、一起吃海鲜、吃鱼汤面，丝毫没看出你的异常。

还在这之前，我们三家组建了"徐府家人"群。因为曾是战友、同事，是徐氏媳妇，也让男主们越走越近，走成了家人。疫情缓和的间隙，我们连续聚会了四五回，有时你也高兴地倒上白酒，跟大家一起喝着，丝毫没看出你的异常。

我们也知道，因为疫情，女儿未能如期赴日留学，那个时间段，你跟我们联系少了，群里的话题和吐槽，你参与少了。在正常人看来，这符合情理，绝不至于对生活产生绝望。

我们也知道，你是追求完美的人，可自己清楚，没有谁的一生，阳光朗月永相随，总有一些困难挫折，需要我们去经受、去承担。这一点不完美，也不至于对未来产生绝望。

你以决绝的方式，离我们而去，可留给我们的谜团却总是挥之不去。

一个人究竟因承担着多大压力和痛苦，会让自己做出这样的选择？我们这些家人和朋友，需要你一个答案。

你不是一个冲动的人，却用这么惊骇的方式断送自己，不可理解。在我们的交往中，看不出你是一个情绪化的人，说话慢条斯理，行为漫不经心，一副与世无争的样子。最后视频捕捉的影像，你仍是那样从容，背着手，踱步在楼道里。可最后的十分钟，你究竟遇到了什么，让你这样地纵身一跃。

你不是一个缺爱的人，却用这么绝情的方式跟爱告别，不可理解。在这个城市，我们没有什么亲人，但我们不缺少爱。"徐府家人"无话不说，朋友同事彼此尊重，远在浙皖的亲人视你为骄傲。我们清楚地看到，当你跨进桐庐老宅时，耄耋婆婆迈着小脚迎来，抓住你的衣角，慈爱地看着你，让你手足无措。我们知道，丈夫是知识分子，生活或许缺少情趣，可他还是力求哄你开心。你不爱下厨，他买菜做饭，你不爱旅游，他尽量少出差，夫妻过日子，大多这样相互迁就的。没想到，你竟以这样的方式，逃避亲人，逃避这个世界。

你不是一个冷漠的人，却以这么冰冷的方式了结生命，不可理解。大家印象里，你是一个活泼开朗的人，有着当兵人的热情和豪爽。这些年里，或许工作生活的不如意，让你变得沉默寡言了，可并没影响你工作的热情，生活的热爱。每天按时上下班，兢兢业业为残疾人服务，每天坚持散步锻炼，爱花爱草爱拍照。也许父母的离世，让你失去了双亲怜爱；也许丈夫不善解人意，让你少了感情抚慰；也许女儿不够优秀，让你感到失望；也许女人更年期，让你感受到无形的痛苦……可这些苦和难，不足以把你压垮。

你不是一个自私的人，却以这么自私的方式选择结束，不可理解。你永远不会知道，你这样做，伤害了亲人，伤害了同事，伤害了我们。这是特别残忍的自私。这不符合你的处世态度。同事们仍记得，疫情防控期间，你自告奋勇地站出来，主动请求到车站做防护值守。在你看来，同事们上有老下有小，当大姐的这个时候应该站出来分担。你是一个懂得分享的人，许多快乐相处的场面，历历在目。然而，你抛弃了所有爱你的人，和你爱的人，实在让我们心痛。

也许，我们真的不了解你。你的内心，是我们无法走进的；你的痛苦，是我们无法解读的。有一种抗争是无声的，有一种超脱是自闭的。人的精神可以丰富复杂，但必须留有空间出口，当内心无法吃进更多的不适时，前面可能面临的就是地崩山裂。

每个人的终极都是一缕青烟，一捧灰土。而你，这样匆忙地化作青烟，实在是我们所不愿面对的。但也给更多活着的人一个提醒——学会倾诉，学会放过自己。烦恼天天有，不捡自然无。我们自己不完美，何必苛求这个世界完美。

你一路走好，愿你在天堂一切安好！

朋友的生命终结在五十岁时，带给我们的是对生命的重新认识。我反复翻看齐奥朗的《在绝望之巅》，试图找到生命的哲学命题，"绝望就是这样一种状态：焦虑与不安，如影随形着存在。绝望中的人不会被'问题'所困扰，而是会遭受内心的痛苦和火的折磨。遗憾的是，在这个世界上，什么都无法解决"。因为欲望而产生焦虑，焦虑又与欲望相伴相生，让人从生理上产生紊乱，继而内心窒息难忍，最后选择逃避，这大概是抑郁症患者导致的原因。毕竟我们没跟朋友一起生活过，很难追溯到她的内心世界，况且通往她内心的大门在慢慢关闭，外人无法窥探到她的私密。而小玉的情况似乎则不同，她已被老师和家长关注到诱因。她在天平失衡的那一刻，想必体内有一团无法遏制的火焰要冲破出来，"作为内在生命的主人，主观性是一场幻觉，无法控制的力量在体内沸腾"。"内在体验的爆发会把人带入绝对危险的领域，因为有意在体验中扎下根基的生命，终究只能否定自己。"（齐奥朗《在绝望之巅》）

面对获得新生的小玉，我们能否有办法阻止悲剧的继续发生，家人和社会能做点什么？

我一直有个观点，能够帮扶一个陷入绝望之巅的家庭，远比蜻蜓点水普惠帮扶更有价值。我跟阿敏和阿莲商量，小玉的情况不仅生活上帮，医疗上帮，还要想办法在心理上、精神上帮。社区社工和心理咨询师是最好的专业理疗师，他们具有心理慰藉和精神抚慰的技能。走进小玉的世界里，首先要做好奶奶的工作，要让她放下包袱，抛弃传统观念，不能因为对外敏感而封闭小玉。越是害怕走出自己的世界，越容易神经过敏，越容易出现过激行为。阿敏和阿莲听了觉得有道理，纷纷表示，要重点关注阿婆家，不定期上门看看问问，想办法把小玉劝下楼来，参加社区集体活动，引导她从围观者向参与者转变，让她在参与中找到快乐，融入社区大家庭。

不知这种方式是否奏效，但有一点可以肯定，不管她的生命能走多远，至少她曾有个阳光灿烂的日子，她在这个世界上得到过掌声和欢笑声，也许这样来人间走一遭没有遗憾。

在物质文明高度发达的今天，面对这样的悲剧越来越多，全社会能够做点什么？

## 弄丢幸福的女人

在我决定采写陈小妹的时候，媒体上的一则消息让我心头不禁一震。

本不该发生的事，似乎注定要发生。年末岁尾，某地发生一起保安刺死外卖小哥案件。从媒体标题推断，两个毫不搭界的人凶杀，其原因必有蹊跷，特别吸引眼球。警方通报称，外卖小哥李某送餐到某小区被保安赵某拦住，一番争执之后，赵某拿出刀子刺捅李某，李某倒下后又后背补刀。俩人之间何来如此深仇大恨？原来只因前一天李某趁赵某不备直冲小区送外卖，导致赵某当天被罚款五十元。赵某藏刀值班，只为等待报复。因为五十元，结果了一条命，也葬送了自己，背后的两个家庭成为最大受害者。看完新闻，我不由得唏嘘几下，实在不能接受这样的事实。难道在赵某眼里，别人的生命只值五十元吗？联想到某地代驾因六十元订单争执而捅死车主、某地摊贩因三轮车被没收刺死城管队员、身边人因一元钱发生口角而大打出手等事件，似乎这不仅是个人犯罪问题，其后也有复杂的社会因素。站在社会学角度，我不由得思考这样的问题——严苛的规则该不该出现在生活服务的细节里，管理服务该不该只是冰冷的约束，普通劳动者尊严如何得以保障，能否在底层社会留点喘息的空间，人们追求的幸福应该是什么呢？于此，我特别向往那个朴素的年代，路不拾遗，夜不闭户，出门不上锁，没有围墙，更没有保安，人与人之间从不设防，一家有难大家帮。我不忍看到社会在文明前进，而人性在堕落。在经济高速发展的今天，该是社会学家们站出来发声了。

陈小妹的问题，没有这样极端，但不排除走向极端，不排除她为一日三餐铤而走险，所以，我一直记挂着她的诉求，只是我实在爱莫能助。我曾想帮她，可她连申请救助的条件都不具备。我过去以为，钱能解决的问题就不是问题，显然已不合时宜。曾经因为私自动用救助款受过处分的老同事，更是不敢冒天下之大不韪。陈小妹的问题看来无解，只能默默地祝福她，尽管诸事不如意，只要人不懒，生活还是有奔头的。

我是在一次社区选举现场遇见她的。那是初夏时节，居委会换届选举，选民陆续来社区投票。在男男女女、老老少少一堆填票投票人群中，她特别扎眼。娇小的身材，一顶黄色安全帽，工作服满是泥灰，与现场花花绿绿衬衫短袖显得格格不入。我问，这人像是刚从工地赶来的？同事说，她叫陈小妹，是个"人物"，多数时候这个样子。同事把"人物"二字咬得很重，拖得很长，一听便知是个有故事的人。问其意思，说是可能受刺激了，好日子被她"作"了，现在摆着一堆问题要解决，没人能解决。哎！假如我不问，或许她在我心目中是一位自强不息的女性，内心由衷地钦佩她。毕竟今天很难找到这样不怕脏不怕累，吃苦耐劳的女性了。接下来的事，让我更为诧异。

选举结束，选民们散去，只有她孤零零地留在大厅外，先是自言自语，接着撕心裂肺地哀号，边哭泣，边诉说。听到哭声，同事们回头看着，之后大家便相互议论着。我本想上前问问情况，张兴副主任赶到她身边劝慰了一下，哭声明显放缓。我紧随其后，跟着走上前，这才看清了她的模样。安全帽下，巴掌大的脸，轮廓分明的五官，眉目显得特别清秀，看不出饱经风霜的样子，只是面部的汗水和泪水涂得纵横交错，灰蓝色工作服的泥污清晰可见，让人感到有点邋遢。约莫四十岁上下，应该是个爱美的年龄，而她却有点另类，看来真的有问题。我劝她不要哭了，有什么事情跟张主任讲。我觉得大庭广众之下，她的哭闹有失体面，即使遇到伤心事也得私下说。她看到我，露出陌生的惊恐，抹了抹眼泪止住哭，便道出自己的委屈。她说的事情没有来龙去脉，乍一听像是家庭纠纷，便安慰她想开点，不要自己跟自己过不去。我笃定她脑子没有问题，只是她有难处无法开口，才在社区哭诉。张兴在一旁跟她说，事情知道了，你先回去，大家都在想办法帮你。她没再哭泣，看了我们一下，就走人了。

我对张兴有些抱怨，觉得这么打发一个哭诉求助的女子，过于冷漠。他说，每次来一下，不明就里，要么扯着嗓门叫嚷一通，要么哭哭啼啼一番，最狠的一次竟然旁若无人地在大厅里脱光衣服，赤裸地朝地上一躺。在社区，她的行为怪诞而惊怕，大家担心某个言语不当，触及她的爆炸点。在对待她的求助或是投诉上，社区很谨慎。

究竟什么样的问题，导致她变成这样。经过了解，对她的情况才略知一二。

陈小妹本有个幸福的家庭，只因自己的执拗，亲手毁掉了幸福。二十多年前，她从外村嫁到梁丰常家，虽说生活不算富足，但吃穿不愁。家里有老实肯干的丈夫宠着，可以说衣来伸手，饭来张口，婚后生育一子，聪明伶俐，好学上进，应该说是一个令人羡慕的温馨家庭。然而，不知从什么时候起，生活的琐碎，搅乱了她的心绪，她变得自私自利了。最难以置信的是，娘家陪嫁的冰箱竟然被她加了锁，只能自己使用，连儿子也不能打开。在别人眼里的模范丈夫，越来越不让她称心，懂事的儿子也不闻不问。只要遇到不如意的事情，她总会在家里不停地"作"，以至发展到闹离婚、分家产。丈夫一再退让无果，便同意了离婚，只是请求儿子抚养权归自己。陈小妹带着当年陪嫁的冰箱和衣服，从此离开了梁丰村，回到了娘家跟母亲生活。

按说，也许这样，陈小妹摆脱了生活的烦恼，不再为生活琐事闹心，可之后的城市发展，让她觉得遭到了天算的玩弄，由此，每每想到失去的东西，懊悔、愤怒、怨恨情绪便不停地发泄。她所向往的幸福渐行渐远。

这是离婚三四年后，常家所在地块拆迁。按当时拆迁安置政策，拆迁面积不分大小，只按人头分房。因为陈小妹不是常家人，也不是梁丰村人，便享受不到分房待遇，常家也没提出这样的诉求。此时，她才发现，不经意间，她所看重的东西便从身边流走。为了一个冰箱，丢掉了一套房。她的算计，恰恰成了鸡飞蛋打。这还不算，梁丰村越来越好的福利，常家越来越好的生活，让她心态越发失衡。她至今没能醒悟过来，原来她想追求的东西是那么虚幻而遥远，许多幸福美好，源于平淡的生活。

那些年，她找过社区，找过区街，答复是一致的，覆水难收，临时复婚都不行。更何况前夫已再婚，跟她半毛钱关系也没有了。大家只有同情，却不能承诺，政策面前人人平等。面对现实，陈小妹倒不死缠烂打，只是心有不甘，内心有颗不甘屈服的种子，不时地蠢蠢欲动，让她不顾蒙羞做了不少出格的举动来。

社区同事至今记忆犹新。那个下午，陈小妹几乎是毫无声息地出现在办事大厅里，直到她的一声叫喊，让大家如梦方醒。因为没有人主动跟她搭讪，她的情绪一下子逆转，继而做出了惊天壮举，当众脱下连衣裙，扒开胸罩和短裤，赤裸裸地走来走去，吓得在场的人连躲带叫，最后她干脆朝地下一躺，全然让人欣赏一般。阿敏、阿涛见状，连忙从值班室里拖来床单，给她包裹，她极不配合地乱拉乱扯，似乎这不足以让她解恨。两个老同志只得赔礼劝阻，好说歹说，总算让她平复了情绪，没等把事情说清楚，自己又没事似的走出办事大厅。幸好这天，社区里没有男性，不然那些女性特别是年轻姑娘们不知有多羞愤。

陈小妹算是一念之差打回到原形的。当年嫁到常家的俊俏姑娘，究竟是因何而起变成这样的，没有人说得清。在邻居看来，她这是自作自受。一个人只顾怜自己，而不顾怜家人，活在自己的世界里，必然会遭报应。她的自作，改变了幸福的生活轨迹，而如今生活的磨难，也让她尝尽人间酸楚，天壤之别的生活境况，再坚强的人也会逼得精神崩溃。

女性的质地本来是柔软的，何况她一个从小娇生惯养的弱女子。她决然选择离家过自己的生活，绝非只是为到工地搬砖、运灰、捡垃圾，她一定是遇到了天大的难处，不得已而为之。哪一个女子会把自己搞得污糟糟的示于人前？人有追求体面工作、体面生活的底色，爱美是女人的天性，即便是蓝领女工，也会保持衣着的鲜亮干净，不是生活的艰辛折磨，她不至于如此异于常人。

陈小妹偏离了自己固执追求幸福的初衷，被现实生活打得七零八落，成了工地和垃圾场上拾荒讨生活的人，值得人们同情。其实，像陈小妹这样的人，并不完全归结于精神方面的问题，而是时代抛弃了她。她落伍了，在前行的生活中掉队了。发展的加速度，生活的快节奏，对于活在自己世界里的人而言，结局只有被抛弃。

好在陈小妹脑子不灵人不懒，自己放低了幸福的期望值，习惯了把辛苦劳作当成生活的日常，她的生活仍有盼头。靠自己勤劳的双手，靠吃苦耐劳的精神，基本生活是有保障的。眼下她迎来生活改善的契机，娘家祖屋的拆迁，她能够享受到属于自己的遗产继承。她的生活会越来越好。

我只有默默地祝福她了。同时借此劝慰这样的人，生活本来并不完美，因为我们本身并不完美，我们没有挑剔的理由，只有共同面对或改善的从容，面对柴米油盐，必须接受五味杂陈。放下心中的愤懑和委屈，整理好繁杂的心情，轻装上阵朝前奔，苦日子总会过去的。

## 天价补偿的背后

诸阿姨是街道和区里的"名人"，几乎每任领导都知道她和她背后的故事。市区挂钩帮扶的干部换了一茬又一茬，遗留问题不仅没能解决，诉求却如账本一样越摞越多，呈水涨船高之势。

我听说过她的事儿，只是一直没见过她本人。刚来社区的时候，我倒是雄心勃勃地想跟她打交道，既出于好奇，又为了工作。必须承认，我没能力解决她的问题，我有自知之明。那么多年、那么多领导没能解决的诉求，怎么可能让我一下子解决了？除非什么神奇力量突然感化她，让她五体投地，心悦诚服，只是我没有神功，她也不相信神功。可是，作为第一书记，我有必要跟她接触，关心她的生活，听听她的想法，做点安抚工作，至少掌握第一手材料。张兴副主任告诉我，找她要提前预约，要看她心情。遗憾的是，至今没能登进她家的门。

一次偶然的机会，我到袁书记办公室聊工作，恰巧碰上了她。小袁书记向她介绍了我，我也主动向她打了招呼。诸阿姨跟我想象的不一样，既不像凶神恶煞，也不显哀怜孤苦，打扮时尚，衣着鲜亮，完全看不出她的年龄。从气质和品位看，像是有修养的人，很难与外界传言的样子画上等号。只是我打招呼，她毫无反应，完全视他人为空气，倒让人觉得架子不小，难以亲近。尽管受到冷落，我还是觍着脸向她示好。这是难得认识她的机会。此时我脑子里只有一个念头，我应该找出怎样的话题，让她感兴趣。显然关心她的生活，给她提供帮助，这样的话虽温暖，只是没法聊得热络，难免生硬得不够真诚，怕得不到好的回应。遗留问题没解决，生活能好到哪里去。我发现她把手中的平板玩得娴熟，倒是让我觉得不一般。在我看来，年近古稀的妇女，能把手机功能玩全了，已算是聪明人，平板对我而言都有些陌生，而她却用手指划拉得自如，确实令我羡慕。她在平板上忙碌着，不时地发着语音，大概是跟对方微信通话。我见缝插针地说，诶！这种科技产品不是一般人会用的，你厉害，玩得还很溜，要向您学习啦！她总算侧过身来，斜着眼看了我一下，转而又在她手中的平板上划拉着。

因为一时弄不清她来社区的目的，我和小袁书记没有话头，只等着她发话。她却站在办公桌旁，只顾忙着平板上的事。办公室气氛显得有些凝固，我按捺不住地问道，遗留问题解决得差不多了吧？看你情绪这么好，一定是办成了。她这才抬起头来，愠怒地看着我，嘴里哼了两声，你们不要哄骗我了，找能说了算的领导跟我谈。要是解决了，我会这样有事没事地找你们吗？我说，迟早会解决的，只是要拿出诚意来谈，才有可能谈成。她突然斜视我一眼，目光里带着鄙视，不禁让我打了个冷战。看得出，她的眼神说话了，你算哪根葱，没资格平等对话。我再次被她噎住。小袁书记劝我先去忙，有什么情况再向我汇报。我算找了台阶退了出来。之后，袁书记告诉我，她很聪明，知道什么人能办事，什么人办不了事，有事直接找说了算的人。当然，她知道她提出的诉求，社区根本办不到，但找社区最大的作用是传递信号，争取小恩小惠。这次找社区，是要求给她的手机充值。原来，因为我在场，她不便张口问小袁要钱。我走之后，小袁满足了她，她不声不响地离开了社区。我知道，类似于帮助充值、报销车票之类的事，每年总得满足几次。除此之外，逢年过节少不了来社区主动请求关心一下，只是诸如报销孢子粉等营养品的请求，被小袁婉拒。包括车票之类的费用，小袁找谁报销呀，都是自掏腰包，自己捏着鼻子苦水往肚子里咽。谁让咱水平不够呢，碰上这样的人，算是"缘分"了。

看到袁书记一脸的无奈，我知道她承受了不小的压力。为了当年两千元拆迁补偿款，闹到今天提出了十多条诉求，补偿超过两千万元，什么感情、道义、法律都变得不堪一击。这是一道无人能解的必答题。数十年的赴宁进京，也没有哪级答案让她满意。站在她个人的角度，再离谱的诉求也是合理的，因为她眼里只有个人立场，在她看来，她所蒙受的一切，又岂是经济补偿所能体现的。市区街三级结对帮扶领导层层加压，力图化解，却始终得不到合理的回应。而社区需尽其属地责任，大家能做到的只是安抚和照护。而今，社区干部们清楚，彼此之间已然玩成了"老鼠戏猫"的游戏，任由她玩于股掌之间，就是不能彻底地得罪，要攻而不破，一旦破了，谈判的空间就没了。大家当面赔着笑脸，诸阿姨长诸阿姨短地叫得甜，背后却个个有着自己的小心思。跟她打交道实在太难了，冷落了，怕被抓了把柄，遭到劈头盖脸的训斥；一句话不慎，怕把自己绕进去，又增加新的诉求。

诸阿姨的诉求持续了二十年，究竟当年发生了什么，我专门做了了解。

上世纪末，梁丰地区纳入城市总体规划建设体系，同其他城市外扩一样，规划线内的散落民居统一纳入拆迁。这对梁丰村民而言，是一次一跃千年奔富的难得机会，得到了百分之九十以上的村民支持，拆迁征收短短半年内结束。与之相配套的安置房小区拔地而起。据统计，有三分之二的人家分到了两套及以上的安置房和补偿款。诸阿姨在拆迁中同样享受了高格的补偿，最后因为在房产性质认定上产生分歧，导致签约流产。从诸阿姨提出的诉求看，当时她的房产实际面积一百六十多平方米，一半属于有证，一半属于无证，有证和无证补偿差距大，其中有经营用房部分，未按经营用房补偿。同时，房子的前场、后院、公墙、阁楼都未执行同地同价，还有一分二厘的承包地，没有给予承包期限未满的损失补偿，而是擅自收回。另外，装修补偿、店铺停业损失补偿没有到位，营业所用物品失去利用价值，没有得到补偿。

依我个人经验，有关这样的认定，往往是拆迁签约过程中博弈的焦点，也因为有人巧妙地打擦边球而尝得甜头，拆迁反映的不公平现象，往往也是这些因素产生的。诸阿姨反映的认定补偿诉求，现无法考证，如今所征收的地段，早已是宏大气派的商业综合体。

当年，诸阿姨为争取这样的权益，不可谓不费尽心思。她请过专业律师，也找过爱打抱不平的土律师；她钻研过法律，从《宪法》《物权法》到地方性法规，无一不学；她联系命运相近者共同发声，奔走呼号于各地。她能口若悬河地道出维护私权的无数律条，她能引经据典阐述各种补偿的合理性和合法性。

这些年，网上流传着各种各样的拒拆文图。有个民宅，横卧在公路中间，形成路让房子的景观；有个店铺，堵在新建医院的门前，尽管破败不堪大煞风景，却屹立不倒，无人能敌。当然，国外这样的例子更是成了借鉴。几百年前，人家就有维权意识，再破旧的房子，风可进、雨可进，国王不可进。这类案例，成了像诸阿姨这样的人抱定的信条。我虽然不认同她的诉求，对她的执着有些不解，但对她的遭遇还是表示同情。如今是法治社会，像她这样满脑子装着法律的人，还是少了点。她或许比我们平常人先知先觉，或许维权意识比平常人强，或许面对矛盾和斗争比平常人勇敢……

如今诸阿姨锤炼成了高级辩手，无论充当正方还是反方，她始终咬定，她的诉求是合理的，是经得起推敲的，在她看来，不解决她的诉求，才是不合理的。

我曾听到这样的评论：

如今维权者，变得有涵养素质了，他们不再胡搅蛮缠、暴躁豪横，知道那是犯法。他们学法懂法，对事关自身利益的律条能朗朗上口，几乎练就了高超的辩论口才，而且有理有据、切中要害。陈芝麻烂谷子不断地翻出新花样，永远嚼不烂。即使说错话，用法不当，也理直气壮，知道不搞文字狱。他们深信，政府为人民服务，是有人亏欠他们。假如开个控诉大会，个个会自告奋勇地哭诉家史，声泪俱下，俨然有血海深仇，以博取同情。许多维权者只因小事发酵，一味地迁就，导致问题积重难返。

像诸阿姨这样的诉求，法院做出了判决终结，因为不停地上诉，连最高法院都以视频方式对其进行了接访，即使授权一审地方法院依法调解，也是无果而终。

难以相信，如果平常人都是这样的思维，这个社会将会多么可怕。

诸阿姨维权的问题，让我沉思了好久，有无数的问号需要慢慢地拉直。

据说，这么多年的博弈，当初最小的补偿差距只有两千元。这也是后来让人对她同情，又表示遗憾的地方。我对此表示怀疑。两千元在拆迁款中是微不足道的数字，不至于为了这小小的补偿，动用司法强拆。司法强拆是有法律程序的，是要付出时间成本的。事实上，她迟迟不肯签约的背后，考虑了更多的利益因素。有一点可以肯定，自从她踏上维权之路起，每年仅社区和街道两级以各种补助、救济等方式支出的就远不止这个数。

诸阿姨提出拆迁按同地同价补偿是否合理？在她看来，她的房产补偿应按开发建成的商业综合体同地同价。按此测算，她应该得到一千万的补偿。事实上，当时的补偿标准是专业机构做出的评估，是针对整个地块总体评估测算的结果。

在此问题上，许多拆迁户都有这样的误区，认为开发商销售什么样的价格，就应该补偿什么样的价格。原因在于，大家没有去考虑开发过程中的成本问题。

开发建设是个复杂的过程，且不论建设成本，几乎所有的地产开发，都有大量的供地用于公共配套建设或空间绿化，之所以销售价格高于普通民宅，是因为征用的土地价格分摊到了商业面积之中。再说，商业开发是市场行为，承担着市场的风险。假使推出的价格销售不出去，那只能自己承担。事实上，此处商业综合体至今存在着严重的资不抵债问题。

用袁书记对她的质疑——按当时价格每平方米六万元算，现在只值三万还没人要，人家的损失你愿意赔偿吗？除此之外，诸阿姨提出的营业用房补偿问题，按她的诉求要按每月一万元计，现持续二十年需补偿二百四十万元。且不说此地段翻新改造成现代商业区，单论她所说的每月损失一万，就遭到众人吐槽是怎样的营业店铺。我没见过，没有发言权。但还是想劝劝诸阿姨，没有周围营造的商业环境，再好的店铺也只会像村里的小卖部，靠它养家糊口都难，即便让这个店铺孤立地存在，试想想，在繁华的商超地段，它有存在的必要吗？社会在向前发展，不可能停滞在二十年前，之所以能体现它的商业价值，也是政府提供了优质的公共服务，所有纳税人共同构筑的环境所致，要算账，大家都有份儿，不该属于一个人。

在这个问题上，我们却没有人敢于据理力争，生怕得罪了她，让自己失面子，让谈判堵上大门，甚至矛盾升级。也许因为这样的原因，她一直相信自己的正确，以为坚持就是胜利。她永远不会理解，许多钱的去处必须有由头，不该吃进的东西，迟早是要吐出来的。更何况，开出这样巨额的补偿，别说理由牵强，即便理由充分，也没人给承诺或签字的。当年因钝化矛盾，采用的不规范操作和人情操作，眼下正作为问题倒查整改，仅此除了追回不应所得，还要追究相关人的责任，现已处理了一批干部。你说，他们冤不冤。我都有点打抱不平。没有那个年代的"摸着石头过河"，哪有今天这么好的生活和工作环境。

而今，诸阿姨的遗留问题没解决，已经让不少干部落下无能的名声了。但凡接触过的大大小小干部，的确也对她另眼相看了，如同遇到一块磨刀石，刀口统统抢了一遍。而大家都有共同的苦衷，诉诸法律解决的问题，哪是一般群众工作能够解决的？诸阿姨不再只谈拆迁补偿了，她的诉求已经扩大到心理精神和时间成本的补偿了。这是一个特别称道的法治觉醒，从这一点上看，诸阿姨算得上是个开拓者。

精神损害是可以通过经济方式补偿的。据诸阿姨描述，丈夫因精神压力的摧残，得了重病，加上无医保、无收入，造成生活极度困难，含恨去世。要求补偿不少于五百万。不管丈夫去世与拆迁有没有关系，有一点值得说明，人一旦处在偏执气愤的情绪中，对身体是有伤害的。我相信诸阿姨对丈夫的离世是悲伤的，可悲伤之余，有没有自我反思，作为妻子该以什么样的方式对待家庭、对待爱人，难道仅是为了争取天大的画饼，就是负责吗？坊间对此有议论，不该要的去要，不该拿的拿了，那会遭天报应的。即使为丈夫的遗嘱争取到五百万，那人还能活过来吗，那钱还能花吗？何况这五百万的理由在哪里？保家卫国牺牲在战场上的将士，为国作出杰出贡献的科学家，其享受的抚恤待遇也屈指可数。不知在开出这个价的时候，她心里是怎样想的，是想试探底线，还是故意刁难。

这虽是我的一家之言，想必那些跟诸阿姨约见交谈的领导，也有同感。不然，她的问题早就不是什么问题。当然，诸阿姨的聪明之处在于，她并没有直接开价，而是摆出损害的诉求，让各级认可，继而列出相关的补偿清单。这就是两千万的来历。

而今，诸阿姨的原居住地早已改天换地，原貌早已不复存在。过去的事如一缕烟云，连她自己的生活都发生了变化，儿子大学毕业赴深圳工作，有高薪收入和不错的家庭，丈夫去世七年多，她一个人守着两处房子，过着孤寡生活。原来成为联盟的人，早已作鸟兽散；那些同情她的人，早不再同情她。她在维权路上同样付出了不小的代价，少了亲情关怀，少了社会理解，少了正常人的尊严。在这样的大变革时代里，她只洒下了孤独的幻影。

我同情她的遭遇，却无法理解她的执着。人的生命太短暂了，人生不如意常八九，哪有可能事事遂人心愿，只有知足常乐，才能不负时光。如果生命耗尽在谋取更多的财富上，并为此设定一个数字，坚持数十年如一日，咬住目标不松口，那实在是荒度美好的人生了。真希望她放弃这个看不到的目标，让生活回归到正常状态。

其实，我们要更多地感恩这个时代，没有这么一个好的时代，哪有什么生活改善、拆迁补偿、维权行为呢。今天人们没有了衣食之虞，享受着配套完备的现代家庭生活，享受着宜居的生态环境，子女享受良好的教育，老年人享受居家养老服务，有房有车有存款，这样的生活，哪能不知足。即使有的人在改革中做出了牺牲，在拆迁改造中吃了亏，其实都可以毫无愧意地告诉后人，我们为今天的生活曾经奉献过，值得骄傲和自豪。

## 老屋的主人

通往城区隧道翼侧，隐秘的绿化带里，有一栋摇摇欲坠的山墙小屋，一直无人打理，任其破败。

房子洋瓦红砖，两开间，门窗东倒西歪，房前屋后杂草丛生，与紧邻的星罗棋布别墅小院格格不入。房子西侧紧邻一片坟地，墓碑杂乱无章。秋风黄叶，满目萧瑟，衬托孤苦哀怜。如果要说有点生机，倒是门前的水井，露着沿壁，清冽的水波闪着浮影，似眼睛向外探望。空地处被划出的大小不一格子，见缝插针冒出各种菜苗，偶有农人在耕种。

现在的年轻人很少知道房子的主人，也没有人关心，连附近的人都不记得是否有人住过。每次路过此地，我总会凝神驻足一下，眼前闪过儿时的记忆。

主人的名字没有多少人记得，小时候印象中，大家叫他唐瘸子。

唐瘸子是个鞋匠，手艺极好，嘴巴又甜，见人满脸笑，这在健全人都活得愁眉苦脸的年代，是难得的风景。其实，唐瘸子不是一般的瘸，走路跛脚的人，已属于瘸子等级，而他要弓着腰、驼着背、手贴地，借助板凳亦步亦趋、似爬非爬。这种行走方式，从小养成，虽没正常人步履稳健，却也灵活机动，没觉得不便。每天去城中的鞋店工作，来回一华里，披星戴月，风雨无阻，乐此不疲。人活到这个境界，再艰再困，也不觉得艰困了。

唐瘸子所在的鞋店特别醒目，门脸开阔敞亮，花红柳绿铺天盖地，比对面国营商店醒目。唐瘸子在铺间占一席之地，跟那些老鞋匠一起，边做鞋边卖鞋，手嘴并用，毫不干扰。有唐瘸子在，同事干活不累，客人选鞋也很耐心。他巧言令色、舌灿莲花，并不让人讨厌，加上不时插科打诨、打情骂俏，在阵阵嬉皮笑脸中，享受着做工的乐趣，又成全了一笔笔买卖。他是那个年代不靠挣工分吃饭的人，乡下健全的男女劳力都拼不过他。

唐瘸子算是同一个庄上的邻居，我上学必经他家屋旁，他的一举一动，特别吸引我。一是他走路的样子着实好笑，一摇一摆，东倒西歪，像尖屁股不倒翁，很想看他跌倒的样子；二是他吃了什么最为关心，看他碗里盛着肉，不是垂涎欲滴，而是心生忌妒，恨不得做残自己，跟他攀比。孩提时，想法特别恶毒，主要是受大人们影响。

按说唐瘸子身如蝼蚁，生活极为不便，令人同情，可现实却没人怜悯他。大人皆以冷漠待之，连他的兄妹都少有往来。究竟是嫌弃所致，还是另有隐情，不得而知。小孩们不关心这些，也不关心残疾带来的障碍，只知他满腹经纶，心灵手巧，笑口常开，生意做得风生水起，有肉吃，过得比自己好，像个街上人。

印象中，唐瘸子的手艺，并不像外界人说的那么玄乎。纳鞋底、绱鞋面、圆鞋口，乡间妇女也会。可城里人就愿意买他的鞋，说他的鞋穿着舒服。鞋穿着舒服能咋的？舒服算个啥？再舒服的鞋也踩在脚下，捂的是臭脚，哪有比吃肉舒服。我不能理解这样的说法，那些穿草鞋和茅窝干活的人，也没说鞋子难受。因为这个纠结的问题，我问过母亲，可母亲说，那是人家看他瘸子，捧他的生意。这个解释不具说服力。此后，我寻机观察，并没发现他特别的技艺，一样地穿针引线，一样地捶底熨面，手工活倒显行云流水，一样的平常。这是日复一日的专业养成，不足为奇。那时，鞋铺能够用上废旧轮胎制作鞋底了，可以根据客人需求，在鞋底帮一层橡胶皮，增加鞋底的牢固度，这是家庭做鞋所不具备的。

忽有一日，店前出现一中年男子，既不问话，也不买鞋，只是好奇地扫视着鞋铺。唐瘸子不好意思地打量来人，只见他身着藏蓝中山装，温文尔雅，风度不俗，干部派头。唐瘸子习惯性地低头一看，人家脚穿黑色皮鞋，油光锃亮的。这哪是来买鞋的？男子只看不说，这倒憋坏了唐瘸子。唐瘸子赔着笑脸问，同志可是买鞋？男子说转转看看。唐瘸子自讨没趣说，您是穿三十七码半的，您的右鞋后跟磨斜了角、左鞋掌心磨剩了皮。男子不屑地看着唐瘸子，又狐疑地抬起腿，看着鞋跟，没有了表情。唐瘸子笑着说，不信，脱下来看。男子进铺，唐瘸子示意他坐在旁边凳子上。男子脱下鞋来，新奇地盯着鞋和他来回地看。男子问，你是怎么看出来的？唐瘸子笑笑，说是平生做鞋讨生活，阅人无数，一看身高，鞋的尺码差不了分毫，一看走路，鞋子哪头磨损便知一二，您是坐办公室的，鞋子不沾泥，石子路上磨的是底，这绝对差不了。也好，您右得不严重，左得不偏向，我帮你简单处理一下，穿着就会舒服多了。果然，唐瘸子重新调整手头的活计，把皮鞋抓在手上，用自己的裙摆擦了擦鞋面，在皮鞋底部精雕细琢起来。那时，没有胶水、没有塑料，全凭针头线脑，精心剪裁，三下五除二，一块轮胎胶皮巧妙地嫁接在鞋底，虽说有点色差，却成了天然的点缀。修复后的皮鞋，焕发出崭新的风貌。男子穿上后，连夸舒服。类似巧夺天工、鬼斧神工等溢美之词，不绝于耳。男子问多少钱，唐瘸子笑说不谈钱，权且帮忙。男子不答应，非得要交钱。唐瘸子说，真要掏钱，就买双鞋吧。唐瘸子从鞋堆里挑出一双鞋，说这个尺码合适，适合在办公室穿，比皮鞋轻便舒服。男子掏出两块钱，唐瘸子找给他五毛，两人推让了几下，总算按一块五毛钱成交。同事问唐瘸子为何对男子这么客气，他说此人一看像领导微服私访，咱不能丢了老店的纯朴。

不久之后，鞋铺陆陆续续来了一拨人，专找唐瘸子，倒不是为买鞋来的，而是核实情况的。唐瘸子修鞋，因为嘴贱，非得强调鞋的左右，结果男子在介绍暗访感受时，提及唐瘸子的本事，被人抓了把柄，告发他在右派和左派问题上大做文章，被撤了职。唐瘸子散布不当言论，被口头警告。调查人员对他这样的人，其实无计可施。唐瘸子没想到鞋分左右是个错误，更没想到会连累到萍水相逢的人。之后，他变得谨言慎行，再难看到他口若悬河的样子。

不过，有关唐瘸子识人知脚的传闻，经层层渲染，越发离谱。起初，人们还尊重事实，只说他看人走路，知道穿鞋尺码，知道变形之处。之后，有人传言，说是他能从走路看出好人坏人，左派右派。抓五类分子的人找他核查，公安抓小偷请他推定，他似乎成了超人类的侦探家，弄得他一度不敢上班，不敢说话，生怕口误，惹出是非，害了好人。

这个时候的唐瘸子，用身残志坚、助人为乐形容，毫不粉饰，他的表现完全够得上学雷锋标兵，用今天的眼光，够得上"中国好人"和"最美劳动者"。唐瘸子身有残疾，自立自强，手艺好，为人和气，有求必应。关键是穿了他的鞋，可以返修，终生包修。乡下人讲求实惠，到他手上买鞋，只图他帮着找出走路的偏差，给鞋底易损的部分打上补丁，延长鞋的寿命。其实，唐瘸子也习惯了买鞋人的斤斤计较，不少走路姿势偏斜的人，鞋磨损了底跟或边角，找上门来修补，他是照单接收的。他算是最早实行售后终身免费维修的人。只要你好意思，鞋底穿透，让他修补，照样修旧如新，分文不出没关系，还奉送一脸的笑容。一个手艺人做活做到这份儿上，那绝对是诚信友好示人、和气生财到家。他实在不图啥，不以挣钱为目的，完全是图个乐，类似今天大妈广场秀，打发时间，展示技艺，刷存在感。当然，在店铺里做工，能够解决糊口问题，已然知足。他不需要面朝黄土，土里刨食。那个年代，别人的日子愁得满身爬跳蚤，而他的日子像是守着蜜蜂箱。

哪知，好景不长，时尚新潮扑面而来，皮鞋、胶鞋和塑料凉鞋，源源不断地流入市面，且以低廉价格冲击着布鞋，鞋铺生意越发惨淡，唐瘸子只得下岗回家。

那个年月，残疾人没有福利，也没有出路，偶有小作坊收留他们，干点力所能及的活儿。前村有个瞎子，找了一份磨坊里的活计，每天起早贪黑，由邻居家弱智同龄人用竹竿牵着上下工。瞎子工作简单单一，只负责拉磨推磨。他代替了毛驴，像毛驴一样围着石磨转，不知劳苦。每次遇到他们，皆能看到一路笑脸、一路欢歌。瞎子眼瞎心不瞎，肚子里装着诉不完的人间悲喜剧。有时，他把听到的家长里短，编成小曲哼唱，小曲很黄，小孩听不懂，大人们起哄，唱得笑眯眯的，一脸的甜蜜。唐瘸子也是这样，只求乐生，不问哀死。这种苦中作乐的人生态度，令今人汗颜。

唐瘸子维持了较长的理想生活，而今没了用武之地，一时无从入手。他生在乡下，没有从事过集体农活，早被集体打入另册。人总不能坐吃等死吧，日子还得继续。他光棍一条，一人吃饱，全家不饿，比拖家带口的少很多负担。回到家中的唐瘸子，一来靠着房前屋后长点蔬菜，用来果腹。二来伺机重拾手艺，鞋铺倒闭了，不代表他做的鞋失去了市场，凭借口碑，做鞋干个体，总不会挨饿。

唐瘸子走出了喧嚣，并不寂寞。此时，他识人知鞋的本事，远远压过做鞋手艺。唐瘸子的老屋紧靠河浜，离老码头不远。码头是通向世界的窗口，也是世界了解本地的窗口，唐瘸子便是这个窗口的广播员和信息员。上岸的船工，没了去处，便围着他问长道短，说笑话，找乐子，相互抱团解闷，在嘻哈中打发时光。唐瘸子唾腺发达，丹田充沛，表达欲望强烈，他不顾荒废修鞋主业，上顿不接下顿，凡登门者来者不拒，热情得忘乎所以，由此练就了巧舌如簧的功夫。

在码头停靠的货船中，有一对行船的姑嫂，独自载货往来停靠。自古以来，有女子不行船的规矩，甚至有女子不能坐船的说法。这不仅仅出于女人生理因素、安全因素的考虑，还有女人是祸水的迷信。尽管那个年代崇尚"妇女能顶半边天"，可行船的妇女还是绝无仅有的。姑嫂干起行船生意，自有个中缘由。当唐瘸子遇到两个女子时，其中的秘密尽被揭开，让他的人生出现糟糕的拐点。

那年，姑嫂二人载着一船沙石，经淮河进运河，再进内河，一路荡漾，总算停泊在码头上，完成了交付。行船人讲求效率，通常货进货出，不跑空船。可她们赶上了连绵阴雨，只得滞留船上。水上漂泊无定数，眼下携带食物所剩无几，当务之急需备足粮草，于是她们上岸采购。姑嫂二人是逛街无功而返之后，鬼使神差地来到唐瘸子家。

唐瘸子看到两个陌生女子走到房前，以为问路的，便跟姑嫂搭讪，之后进屋客气地让座请茶。姑嫂二人见是残疾瘸子，且待人和善，满脸堆笑，便放松心情，亲近地说明来意。唐瘸子毫不吝啬地打开米坛，说是刚分得的半年口粮，如有不嫌，尽管拿去。那时的粮食是定量供应，乡下的口粮是靠天收成的，能省下口粮接济他人，一般人难以做到。唐瘸子热心实在，宁可自己断炊，也不让人失望。姑嫂告诉他说，是用钱和粮票换点粮食，以备不时之需。瘸子知是行船女子，便怜惜而好奇起来，觉得眼前女人必有故事。唐瘸子上下打量，几番言语，便揣摩出里面的名堂来。说是二女子必是姑嫂关系，想是遇到难了，或替夫（父）出船，或代兄顶岗，女人逼不到此份儿，哪肯受这份罪。他把识人知脚的本事，用到了相面算命上来，说得二人心生钦佩，频频点头。姑嫂二人暗想，这是遇到大仙神算子了。其中年长的嫂子经不起恭维和称赞，终于倒出苦水来。原来，丈夫突然得了重病，计划货运的沙石又不敢拖延，无奈之下，便让老婆和妹子二人代为行船，这才有了姑嫂押运的事情。

丈夫得的啥病，要让女子出来顶替？这是唐瘸子最为关心的。于是，他七拐八弯地聊到了丈夫病症上，没想到嫂子羞怯地拒绝回答。唐瘸子心领神会，脱口说出"痨病"二字，让姑嫂二人傻傻地愣了半晌。

唐瘸子安慰，说这病不需隐晦，也不是不治之症，冲女人出门不易，说送一包秘方，再开一方子，回去试着让他吃了，如不见效，就当没这回事儿，自己不靠行医挣钱。

姑嫂二人将信将疑，看他拿着铅笔，歪歪斜斜写着几行字，听他解释里面的成分，什么香灰、麻油、蛇胆、蛤蟆皮等，药铺常见的东西，随手从床板下掏出纸包，说是白粉秘方，一个月疗程，按照配比研磨成粉药，口服、涂抹均可。

姑嫂二人提着米袋回到船上，心里总算踏实下来。这毕竟是当务之急。

至于开出的药方，她俩也不当回事。男人生病以来，大小医院寻遍，求医问药无数，整天瓦罐为伴，也没多少见效。二人只是好奇，彼此素昧平生，瘸子咋知道是姑嫂，又能知道所处的难。越是闲聊，越发觉得瘸子非同常人，能够透视人的心思，一定有他的过人之处。看着药方上东倒西歪的字，也有了回家一试的想法。

数月之后，姑嫂二人再次出现在码头。此次她们有备而来，大包小包拎着直抵唐瘸子家。姑嫂念及唐瘸子半袋米，专门送来一包米一包黄豆，算是有借有还。姑嫂懂得感恩，进门便是千恩万谢一番好话。唐瘸子看着姑嫂二人，并未感到唐突，虽一切皆在预料之中，但还是有些感动，像久别重逢的亲朋，就差眼泪掉落下来。

唐瘸子没提服用药效，只是关心地问，怎么又行船到此。唐瘸子锐利的眼神判定，他开的药方管用了。嫂子面色红润，光彩照人，走路带风，气势威猛，一看肝火旺盛，完全判若两人。嫂子说，正好接到货运任务，顺便来看看你，人要知恩图报，让你挨饿做好人不落忍，欠的人情要还。唐瘸子感慨地说，难为你们记挂着，人总会遇到难的时候，不就是你帮我、我帮你，相互成全嘛。接济你们，是看你们女子行船的艰辛。相互一番夸赞，倒显得满屋生春，令人赏心悦目。唐瘸子十分享受别人夸赞，有人交流特别是女子如此亲近的交流，让他心里美滋滋的。此时，他自我陶醉着，尽情地燃烧着自己，周身灼热难耐，可却始终保持着淡淡的微笑，偶尔故作矜持状。

沉吟片刻，姑嫂二人问起他生活状况。他直言不讳，说单身一人，鞋店上班，靠几分自留地养着自己。姑嫂起疑，又问怎么还懂医？他直起身子，接过话茬说，俗话讲，久病成医，没吃过猪肉，听过猪叫。苍天造人是公平的，关上一扇门，就会打开一扇窗，腿的缺陷，那是补到了其他地方，仙人托梦知道些男女之事，让我做好人行好事，来世重新回归正常人，是你们给我一个弥补缺失的机会。唐瘸子避开不提祖上从医，从小耳濡目染，会点三脚猫功夫，故意神化着自己。年轻的小姑子告诉说，哥哥四处寻药，走遍大小医院，吃药打针无数，病情不见好转，吃了你的药，明显地变好了，你可真是神医呐！唐瘸子做出莫测高深的样子，继而说道，世上没有解不开的锁，古代医学博大精深，民间疑难杂症不是照着书本就能治的，许多土药土方说不定对症。类似这种痨病，其实不能光在男人身上找病根，女人也有责任。说着斜视地看着姑嫂二人。嫂子垂下头来，面红耳赤，不知说什么好，只得沉默不语，隐露着窃窃的笑。

从这一刻起，唐瘸子的满嘴跑火车多了邪念，之后不知是什么挑逗的言语，让姑嫂二人心悦诚服地拜倒在他的裤裆下。也许正是这个盛夏，天气闷热濡湿，屋里热气混沌，姑嫂衬衫浸透，前胸后背汗水贴身，无法抵挡的皮肉诱惑，让唐瘸子躁动得难以自持。唐瘸子除了腿脚残疾，其他生理功能与饮食男女无异。

行船之人有着天然的传播功能，唐瘸子的"半仙神医"之名，经由姑嫂二人的渲染，如星星之火，燃一路烧一线，传一片带一面，远播开去。

唐瘸子几乎是一夜之间实现了从鞋匠向术士的跃升，其后访客络绎不绝，有前来占卜算卦的，有寻诊问病的，起初不分男女，之后女子为多。婆婆领着媳妇，母亲领着女儿，大多为求子或治妇科病。旋即，邋邋遢遢的茅屋里乌烟瘴气，唐瘸子被捧上神坛，"神医""唐半仙"声名鹊起。

唐半仙自知他的行为见不得光。为避人耳目，减少流量，采取预约方式，每天接待三五病人，选择主攻方向，抓住重点客户，不停地望闻问切，不停地运气借力，为自己医术增加神秘感。至于怎么看、看什么，连进出的病人都避而不谈。然而，男女之间一旦有了亲近，欲望之门便如泄洪之势冲开。面对有人求子心切，唐瘸子近水楼台，帐子里头搞研究，脐下三寸做文章，使尽花言巧语，用足挑逗手段，酒不醉人人自醉，满足了占有之欲。后来，坊间传言，他作恶的那些日子，是夜夜入洞房，天天做新郎，连自己都记不清跟多少人睡过，只是那些被睡的人，没有一个主动报案或投案自首的，可见不少女子或心甘情愿，一切为了治病，或忍辱负重，羞于揭开丑事。这种情况，没有真凭实据，现已无从考证。在我看来，不可能。这是男人们吃不到葡萄说葡萄酸，忌妒所致。

唐瘸子一步一步濒临深渊，论责任，主要在自己，行船姑嫂的出现，一定程度上助纣为虐。或许他主观上并不认为犯法，或许姑嫂的初衷是感恩，或许出于好意，总之，他的所作所为，法律不能容忍。

做鞋与行医隔行隔山，风马牛不相及。从没听说补鞋也能治脚气，妇科性病更是跟做鞋八竿子打不着，想必做鞋的剪刀锥子还能用在手术上？这话说出去都觉得滑天下之大稽。可用在唐瘸子身子，近乎合情合理，连自己都始料未及，他从没宣传过自己，却比电线杆上的小广告传播快。他真以为，一剂药方只要不吃死人就是好药，好药能治百病。哪知，出来混，总是要还的。

唐瘸子龌龊勾当是怎么败露的，至今没人说得清。只知那年"严打"，各地公安深挖细究犯罪苗头，把他列为嫌疑。唐瘸子独来独往，闷声不响，谁也不会想到他会"爆雷"，这在庄上引起不小震动。庄里数十户人家，宗亲世交，沾亲带故，民风淳朴，安分守己，从没有人打官司、吃官司，没想到最不可能犯事的他，却成了第一个惹官司的人。惊掉了所有人的下巴。

唐瘸子以什么罪获刑，坊间说法不一。一部分人认定是搞封建迷信，愚弄妇女。主要依据是，他时常神道道地念念有词。自从鞋铺倒闭之后，他变得游手好闲，无所事事，被人奉为"神医"之后，变本加厉滋长了他装神弄鬼。不少人说，入狱定的流氓罪。一个身有残疾的人，犯流氓罪，他算独一份。

唐瘸子出狱的时候，城郊发生了全新的变化，他居住的老茅屋已被征用，政府只得在新的地方建了两间红砖瓦房。据说，刑释解教回来后，人已不适应了，加上疾病缠身，入住时间不长，很快就离开了人世。这儿是他最后的归宿，他以公民身份离开了这个世界。留下的房产在流年风雨中飘摇欲坠。

唐瘸子留给我的只是儿时的印记，所以我一直没把他往坏人上想。这么多年过去了，人们早已忘记了房子的主人，可我路经此处，总会不免扫视一下。想起唐瘸子，形象仍定格在支撑着板凳匍匐摇摆、满脸堆笑的样子。心里不再带有好奇、厌恶，甚至仇视，只有同情和惋惜。

我不禁想起柳青的话，人生的道路虽然漫长，但紧要处常常只有几步。

唐瘸子也是一样，如果他仍在鞋铺做鞋，他的生活是衣食无忧的；如果社会给予关爱，他的生活是阳光的；如果给予合适的舞台，他会生活得很精彩。只是没有那么多如果。他本该是社会关爱的弱者，却被社会所抛弃，这不能不说是悲哀。

我把他的故事记录下来，只是想让后人知道，美与丑、善与恶的距离是何等之近。愚昧滋生邪恶，向善带来光明。

## 重阳婚纱照

一年复一年，又是重阳日。重阳节临近，老人们开始打听社区有啥安排，特别期待社区给他们些许惊喜。现在老人吃不愁穿不缺，发点重阳糕，弄点小礼品，没了感觉，慰问走访似乎成了例行公事，了无新意，甚至有催老的烦恼。他们觉得还是换点花样，走出孤寂的生活圈。

我特别理解老年人想法。就在前不久，打牌老人"失踪"的事，让大家虚惊一场，让我对老人晚年生活的状况有了新的认识。四位从前老同事，相约棋牌室打牌，打着打着，其中的蒋师傅内急，去上厕所，本来三五分钟的事，哪知老友们一等半个小时。三缺一玩不了倒也算了，要是人有个意外，就交代不过去了。于是，三人分头寻找周边厕所，仍是不见，打电话联系，又不接听。这时大家慌了神，赶紧联系他的女儿说明情况。女儿打爆了手机，对方无人接听，便放下单位的工作，急吼吼地赶到家中，先是跟着父亲的老友找遍小区的犄角旮旯，又请社区出面，组织热心居民拉网式排查，当有人提供他走出小区的信息时，又动用110求助，直到黄昏时分，仍不见踪影。女儿懊丧地回到家中，发现沙发上坐着一个人，不禁大叫起来。此时，神秘"失踪"的父亲正若无其事地看着电视。女儿又气又恼，没想到兴师动众找人，人却"潜伏"在家。女儿问后才知，蒋师傅下午去超市买菜，手机扔在家中，回家做好晚饭，而打牌的事儿早忘得一干二净，更不知道自己打牌上厕所，把三个老同事晾了半天，还替他虚惊一场。这种情况在老年人中并不鲜见。我一朋友的父亲，生病住院期间从医院跑出来，全家人找了一天一夜，最后在正待拆迁的老房子那儿看到他。面对这样的情况，医学专家认定为暂时性失忆，属于轻微老年痴呆症。这样的老人，往往对眼前的事情失忆快，而对远前的事情印象深。我曾跟同事探讨过这样的问题，建议养老机构内部建有怀旧博物馆，陈列类似旧车站、旧车间、老房子、旧日用品，以及老画像等老物件，创设老年人唤醒记忆的场景，同时，尊重老年人生活方式，不要刻意改变他们的行为习惯，多让老年人参加社团活动，在老友相聚里找寻集体记忆，激发内在活力。正是基于老年人身心特点，有条件的社区皆在打造老龄友好型社区。

梁丰社区老龄化程度高，养老需求多元，尽管众口难调，保障有限，但还是尽力满足。多年来，社区遵循一条原则，集思广益，老人的事由老人说了算。老年人关心自己的节日，社区尊重老年人意愿，于是召集老年人代表议事，给大家出题目：能不能搞一个有意义的重阳节，让老人终生难忘，也让老人活得出彩。大家一听活跃起来。有人建议外出旅游，当场被老年协会的人否了。理由是旅游有风险，超过七十岁连旅行社都要健康证明。有人提议搞个老人才艺表演活动，倒是有不少人响应，但大家觉得仍有局限性，老人的才艺仅此在广场舞、集体操、太极拳之类，不具广泛性、群众性。有人提出搞个百家宴擂台赛，老头儿们一听耷拉着脑袋蔫了，这是妇女们的强项，男的参与度不高。

吴阿姨是社区积极分子，她问主持议事会的小刘能不能来点时尚的。小刘一脸蒙，问咋时尚。吴阿姨说，能不能给咱们这些老人补拍婚纱照。吴阿姨提起前段时间跟儿子闹翻的事儿，说儿子订婚，一眨眼工夫花了上万块，倒不是心疼钱埋怨儿子，是儿子两人拍婚纱照时，想到了自己连结婚照都没有，心里有点堵，顺势把气撒了出来，结果喜事弄得不开心，挺懊悔的。吴阿姨一番话，引起共鸣，大家谈起往事感慨万千，感到人生有太多遗憾，最遗憾的是当年结婚时的寒酸，看看今天年轻人的排场，真有点羡慕忌妒恨。于是有人提出能不能跟年轻人一样浪漫一下，穿上婚纱拍个照，把当年的遗憾弥补一下。

小刘把意见带到总支会上，大家觉得这事有意思，也有创意，也能做到，非常值得。事不宜迟，说干就干。小刘成了总负责人，策划组织拍摄活动。

拍摄形式和规模因人而定，首先要了解一下多少人有拍照意愿。根据我的掌握，梁丰社区常住人口中，六十岁以上的占百分之三十一，八十岁以上的有四百一十人，两个老人超过一百岁，七十岁以上夫妻二人健在的有四百多对，这些老年人家庭条件宽裕，晚年生活幸福，他们乐于社区提供的服务。于是，先在社区公众号上发个预告，看看回应情况。没想到告示一发布，咨询和报名的随之跟进来。不仅子女代老人申请，连中年人都请求参与，微信群一下子爆棚。

考虑到人数较多，组织工作难度大，大家讨论商定划个年龄范围，以结婚五十年为限，由社区出资提供拍摄服务，主题叫：金色回忆——金婚摄影纪念嘉年华。用镜头记录温情时刻，圆老人们一个婚纱梦。委托一个文化策划公司承办。

小刘带着想法找到策划公司时，一帮年轻人异常兴奋，表示一定要搞出一场别有趣味的婚纱秀。在我们看来，既然活动很受老人欢迎，那必须搞得隆重精彩有内涵；从社区和居民角度看，为老年人办好事，可以营造敬老尊老氛围；从老人及家庭角度看，充满怀旧和回忆，传递温暖和感恩。这无疑富有创意，广受欢迎，用媒体标题表述：几十年的风雨同舟，几十年的岁月悠悠，青丝变白发，曾经年少的夫妻现在老来的伴，用照片定格美满婚姻的幸福画面，为当下年轻人传承家风家规树立榜样。想想心里都挺美。

从活动现场可以看出，布展讲究而喜庆，超过一般婚礼标准。既有T台，也有大红花门，鲜花、红双喜衬托出同喜同乐，还专门准备了婚纱、礼服，连捧花、头纱、胸针都备了不少，许多细节处用足了心思。令老人们更感兴趣的是，许多几十年不见的老物件成了道具，给现场增添了怀旧气息。

重阳日那天，秋高气爽，惠风和畅，梁丰游园里花香四溢、喜气洋洋。一百二十七对金婚夫妇披上节日的盛装齐聚广场，金婚夫妇们佩戴胸花，相互挽臂紧握彼此的手，踩着红毯缓缓走来，在幸福墙签到打卡，依次等待穿过"金色回忆"之门，转至舞台区留下珍贵幸福瞬间。

小刘告诉我，报名的人数远不止这么多，有的卧床不能动、医院住院的也希望参加，甚至丧偶多年的也有这个意愿，考虑到健康状况，给他们做了工作。

在现场，人们看到有推着轮椅、拄着拐杖的，场面令人动容。

乔老和老伴是年龄最大的参加者，九十岁高龄。两人手拄拐杖，相互搀扶，在志愿者的帮助下，多个视角完成了拍摄。两个老人参加过抗美援朝，退役返乡后，隐姓埋名，过着普通人的生活。当得知社区举办金婚摄影活动后，委托儿女报了名。尽管已是钻石婚的战地伉俪，两人却没有像样的合照，这成了老人的遗憾。社区了解到老人有拍照意愿，专门购置了老式军装，布置了带有军旅生活气息的背景。看到社区给他们准备了军服，深为感动，直夸社区想得细，工作做到了心坎上。老人穿着军装，胸戴大红花，一坐一立，如愿留下了激情燃烧岁月的一幕风采。

汤老伯和朱阿姨是第一批报名参加活动的一对夫妇。他们得到社区通知时，两人正计划外出旅游，想到结婚至今夫妻连个像样的合影都没有，马上取消订购的机票，回复社区给他们名额。在现场，汤老伯为朱阿姨披头纱，朱阿姨为汤老伯胸前扣花，两人互相打理着对方细节，不由得让人感动。相濡以沫五十二载，为能留住最美好的瞬间，他们精心准备着。汤老伯接受记者采访时说，当年结婚简单摆了两桌酒席就算婚礼了，更别提拍结婚照，为抓住这次难得的机会，老两口也精心挑选了压箱底的服饰，化了淡妆，让自己满意些。

八十三岁谢大爷和七十七岁蒋奶奶带来了当年的老式结婚证，逢人便分享着两个人的婚姻生活故事，笑容里写满了幸福喜悦。这对老人于 1968 年结婚，两人携手走过了五十五个春秋，如今四世同堂，跟着子孙们颐养天年。蒋奶奶说，六十年代条件差，别说结婚没有鲜花、彩礼嫁妆、结婚照，就是两家见面请客都只是粗茶淡饭。几十年走过来，虽说生活琐事上磕磕绊绊，但一家人还算温馨和睦，生活条件越来越好，活得劲头越来越足。

刘大爷是个内敛的人，平时很少抛头露面，因为老伴的坚持，才带着应付的心态来现场。没想到现场的气氛感染了他，让他一下子活跃起来。他只得临阵准备，好在现场备好了各种服装和拍摄道具，没让他耽误工夫。在志愿者们的鼓励下，面对每一个镜头他都认认真真，把自己当主角，最后来了个单膝下跪献花，引得现场一片欢腾。媒体镜头和话筒对准他时，没想到他竟处事不惊地说得头头是道，瞬间成了明星。

在现场，我们能够捕捉到许多精彩的画面。单膝下跪献花、展开双臂摆心、亲吻对方脸颊、面向对方表白等等，年轻人求婚的浪漫，老人同样敢做。那种模样，像真的新婚似的，很甜蜜，很动人，连我都想上去抢一下镜头。

老人们留下的笑脸感染了我。这种笑是幸福的模样，是真诚的拥有，这种笑是可以"传染"的，让自己很愉悦，让他人很"忌妒"。我特别喜欢看到老人的笑脸，跟孩子们天真无邪的笑相比，老人的笑似乎散发着光芒，只有看到老人的笑，才觉得心里暖融融的。我时常给母亲讲笑话，只想着逗母亲笑，母亲愁苦了一辈子，笑神经迟钝了，只有看到她笑，我才觉得是个孝子。社区组织这样的活动，竟让老人乐得像小孩一样，可见老人们的需求很简单。一张照片，换得老人们喜笑颜开；一份尊重，让幸福香飘满园。

双手相牵，半世纪风雨同舟；十指紧扣，五十载金婚定格。这群耄耋夫妇无疑是幸运的，他们既赶上了好时代，赶上了健康养老体系的构建，也坚守了平实的家庭生活，这才有了完整的婚姻，才享有了幸福的晚年。与之相比，单身高龄老人在这场精彩的活动中，只能缺席，这不能不说是另一种遗憾。

我在丰小厢看到许多家庭送来的旧物件展示，其中一对结婚证引起我的注意。那是二十世纪七十年代的结婚证，巴掌大的折页，封面是领袖头像，扉页是最高指示"抓革命、促生产"，正面是蓝墨水写的姓名年龄，落款是一九七二年二月十日。结婚证的主人诸阿姨站在身旁，热情地介绍当时情景，我插话半开玩笑地说，当时实行计划生育了，你们怎么做到抓革命、促生产，平衡计划生产可不容易做到呀。在场的人哈哈大笑起来。诸阿姨认真地说，那时日子过得清苦，人都骨瘦如柴，却能生孩子，我们是抓革命，两促进，儿子说有就有了，幸福来得突然。见诸阿姨健谈，感兴趣多问了些情况，没想到，说到那天"金婚嘉年华"活动时，她垂首不语。另一个阿姨补充告诉我，说她老伴去世十多年了，假如活着，一定少不了他。我为自己的失语连说抱歉。还好，诸阿姨是个豁达的人，马上转移话题说她儿女都很孝顺，也很上进，她过得很幸福，她喜欢社区，是社区志愿者。她把丰小厢当成自己的家，精心布设和打理得很温馨。每当我走到丰小厢面对她时，总会懊恼那个冒失的问话。其实，人生哪可能完美无缺，幸福是要自己感受的。

# 不同境遇的老人们

一场寒流扫过，街面一片金黄，留给树梢的只有萧瑟了。其实，这只是天气转寒的一个预警，跟平常没什么不同。

我习惯地走进社区游园，看似欣赏初冬层林尽染的绚烂色彩，其实映入眼帘的生活气息，让我内心多了苍凉。晚秋虽美，却不能让人享用，即便几缕朝阳，也是吝啬地从高楼间隙穿过。一对老人并肩坐在长椅上，身子蜷缩着，像是包裹着吸收的阳光。不远处的香樟树旁，一幅老人和狗的画面，惹人注目，不知是狗拖着老人，还是老人牵着狗，忽而一前一后，忽而肩并肩，惺惺相惜。让人联想到一幅秋霜红叶的油彩画面。

老人们的生活很平静，却又那么脆弱，如树梢上枝叶，经不起风雨吹打。这就是一个人的晚年晚景吗？许多时候，只有直面感受，才会触动心灵。好在看到了另一处风景，让我温暖了许多。小广场上，一群大妈大爷身着镶红黑衣，伴随着音乐，长袖舞剑，一招一式有板有眼、整齐划一，难说动作是否专业准确，而专注劲儿，却是值得欣赏的。

树梢的枯叶止不住地往下掉落，这何尝不是人生的一段经历。在社区两年里，我接触了形形色色的老年人，每个老人都是一本书，读来五味杂陈，感触万千。因篇幅有限，仅选其中四位老人的生活境况，供大家品思。

## 百岁老人的乐活晚年

听说袁奶奶百岁寿辰，社区同事们商量一同登门祝寿，表达集体对她的美好祝愿。

此前，大家告诉我，袁奶奶的长寿是真正的健康长寿，不同其他高龄老人要么住院、要么卧床、要么神志不清，她正常到常人无法想象，抽烟、喝酒、打牌、跳舞，样样都会。这倒让我多了羡慕和好奇。

我们是带着鲜花、寿字和点心上门的，一是聊表社区祝寿的心意，二是意在把居室装扮得芬芳喜庆些。没想到，他们儿女后代已为她做了充分准备，连电视台都来记者了。

我几乎没分清哪个是寿星。一屋子老人，花团锦簇，福星高照。不难想象，袁奶奶百岁，儿女也都七八十岁了。直到我们送上祝福，袁奶奶众星捧月似的被簇拥到眼前。老人个儿不高，身子单薄，上穿带"福"字的红袄，满面笑容，一身喜气，看不出老态龙钟的样子，混在儿女中间，完全像姐妹。

我本想跟他们一家深聊一下，因为记者采访，只得退为观客。电视台敏锐，得知袁奶奶情况后，力求捕捉她的长寿秘诀。袁奶奶面对镜头，俨然像个养生专家，大谈自己每天一场麻将两场觉、三块肥肉两碗饭，自己找乐没烦恼，儿女孝顺不计较。记者问，听说还能抽烟喝酒？老人摆手说，不了，儿孙们不让，年纪大了体质弱了，戒了。接着补充道，抽烟喝酒有害健康。大家笑了。最后老人说了感谢的话，说现在条件好了，要啥有啥，吃啥有啥，真感谢政府，感谢社会，感谢你们这些好心人。看得出，老人思路清晰，口齿伶俐，见过世面的。关键是客套话恰到好处，逗人开心，足见老人心态健康，乐观豁达。

我在一旁暗想，大家把长寿归结于吃肉、打麻将，显然是肤浅的，关键是人老了能吃肉、想吃肉、吃得下肉，打麻将则看出手脚是否灵便，脑子是否清楚。别说百岁老人如此，不少刚入古稀之年的中龄老人也已食肉无味、头昏眼花了。况且，打麻将是赌徒心理，多数人赢则心潮澎湃，输则垂头丧气，情绪波澜起伏，倒在牌桌下的有之，身心受害的有之，牌友打成敌手的有之。有人说，小赌怡情，大赌伤身，只要带有对手的竞技活动，都会产生心理剧烈的运动，没有超然定力，是无法气定神闲的，而气定神闲才是长寿最重要的秘诀。袁奶奶把打麻将当作消遣娱乐，那会是一个怎样的境界。打听个中缘由，才知是子女和邻居陪她玩，她是主运动员，大家是陪练。

看得出，这家人"没心没肺"，面对记者采访，他们丝毫不在乎提出的刁钻问题，争先恐后，侃侃而谈，不由得让人看到家庭和谐幸福的模样。我打听才知，老人三儿两女，住在同一小区里，是当年拆迁分房刻意选定的。老人由儿子轮流赡养，两个女儿共同陪伴。子女们都是普通工薪阶层，衣食无忧，生活没有压力，也没有过高奢望，日子过得都很畅快。子女们看上去也不像七八十岁年纪，穿着不算讲究但也艳丽时尚，两个女儿上穿中年妇女花格呢子外套，儿子是笔挺的夹克。在老人眼里，他们是孩子，在儿孙面前，他们是长辈，逢年过节的时候，六世同堂，其乐融融，别人只有赞叹。

老人生活很有规律，早餐之后，出门走一走，午饭之后睡上一觉，下午两三点集中，摆开牌桌，直到吃晚饭。有时子女们忙，人头凑不齐，那邻居随叫随到，奉陪着找乐。

看着满屋子花花绿绿的人，我以为应该是一大家子，一问才知，其中两个年龄稍轻的阿姨说是串门的。她们说自己住对门，几代世交，没事经常陪老太玩牌。我夸赞她们，你们娱乐自己的同时也做了好事，这叫邻里守望，共同陪伴，跟着寿星，一起添福添寿添健康。大家笑笑，齐声说，是的哇！我们这个楼栋，长寿老人居多，人人尊老爱幼，家家温馨和睦，邻里之间从没红个脸，够得上模范楼道。我们夸奖道，是中国好邻居，是孝老爱亲模范，电视台就是帮我们宣传你们来着。

看到这样的欢快场面，我既羡慕又忌妒，深深体会到"子欲养而亲不待"的遗憾。我的父亲退休后疾病缠身，没等儿女们有能力赡养，六十多岁就离开人世。母亲身体算不错，哪知七十岁那年突然中风，至今一直靠轮椅艰难生活着。老人健康地养老，对子女来说是多么幸福的事儿，而袁奶奶家却做到了。袁奶奶一年四季，不生病不吃药，从不知道何为高血压、高血脂、脑血栓，活到这个份上，真是奇迹，也近乎神话。

当然，长寿从科学的角度讲，主要是遗传基因，这也包括个人性格遗传，更重要的是家风家规的传承。歌德说"能在家庭中寻求到安宁的人，是最幸福的"。袁奶奶健康向上、豁达开朗的人生态度，为家庭营造出了和睦的环境，为晚辈们树立了人生榜样，这在俗世社会里是难能可贵的。

一个百岁老人的存在，是一个家庭的福气，也是社区的福气。我们从这家人的幸福生活中得到启示，家庭和睦、子女孝顺、邻里和谐是养生最好的药方。

### 半路夫妻的烦心生活

阿公姓姚，年近八十，乍一看外表还算硬朗，很难判定他的实际年龄，但从模糊的口齿和蹒跚的姿势，不难发现他已是耄耋老人。阿公满脸愁容，一看日子过得不算顺遂。近来，他的生活出了状况，不得不出入于社区，请求社区替他做主。

常言道，清官难断家务事。许多家庭内部出现纠纷，首先想到的是找社区。那些从集体所有制走过来的人，他们对社区充满信任，而社区干部往往成了"老娘舅"。只是现在调处家庭纠纷，对社区干部要求越来越高，社区干部时常也有为难之处，一来人微言轻，难以服众；二来难辨事情真相，不宜断出结论。一般家务事，是公说公有理，婆说婆有理，想端平一碗水不容易，各打五十大板，也不能解决问题，甚至过度干扰只会导致矛盾升级。大家采取的方式是，先听他们倾诉，不作是非评论，最后只得抱以同情，分别给点建议。可姚阿公这回情况不一样。阿涛负责老龄工作，对他反映的情况有些掌握，每次接待也只是安慰一番，登门也做过不少调解工作，可又难让几方满意。老人的情况实在特殊，社区有些爱莫能助。

原来姚老有一个没有名分的再婚家庭。三十年前，两人相识，开启了黄昏恋，未承想遭遇阻力。阿公倒是无儿无女，无牵无挂，女方却有三个女儿，坚决反对母亲再婚。尽管两个老人顶着压力，一起生活至今，可女儿们心中的疙瘩始终没有化开，母女之间几乎没有往来。阿公以为找到了真爱，甘愿付出一切，经不起老伴反复劝说，卖掉了自己的房产，两人凑足了一笔钱，重新买了一套二手房，算是有了独立爱巢，彼此相依为命，恩恩爱爱地过日子。如今老伴生病，长年卧床，自己年事已高，明显感到体力不支，难以承担照顾的责任，多次提出让女儿们尽其赡养义务，却遭到她们的拒绝。老人求助过法律，也求助过社区，只是收效甚微。三个女儿虽不计前嫌，却都找出各自的理由推脱。老大说自己老了，身体不好，属于被照护者；老二说自己在外地生活，上有老下有小，无法照顾；老三说从小母亲偏心，没沾一点光，凭啥老了就认。

三人各执一词，相互推诿。

阿涛帮助老人找过三个女儿，从情感和法律角度，动之以情，晓之以理，最后得到了轮流赡养的承诺。如今阿公找到社区，是他发现女儿们打出如意算盘。原来她们盯着老人住的房子，要求房产按三分三处置，让她们母亲写下遗书。

这事涉及法律问题。首先要弄清他是不是共有产权人。从了解的情况看，姚老跟老伴没有领取结婚证，只是事实婚姻关系，而房屋产权证上也没有他的名字。从法律上讲，跟老伴生活三十年，属于同居，不享有财产共有。从情理上讲，这对阿公是不公平的。阿公退休养老金用于两人的开支，据说当初买房他也付了款的，况且老伴重病卧床这些年，自己服侍不算，求医问药都是他操办，贴工又贴钱。阿公自然心里委屈。

我们非常同情阿公的遭遇，可也确实帮不上忙，因为法理上他争取产权的可能性很小，只得宽慰他。一是确保他的居住权，二是守住自己的养老金，三是申请孤寡独居老人的政府救助。

半年之后，老伴病逝，女儿们拿到了房产分割的遗嘱，阿公再次成了局外人。阿公时常找到社区诉说委屈，只是身边多了一个中年男人。一问才知，是阿公的干儿子。至于干儿子何时相认、怎么相认，我们无从得知，只知干儿子来自江阴。

事情变得复杂起来。眼下老人不仅要争取房产分割，还要争取丧葬费。房产分割问题，是法律上的事，社区无法判定；丧葬费补助已被女儿申领，作为直系亲属领取完全合情合理，至于他要争取其中付出的部分，他应该跟家人商讨。干儿子的出现，让老人似乎找到了靠山，无知的想法变得天经地义了。

眼下，老人拖着枯槁的身躯，往来于江阴、无锡之间，争取着自己的权益。我们所能做到的是提醒老人捂紧钱包，定期帮他申领高龄补贴，关心他的健康。

### 相依相伴的陌生姐妹

一对年迈的老妪，携手相依着，时常出现的花园长廊处，给我留下难忘印象。两个阿婆年龄相仿，身高不足四尺，衣着陈旧，身子佝偻，因为相互搀扶着，特别惹人注目。

第一次看到她们，是疫情防控期间。社区广场上，临时搭建的核酸采集小屋，两人很早就来排队。八月骄阳，酷暑难耐，她俩顶着烈日，丝毫没有灼烤难受的感觉。

此时，离医护人员进场还有一段时间，难道他们没有得到具体通知。我问在场的社工小戎。小戎说，她们每次都这么早，可能怕人多了排队麻烦。她提醒她俩，时间还早，先在树荫下乘凉，要么到屋子里来吹风。两个老人听到有人叫喊着，便走了过来。近看，两个老人面容憔悴、双颊塌陷、头发蓬松、手臂粗糙，衣着不洁。年纪稍长的，眼圈红肿，听人说话时，直翻白眼。看得出，老人患了眼疾，影响了视力，所以走路靠人搀扶。年纪稍轻的操着苏北话，问了问医生啥时候到。小陈认识她俩，马上给她们解释，劝她们先回家，她们说就在这儿慢慢等，没事儿。我问小陈，阿婆是咱们的居民吗？小陈说，是的，杨阿婆身有残疾，是低保户。人挺好的，社区有事情，她都参加。去年抗灾捐款，听到广播后，她特意跑到社区，捐了十块钱。我收下几张皱巴巴的零票，特别不好意思，退给她，又被她拒绝，每次看到她，都有歉疚感。两个老人年事已高，行动不便，看上去有些邋遢，令人内心不是滋味。

大概我是生人，阿婆也在注视着我。我向她俩摆摆手，她俩冲我热情地笑着。尽管笑脸苦涩，让人心疼，比起那些凄怨焦躁的表情，苦笑也弥足珍贵。非常时期都不容易。我问，你们俩是姐妹吗？杨阿婆只是笑笑，苏北口音阿婆摆手说不是。再问她们时，杨阿婆还是笑笑。大概是耳聋或是听不清话，本地老居民有不少听不懂普通话，只会土话，想必她只会土话。小陈跟她说话的时候，看到她嘴里能叽咕几下，大概没有听力障碍。

第一次交流并不顺利，也是无意间的接触，并没想从中了解点什么，之后两个老人的形象却挥之不去，常让我把她们跟贫困和穷苦联系在一起。

第二次看到她们算得上邂逅。那是两个月后，单薄的汗衫已经脱去，换上了秋装。两人穿着灰黑的短褂，相互搀扶着，走路跌跌撞撞，依旧显得寒碜。不过，见到熟人仍是满脸的笑。那天，社区在游园布展活动现场，我在一旁察看。看到两个阿婆手挽手而来，我好奇地看着。她俩喜欢热闹，凡有活动都会提前到场，跟探班似的围观。

这次我要主动地问问情况，上次留下的悬念还挂在心里。我问她们还否记得我，她们惶然地摇头，接着相互笑笑。阿婆的红眼圈没有变化，只是泛白，没有黑珠，而嘴巴已不密封，没有门牙的口腔深不可测，让我不免有了敬畏。我经不住好奇，先问她们年纪，你们有八十了吗？本想斯文地问高寿，怕她们听不懂，只得打着手势，用口头语。苏北口音的阿婆说，我七十六，她七十九。没想到失明阿婆也跟着说，今年七十九，明年八十。吐字抖抖颤颤，声音嘶哑而滞重，身子跟着哆哆嗦嗦。你们不是姐妹俩吧？苏北阿婆说不是。是邻居吗？摇头说不是。我更是奇怪，连续问了几个问题，才知其中的答案。简单地说，

两个老人没有血缘和亲戚关系，苏北阿婆是杨阿婆的房东。苏北阿婆是随儿子打工来无锡的，之所以待在儿子一家身边，也是老家无人照顾。起初苏北阿婆一家租住在杨阿婆对门，频繁进出楼栋便认识了杨阿婆。杨阿婆一个人独居，行动和生活不便，苏北阿婆虽有疾病，但不影响生活，两人时常走动着，且越走越亲。苏北阿婆本来跟着儿子养老，儿子一家平日上班也无暇顾及老人，发现两个老人聊得来，以廉价的房租为老人在杨阿婆家租了一个房间，一来解决自己居住紧张问题，二来让老人日常有个陪伴。没想到这些年，不是杨阿婆帮助了苏北阿婆，而是苏北阿婆照顾了杨阿婆。苏北阿婆的身体越来越好，杨阿婆也不再孤单。之后苏北阿婆的儿子有了自己的房子，准备搬迁新居时，杨阿婆不肯让苏北阿婆走了，不仅不要房租，而且愿意免了伙食费。苏北阿婆跟儿子一家商量，最后决定留在杨阿婆身边。苏北阿婆成了杨阿婆的生活保姆，杨阿婆成了苏北阿婆的异地亲人。这一留又是两三年。两个老人相处成亲姐妹一样，同进同出，携手相伴。

两个普通老人，从陌生相遇，到相互关照，发展到亲如姐妹，相依为命，只为简单地生活，谈不上谁崇高。而在我看来，人间有一种美好，是质朴的纯洁。杨阿婆的友善和信任，换得了苏北阿婆的付出，苏北阿婆的真诚朴实，赢得了杨阿婆的尊重。在更多人以人性之恶的思维设防他人时，自己难免陷入怀疑主义套路，恰恰是彼此间释放善意，才能让彼此产生信任。我在钦佩苏北阿婆同时，庆幸杨阿婆。杨阿婆是幸运的，在孤独的晚年，有了温馨陪伴，这是何其可贵。

这次接触之后，我特别想去她们居住的家里探望，实地了解她们的生活。直到深秋时节，我在网格员阿培的引导下，敲开了她的家门。杨阿婆家是拆迁分得的两室一厅，大概六十平方米左右。自从搬进之后，一直保持原貌，地面仍是水泥抹平的地面，墙仍是交付时的石灰白墙，两个房间没装门套和门，一间一张大床，床的内侧堆放着衣被，外侧只留有可以躺着的位置，算是各自有独立空间。客厅不大，一张餐桌和一张旧长沙发已显得拥挤，两张单人沙发只得架在墙角处。餐桌上方挂着一张彩色的年轻人照片，一看就是遗像。杨阿婆说是他儿子，三十三岁那年意外车祸，距今二十多年了。家里唯一值钱的是两样电器，一台电视机，一台冰箱，很实用，也必要。不巧的是，苏北阿婆半月前摔了一跤，行动困难，只能勾着腰搀扶着蹒跚几步，两个人吃饭问题，只能靠儿女们轮流送上门，平常下楼活动的习惯只得停下了。此时，杨阿婆倒是关照苏北阿婆的机会多了些。我们告诉她俩有困难向社区反映，社区会尽最大努力帮助。杨阿婆连说不麻烦，说女儿一家都挺孝顺，自己除了眼睛看不见，其他方面都行。苏北阿婆也说，两个人相互能照应，儿女们都挺放心的，你们也放心。

听着她俩乐观的交谈，我们深为感动。两个萍水相逢的老人，各自发着微光照亮对方，让孤独的晚年充满生机，实在是一件幸运的事。

## 失败者的晚年窘态

说实话，我不认识黄阿姨。只是大家提到她时，交口慨叹她是奇葩人。

奇葩到什么程度，说年轻时嫁了好几个老公，生了一堆儿女，到头来孤家寡人，连房子也没一间，靠吃低保，住廉租房。大家说，我见过她。

我是怎样见过的呢？说来有些偶然。那次我同袁非书记在路边跟居民们闲聊，说是闲聊也是借机听听居民对社区的反映。不远处来了一个上了岁数的穿睡衣妇女。睡衣妇女认识小袁，也听到大家在谈论社区的事儿，于是上来搭腔。睡衣妇女面庞肥肿，脸色紫白，粉色带花的睡衣如睡莲似的包裹着中等身材，衬托出病态的慵懒。样子虽显得特别，但并不引人注目。毕竟，社区里常常遇到这样穿着随意的人，那种不穿内衣透视可见的都不鲜见，在有的人看来，小区就是自家花园，可以随心所欲。睡衣妇女是个知识面宽广的人，别看她面无表情、声色平缓，出口都是宇宙观、生死观，什么时运轮回、否极泰来、因果报应，信手拈来。随着她的谈吐渐入佳境，我好奇地留意了她。只是她的聊兴并没有让在场的人产生兴趣，看得出有的是有意走开，有的是厌恶地疏远。睡衣妇女也觉得现场对她冷漠，便话锋一转，诉说自己没人理解，被人欺负，讲社区没好人。继而冲着我和小袁说，自己的救济被人挪用，有人贪污，没有用到急需的人身上。看到小袁面露愠色，又掉转话题，表扬起袁书记执政为民，是个清官，希望多关心照顾困难人群。看着我不予理会，她转而讲起国际形势，讲天气预报。不难听出，她是个思维混乱的人，或者说是一个有精神问题的人。之后，袁书记告诉我，她是黄阿姨。原来，这个睡衣妇女是黄阿姨。小袁说她脑子没毛病，只是因为表现得极度聪明，聪明反被聪明误，聪明之后是偏执。我也力求把她作为正常人看待，可越看越觉得她是生活失败者，是精神贫乏者。从她的穿着和头发，以及对人的态度，可以看出那种生活倦怠的表现。

黄阿姨年轻时的确长得漂亮，左邻右舍见证过她的漂亮，她自己也觉得"倾国倾城"。因为漂亮，就有了无数追求者，因为漂亮，她有了自负任性的资本。婚姻对她而言似乎是过家家，只要过得不开心，就离婚，再嫁一个追求者，再过得不如意，再嫁另一个追求者，她也许认为总有一个男人是适合自己的，人到中年时，还为最后一任丈夫生了孩子。在她的生活里，她拥有绝对权威，她的话是绝对真理，许多类似鸡生蛋还是蛋生鸡的问题，只有她的结论是正确的。家庭的许多争吵，往往是丈夫炒菜时，是先放盐还是先放醋引起的，只要不开心，丈夫先放油都是错误的。最后一任丈夫已没有了这样的耐心，因为他比她年轻，比她任性，只要一争吵，便有理由离家出走。之后他不再满足跟她厮守，隔三岔五带回新欢，当着她的面挥霍感情，由此彻底地把她击垮。

本来这是她个人情感问题，是家务事儿，因为求助于社区，便弄得满城风雨。

那一年，她向社区申请低保。接待她的阿敏感到奇怪，好端端的体面人，咋会吃低保。在社区干部印象中，她个人条件不错，家庭条件更不错，有房有车有收入来源，自己四肢健全，身体健康，有劳动能力，被公认为大家有困难也轮不上她有困难的人。可她不作解释，偏要低保，不给赖着不走。阿敏无奈，只得让她填表，反复重申条件，她置之不理，强调谁不给办低保就找谁。结果可想而知，申请没能通过。

事情并没就此打住，而是走向恶化。黄阿姨不依不饶，找社区，找街道，再找民政，要求讨说法。在社区时，她闹得哭天喊地，当着众人的面，撒泼打滚。在民政局，她横卧在电梯口，双臂紧抱工作人员的腿，闹得楼道响起警报。可见为了低保，她把跟历任丈夫的手法都用上了，不顾尊严，破釜沉舟，不达目的决不罢休。

提起她讨要低保的事儿，阿敏告诉我，即使剔除有收入的家庭成员，她还因银行有存款，证明有收入来源被排除出来。而今她以特殊的方式换来了低保。我至今疑惑，会不会为低保赌气，离了婚，放弃了财产。这也太得不偿失了。难道，她真的被逼到绝路上，精神受到打击。

之后，大家谈到一件事，让我真的对她同情起来。去年社区为排除火灾隐患，专门进行了楼道集中清理。没想到她屋里屋外堆满了纸箱和塑料瓶。社区通知清理，她拒绝。社区组织人清理，她阻拦。最后只得安排人悄悄地把楼道堆放物清理出来。大家以为她发现会大闹一场，结果她倒平心静气，只是希望社区补偿。花钱的事情好办，社区送去三百块钱，从此她那充满敌意的眼神有了变化。

大概她开始明白，有些事情靠蛮横是办不好的，有时妥协让步或许会得到他人的理解同情。之后跟社区打交道时，她换回了温柔的样子，倒也赢得好感，有人愿意跟她说话了。她喜欢被夸漂亮。说她长得像林青霞时，她会谦虚地说半老徐娘没了风韵，内心里却是洋洋得意。社区年轻漂亮的女孩们私下都说，只要不露凶神恶煞的样子，着实耐看，尤其脸上绽放的笑容，多有妩媚。只要夸赞她，她会像换了一个人似的，待人热情主动，不再让人避而远之。要是有人多看两眼，她会驻足介绍自己的养颜秘籍，她很享受被人关注的感觉。只是高山流水，难觅知音，许多事情，过犹不及，适可而止，一旦超出了底线，好事也会变得荒唐。

大家跟我说起她两件奇葩事。一是要求丈夫带小三回家。她以为这样可以夫妻复合，挽救家庭，还请社区派人帮她打扫卫生，表明自己洗心革面，重新做人，回归正常生活。二是喜欢发微信，每天七八十条，社区里的人都加过她的微信，天天看到她的微信，深更半夜至凌晨微信更多，让人不堪其扰。内容从养颜到养生，从心灵鸡汤到神灵迷信，无所不包。每次跑到社区来，首先要问微信看了没有，看了咋不点赞，只要表示点过赞，她才善罢甘休。她尤其迷恋上艾灸养生、占卦消灾，表现得自己神灵附体，能包治百病。因为邻居家男婴过百日，她跟人闲聊说早晚要死，被人骂她缺德，好在知道她有精神问题，没被人家追究。我听了差点笑脱下巴，以为她读过鲁迅的书，结果大家笑了，不承认她有智慧和幽默。哪会有幽默的人，闹到社区来调解。这时，我才发现，看上去神志清醒的人，如果说是非、善恶没了界限，也是令人可怕的。

面对黄阿姨这样的情况，起初觉得可笑，之后有点哀伤，现在越来越有些担忧。我们不知能为她做什么，甚至不知道怎么帮。黄阿姨不是个案，类似于视如掌上明珠之人、生活富足殷实之家、年少轻狂之徒，有不少活得只顾屁股不顾头，沦落到晚景苍白境地。一个人年轻时的优越感，被自宠过度挥霍，不免被生活所抛弃。黄阿姨生活的不如意，有其自身的原因，而给我们的思考是，家庭和社会应给予他们更多的关爱。

# 5. 感动——平凡生活的精神高地

生活不缺闪光的事，不缺闪光的人。全在于我们怎样发现，怎么看待。

一个凡人成为好人，取决于社会环境和价值取向；一个弱者成为强者，取决于社会给予的力量。关爱的土壤，才能结出善良的果子。

我们每个人内心都有着良善和仁爱，身上都蕴藏着一股强大的正能量，只要给一个发光的机会，就会照亮一片天地。

许多道义之举是不需要理由的，他人危难之际，挺身而出，临危不惧，那是好人品格。一个人能经年累月奉献自己，成全他人，那是长在骨子里的崇高。

现实社会里，不是所有人能成大事、有大贡献，许多人只是坚守信念、做好自己，看似平庸的背后，不无体现出精神的力量。因为他们在用平凡的一生，成全这个世界的光明。

世事的美好，来自人类的创造；心灵的美好，来自高贵的塑造。每个人的生命底色都是良善的，普通人播撒的爱心种子，也许更有生长的活力。我们没理由不对他们充满敬意和感恩。

# 平凡者的闪光点

我对梁丰人的印象是，善良朴实、精明上进，绝大多数是友善而真诚的，他们邻里和睦、家庭和谐，生活幸福而美满。他们对社区没有依赖，甚至有被忽略的感觉。然而，普通生活的背后，有着不普通的光影在闪烁，许多凡人善举是值得我们去捕捉和挖掘的。当我们讨论起社区里的"平凡英雄"时，才发现，有许多尊崇和感动就在身边。他们打动了我们，一下子激起了对社区工作的那份热爱。也让我有了书写平凡人闪光点的动力源泉，我不吝笔墨，要把他们的故事公之于众。

## 见义勇为的垂钓者

这年暑期，高温燥热，令人不适而烦闷，而对梁丰人来说，恰如沉浸在阴凉通风之处，温和而惬意。因为发生了一件落水救人的事儿，让梁丰人在酷热难耐的炎炎夏日显得平和而心安。

蒲社河是一条景观河，是梁丰社区与其他社区的界河，向来河晏风清、波澜不惊。盛夏的一天傍晚，随着一声撕心裂肺的"有人落水，赶紧救人"的呼叫，宁静的景观河打破了沉默。叫喊的声音来自南岸住宅高楼里，高亢而悠远。一定是好心居民发现有人掉进河中。而河的北岸，一个扑打的水花却向中央漂移，看得出落水者在不停地挣扎，河水在慢慢地吞噬着他。

此时，河浜两岸并没有什么人，唯有一垂钓者看似专心致志，实则无精打采地支着鱼竿。随着救人声的此起彼伏，垂钓者环顾张望，这才发现对岸有一不停搅动的水花，时而露出半个脑袋，时而双手比画着，这才意识到是落水者，且不习水性。事不宜迟，垂钓者顾不上收起鱼线，没等站稳，便越过护栏，扑通一下跳进河里，朝着翻着水花的方向游去。

此时，正在纳凉消暑、散步休闲的人听到呼叫，循声赶到岸边，因鞭长莫及，只得望河兴叹，把救人的希望寄托在垂钓者身上。眼看着垂钓者动作笨拙地接近落水者，却又吃力地被落水者纠缠起来，岸上的居民着急起来，有回家找绳子的，有从附近找竹竿的，还有打120的。时间就是生命。眼看救人者和被救者皆精疲力竭，挣扎的水花越来越小，大家奋力开始了集体接力施救。终于，人们渐渐接近了落水者，齐心将落水者拉到岸边。

垂钓者略懂溺水抢救常识。上岸后，又对落水者进行心肺复苏抢救，直到落水者被送上救护车后，才默默离开。

人们望着垂钓者瘦弱的背影，投以钦佩的目光，纷纷议论，"别看老盛平时蔫了吧唧的，关键时刻，人家是不惜命的，比谁都勇敢"。老街坊、新邻里谈起老盛，印象来了个一百八十度的大转弯。

救人的垂钓者老盛，不是别人，是新街花园199号居民盛伟嘉。老盛自企业内退之后，一直在社区生活，平时除了照护年迈父母和摔伤的妻子之外，业余爱好就是在楼下的河边垂钓打发时光。这在别人看来，算是碌碌无为、不思进取，因此，当他见义勇为，冒着生命危险抢救落水者时，人们都讶异地感到这太不可思议了。

其实，这在老盛看来也是举手之劳，他并没把自己看得多高尚。因为自己在现场，眼看着人落水不能见死不救、袖手旁观，这样良心上一定是过不去的。更何况救的是自己的乡邻。

这是一起不该发生的悲剧，落水者是本小区妇女，四十多岁，因身患疾病，时常在河岸散步休养。落水的时候，据说她下河洗脚，才不慎滑向河水深处。

媒体得知这一见义勇为壮举后，登门采访被老盛婉拒。老盛觉得救人不完美，有缺憾，只要有人提起此事，他总会难过一阵子。落水者被120送到医院后，传来了不幸的消息，溺亡无救。他自责因为反应迟钝，耽误救人最佳时机。不过，社区居民记住了他的好，大家宽慰他，称赞他，让他问心无愧。

我对垂钓爱好者常投以羡慕。在我看来一个人风吹日晒，端坐岸边，专注于鱼竿的动静和浮漂的闪动，好多时候并不见鱼上钩，却能如姜太公一般，从容不迫，平静如水，那是何等的境界。只有心态平和、淡对万物、修身养性的人，才能做到这样。老盛常坐岸边以垂钓为乐，足见他是一个性格沉稳、淡定处事的人。然而，当别人身处危难时，他却毫不犹豫地行动起来，毅然决然地置自己生死于不顾，可见他的内心一直燃着一团火。

在社区，老盛只是一个普通的存在，默默无闻得没有人真正关注过。当我向社区干部问起他的情况时，几乎没有人熟悉他。经过深入了解发现，平时的老盛就是一个热心助人的好人。在楼栋里，只要邻居们有事相求，他都乐于跑腿，从没什么怨言。楼下独居老夫妇腿脚有病，出行不便，他主动代他们买菜送餐，习以为常。老盛是个爱干净的人，除了自己家里收拾得一尘不染，楼道也常打扫得干干净净。疫情防控期间，他主动参与防疫消杀工作，配合防疫人员做好封控，为老人求医送药，使楼栋居民度过了最为艰难的时期，被居民推举为"社区模范居民"。

邻居们常常议论起老盛的救人之举，大为感慨。有人问老盛，当初跳河救人的那一瞬，有没有想到害怕？万一自己出事了咋办？老盛坦言说，看到有人溺水，有人呼喊救人，只想着我靠得最近，便没有犹豫就跳进去。只是事后有点后怕。毕竟六十岁的人了，体力不足，况且水性不好，很多年没游泳过，面对六七十米宽，最深处有四五米的河面，想想也发怵的，只是当时只想救人，也就顾不得自己了。好在看到岸边上有那么多相助者，心里也就不再害怕了。

平时寡言，身材瘦小的老盛，在他人危难之时，挺身而出，奋不顾身的行为，让许多人由衷地赞叹着。人们不禁思考，假如自己在现场，会不会也这么做？答案是毋庸置疑的。其实，我们每个人内心都有着良善和仁爱，身上都蕴藏着一股强大的正能量，只要给一个发光的机会，就会照亮一片天地。

## 全国金奖献血者

80后出生的丁生清是个热心人，社区有什么活动，他都踊跃参加，甚至带着一家人参加，像他这个年纪的人，这在社区是少有的。社区工作人员对他都了解。可他坚持义务献血，一献就是二十多年，却不为人知。直到红十字会屡屡登门，送上荣誉证书，这才揭开了他和他一家义薄云天的秘密。

　　我对献血这样的行为充满敬意和感恩。不仅因为我的血脉里流淌过好心人的血，还因为献血者的勇敢和无私。我在南疆战场负伤时，源源不断的血浆，汩汩流入我的肌体，拯救了我的身躯，让我完整健全地活着，且还能为党和人民做点有益的事情，这是一生的大幸。至今我对血色充满敬畏，常人说是晕血，我却是恐惧，没办法，失血后遗症。由此，我对无数的献血者只有崇拜。

　　因为心怀敬重，我特别想走进献血者的内心，了解他们真实的动机因缘，而丁生清正是我可以直面的对象。

　　第一次向他提问时，就被泼了一瓢冷水。他说自己没觉得有什么了不起，献血只是他生活的日常。轻描淡写，一带而过。我问，人们对献血往往有不少担心，你就不怕日后有风险吗？他笑笑，这有什么担心的，科普知识说，适当献血不仅不会对身体产生不良影响，反而有益健康。依我的切身经历，最重要的是帮助别人，挽救生命，是大爱之举。而他说得一点也不崇高。

　　尽管他对献血的事说得如此轻松，可我还是从交流中剥丝抽茧摸到了一点情况。

　　丁生清，1982 年 2 月出生，十八岁开始献血，在二十多年时间里，共计捐献十二次全血 4000ml，一百四十次血小板 140ml 治疗量，不仅如此，他还带动爱人和女儿加入献血志愿服务队伍，脚步遍及扬州、南京、连云港、无锡、南通和武汉，获得全国无偿献血奉献奖金奖三次，无偿献血志愿服务奖三星级奖，并于 2023 年获得全国无偿献血奉献奖终身荣誉奖。

　　那要追溯到读大一的时候，一同学因手术失血过多需输血，学校号召全体师生献血。丁同学是 A 型血，正是匹配的血型。他知道他的血可以抢救同学的生命，抱着试试看的心态加入献血队伍里。起初他也忐忑，毕竟第一次付出身体的东西，年纪轻轻没有体验。他喜欢运动，一直保持着健康的体魄，担心抽血对身体有影响。没想到血液从输血管汩汩流出时，他竟毫无感觉。他向医生讨教，医生告诉说他的身体适合献血，献血有利于新陈代谢。之后的大学四年，每次路过街头采血车，他都会上去"撸"一袋。同学们对此很是不解。他却说，抽完血自己的身体变得轻盈，精神反而亢奋。也许他说的是真话，每次献血之后，他并没有异常表现，该上课上课，该运动运动，的确学习生活没有受到影响。

小丁的确有些与众不同，他喜欢挑战自己。按说他所读的 211 大学计算机专业，有着好的前程和不菲的收入待遇，可毕业那年，他没有选择就业，而是选择从军。边防武警到学校特招专业人才，他毫不犹豫地报名应征，顺利地通过体检，成为边防派出所一名民警，在海岛一驻扎就是八年。有人问他，驻守海岛这些年最大的收获是什么？他总是自豪地说，一个人一生中能有为祖国戍边守疆的履历，是非常荣幸的，承担维护海洋权益的责任，经受艰苦环境的锤炼，是一笔难得的宝贵财富，它让自己更加懂得家国情怀和奉献牺牲的价值和意义。正是有了这样一段经历，小丁才更加坚守着自己奉献爱心的初心。当祖国需要时，义无反顾地站出来接受挑选；当他人需要时，会毫不吝啬地伸出援手。他不仅自己默默地做，还动员妻子和女儿参与。爱人也在 2023 年获得全国无偿献血奉献奖铜奖。女儿从六岁开始，便跟在父母身边，耳濡目染，参加献血志愿服务，十多年里一直是学校和社区里的义务献血宣讲员。

武汉突发疫情的那年，丁生清出差途经湖北，途中被困六七天，没吃没喝，身心疲乏，当从广播里得知武汉供血紧张时，联想到自己有献血经验，便毫不犹豫地甘当逆行者。几经周折找到采血站时，已是深夜时分，他只得在采血站附近囫囵一下。献血的队伍里唯独他是"自由人"，他在被怀疑、被排斥的眼神里完成了献血。之后他不无自豪地说，这是他献血以来亲眼看着血袋被送到医院的情景，这是真正的十万火急、雪中送炭，让他感到特别欣慰。兴许有个危重病人正是他输入的血，挽救住了生命。

小丁告诉说，他参加无偿献血，并不是盲目行为。他说首先要保证自己的身体是健康的。他长年坚持长跑锻炼，一直保持着强健的体魄。看得出，他是一个自律而坚持的人。在每年参加献血中，以献血小板为最多。他介绍说，献血和献血小板在操作要求和方法上有所不同，一般健康公民以献血为多，间隔时间不少于六个月，而献血小板的间隔时间半个月以上即可，但采集血小板时间较长，一般需要三五个小时，才能采出一个治疗量。因为他的血型和采集率因素，血站几乎跟他达成了默契，只要有需求，他都第一时间出现在采血点。他的血小板采集往往多于其他献血者，每次都是成功地采集一个治疗量，确保患者有效使用。

不可否认，公民献血是现代文明的重要标志，是人道主义精神的充分体现。然而，像小丁这样常年坚持献血的人毕竟是少数，这种奉献社会、关爱生命的善举是值得颂扬的。我力求从他身上挖掘人性的光辉，他却淡淡一笑说，我们是普通人，为社会做不了大贡献，但尽些绵薄之力还是可以的。他说，从小到大，父亲劝导要做一个对社会有用的人，自己也觉得，人来到这个世上，就一直在索取消耗社会资源，所以我要用我的方式反哺社会，为社会贡献一点力量。很多人不理解献血，但我始终坚信，做挽救他人生命的事，值得坚持。

## 临危不惧的"消防员"

常说，水火无情，这当是指水火的绝情极端之处。水是生命之源，火是生活之需，人类不可能缺少它们。不过，水火的两面性也是鲜明的，水能载舟、亦能覆舟，火能造福、亦能造殃，完全在于人类对它的驾驭。这大有顺我者昌、逆我者亡之意。

自从火为人类利用以来，似乎造成的伤害有很多。这都是火灾惹的祸。从古至今，概莫能外。如今火患仍是公共安全第一防范。尽管辅以先进的消防措施，可现实生活中火情却是防不胜防。我们常见这样的火灾：易燃物品直接导燃发生大火，电线老化发生连带着火，燃气泄漏引发爆炸起火，乱丢火苗导致森林大火等等。一旦发生火灾，那就是人命关天的事儿。

近年来，尽管火灾事故频发势头有所扼制，但火情仍时有披露。谁能想到，火神会以千奇百怪的面目出现，让人始料不及呢？金属加工车间能起火爆炸、古建材料能自燃、厨房火苗能蹿通燃烧？普通人的常识里，没人懂得金属粉尘会燃烧，干燥材料接近热源会燃烧，烟道残留油污会燃烧。看似离奇，连天书上都没写过，却实实在在地发生了，这实在是我们普通人的认知局限。

在社区里，遇见过这样的火灾情形：楼上住户丢下的烟头，落在楼下窗外晾晒架子上，导致棉被燃烧，火焰在空中飘动；库房堆放的物品，因接触电路起火，火势穿过屋顶形成火柱；楼道里为电瓶车充电，引发爆炸起火，殃及整个楼栋。火情不可避免，如施救及时，处置得当，损害是可以控制的。前不久，发生一起厨房着火，同样可谓惊心动魄，因为热心人的科学消防，才避免酿成重大火灾。

九月的一天，新街花园一区上空浓烟滚滚，惊动了附近居民。像这种带着浓烟的火灾，在小区并不多见，人们排除了焚烧垃圾的可能，只担心有毒物品助燃。仔细察看烟雾来自九楼的厨房窗口，继而又弥漫到阳台，大家意识到，居民家中失火了。

此时正是中午时分，小区里的人纷纷下班回家，眼看着火势，却有心无力，望火兴叹。楼层太高，无法施救。有人急匆匆呼叫楼里的人加紧撤离。有人想到了纽约世贸大厦被炸冒出浓烟的场景，绝望地抱着头听天由命。小金负责应急安全，得知火情，放下刚端起的盒饭，带着小张赶到现场，一边打119，一边切断电源和燃气总阀，一边维护秩序，引导围观人群疏散。手忙脚乱一阵之后，试图冲上九楼却又无奈止步，他们没有佩戴防火装备，面对火势，切勿贸然行动。

烟火来自901室的沈家。此时，主人小沈有些慌了手脚，一番浇水灭火未能成功之后，眼看着厨房火势越来越大，只得一边让母亲带着儿子撤离到楼下，一边打119，自己在屋内呛得无法说话。

对门902室的毛老伯听到一片嘈杂声，打开家门，浓烈的刺鼻味扑面而来，他意识到901室一定是着火了，马上敲门喊叫有没有人。当听到小沈的声音后，便问明情况，让他不要慌乱，自己跑到楼道旁，看着配置的消防设施，急中生智告诉小沈，用它来灭火。

小沈这才意识到这套设施的功能，只是从来没有使用过，便露出一脸的茫然。毛老伯只得亲自动手，可门闩老化无法打开。毛老伯急中生智，随手找来锤子砸碎消防柜玻璃门，俩人配合地取出水带，接上阀栓，提着水龙头，水柱喷射到仍在燃烧的厨房里，仅用了一分钟时间，火源就被浇灭。紧接着，打开所有窗门进行通风，让有毒烟气散尽。一场火灾，就这样解除了。

这是一次依靠居民自身力量，跟火神赛跑的消防扑救。为此，当119消防救援队赶到后，对现场火情进行勘察时，充分肯定了民间救援的做法。对小金和小张有序组织人员疏散，开展隐患排查，做好善后工作，给予高度认可。他们对现场评估认为，如不及时扑灭，火势可通过烟道或窗户向上蹿，或厨房内物品达到燃点会导致爆炸或大火外溢，整栋大楼不能幸免。只有与火神抢时间、争速度，才能赢得扑救的胜利。

之后，我从他们的汇报中得知，起火原因很简单，是炒锅食用油高温自燃，烤热了灶台塑料瓶罐，继而助燃橱柜等厨房用品。提起厨房失火，小沈至今心有余悸，他承认是自己的疏忽大意引发的失火。当时，自己在厨房做饭炒菜时，听到五岁的儿子在客厅哭闹，便走过去哄逗，结果忘了正烧着的油锅，直到引起浓浓的烟雾，才知道着了火。自己用水或毛巾也做了扑救，却不见效果，继而溢出大的火势。直到毛老伯进来处置，这才得到了控制。

902 室毛老伯功不可没，为此社区专门道谢，并将他的见义勇为之举在社区公众号发布。毛老伯名毛福金，现年七十四岁。提起他沉着冷静处置火灾的经过，他不无自豪地说这是举手之劳。在毛老伯看来，他干了一辈子消防安全工作，从没遇到过真正的火灾，没想到退休养老，摊上了这个机会，可谁也不希望有这样的"机会"，奇怪的是火灾近在咫尺，虽猝不及防，面对的却是真正的消防实战，冥冥之中像是考验他似的，而施救的又是自己的寄儿（干儿子）家。毛老伯不无感慨地说，别看平时消防只是演习演习而已，其实很有必要，关键时刻是能用得上的。许多本领，宁可备而不用，也不能用而无备。老人避谈自己的道义之举，只说寄儿家的事是自己的事，自己有能力做的事应尽力去做，甚至连自己手术康复的事都未提及。

发生火灾的前一个月，年已古稀的毛老伯患重病住院，完成手术出院之后，医生嘱咐居家康复休养。扑火那天，他是第一次走出家门。当时抢起锤子时，伤口就有撕裂般的疼痛，当用力拽着水带时，他痛得差点从台阶处滚落下去，只因心里有个必胜的信念，一定要压住火龙。

老人的事迹被火灾事故所淹没，人们只会提及那一天的火灾，不会想到火灾之下的义举。就像每一次火灾处置中的消防队员一样，没有人知道他们的名字，看到的只是默默的身影。

901 室失火事件，尽管没有造成严重后果，但还是给大家敲响了警钟。这是一起家庭防火的生动教材，人们在惊恐之余，意识到火患猛于虎，自觉地关注起身边安全隐患来。社区因势利导，举办消防知识培训演习等活动，请来专业消防教官作指导，请出毛老伯现身说法，通过现场讲解、视频辅导，实战化操作消防设施，增强大家的消防意识和扑救能力。

## 干细胞捐献者

捐献干细胞，对大多数人而言，是陌生而漠视的。毕竟，这跟普通人的生活离得有点远。

当媒体聚焦报道，当事人成了新闻人物时，捐献干细胞进入大众的视野，迅疾在坊间传播开来，继而让人们产生新的认知。牛丹的名字是在这样的媒体宣传下，被人们记住的。

2023 年 9 月，90 后的牛丹接到来自红十字会的电话，说有患者与她的干细胞匹配，如有捐献意愿，可以保持联系。牛丹以为是诈骗电话，她时常接听到贷款、买房、推销礼品等陌生来电，也听说过有人收购肝肾等买卖器官的交易，却从没听说捐献干细胞。放下电话，她愣了一阵，慢慢梳理了疑惑的心绪，感到这事可能与自己有关。她曾做过这样的举动，报名加入了中华骨髓库。尽管时间过去了七八年，可毕竟是她做出的重要抉择，那个庄严的时刻，她不会忘记的。她再次拿起电话，重新核实对方信息的真假，在得到完全确认后，她终于放下心来，当即表达了强烈的捐献意愿。

按说 1992 年出生的牛丹，论年龄，没能真正感受到生命的珍贵，论资历，可谓才初涉世事，人生冷暖苦乐并未有真正体味。然而，她在做出捐献干细胞这件事上却毫不迟疑，这不得不让我对她产生好奇。

诸多原因，我没能直接面对她采访，只得从侧面对她的情况进行了了解。

说来也是机缘巧合，大学毕业那年，牛丹陪着同学逛街，看到街心公园献血车旁挤满了人，出于好奇，凑上前去，一看都是献血的，不承想竟被一群撸着袖子的同龄人触动了。看着那些躺在座椅上的小年轻，臂膀里的血液通过针尖和血管汩汩流入浆袋所表现的泰然自若，她意识到这是一件有意义的事情。牛丹开玩笑说，像我这样的身体，献多少血都没问题。牛丹微胖，属于喝水也长肉的那种，但胖得可爱，女版弥勒佛样儿，是同学们的暖心小宝，她笃定献血有利于健康，把献血权当减肥。之后，她成了无偿献血的常客。第三年，在一次义务献血过程中，她听医护人员宣传骨髓捐献知识，觉得这个事情更值得做，于是主动报名加入了中华骨髓库。

有报道称，造血干细胞的配比成功率只有十二万分之一。尽管配型成功并实现捐献的概率很低，然而捐献的意义却是特别的。牛丹愿意为他人生命的延续而努力。

得知患者干细胞与己匹配，牛丹觉得这是天赐机缘，心中不免激动且紧张。如果说当初加入捐献行列是一时心血来潮，现在则要面临着充分的心理和精神准备了。对本人而言，她没有了包袱，可面对父母，她顾虑重重。她是独生女，从小被视如掌上明珠，这么重要的决定，没有父母的支持和祝福，心里过不了这个坎。左思右想，她循序渐进向父母科普捐献知识，特意从网上查阅了很多造血干细胞捐献方面的资料，告知他们加入中华骨髓库的情况，在解除家人担忧的前提下，她高兴地透露，茫茫人海里，没想到自己的干细胞与一名女性患者初配成功。豁达的父亲对她只说了一句："丫头，没有什么比挽救他人生命更有价值，做你自己想做的事情，爸爸永远支持你！"家人的鼓励与支持，成为牛丹最坚强的后盾。

初配成功不等于就能供给，还要考虑到捐献者的体质情况，并保证捐献者健康安全。牛丹第一次的体检结果不尽如人意，医院担心她体质虚弱，提出加强身体锻炼的要求。一直以来，她忙于工作，没有锻炼的习惯，甚至连散步机会都少，就差上厕所也要开车。为确保捐献成功，她为自己量身定制健身计划，从徒步快走，到跑步和爬山，不断地向自我发出挑战。同时，注重改善饮食结构和作息时间，彻底告别了最爱的奶茶和火锅。经过三次复查，身体各项机能达到最佳状态，终于通过了体检。由于患者病情不容耽误，她很快就收到了赴宁捐献的通知。

那天，红十字会和所在单位为牛丹举行欢送仪式，场面简朴而温馨，出征壮行令人动容。牛丹在欢送会上分享道："我是十万里挑一的有缘人，对方是命中注定的幸运人，虽是七年前签下的'生命之约'，却在此刻走到了一起。有机会帮助他人，给患者带去生的希望，我无上荣光！"

一周之后，牛丹在家人和同事们的祝福声中，顺利完成了采集。她激动地说："真诚地希望自己的'生命种子'能在患者的体内生根发芽，重获新生。我也会把自己的捐献故事跟身边的同事、亲人、朋友分享，让更多的人加入造血干细胞捐献志愿者行列中来，挽救他人生命，送去生命曙光！"

据媒体报道，牛丹在南京医院经过五小时的采集，成功捐献了276毫升的造血干细胞混悬液，成为无锡市第97位、江苏省第1280位造血干细胞捐献者。她的初心终于得到了最完美的"回应"。

不久，专差送来了患者的亲笔感谢信。信中写道："……因为有您，使我有了新的生命和机会，还能继续和家人在一起，还能陪着儿子长大，感谢有您！……"虽只寥寥数行，却字字千钧。这对牛丹来说，它是一笔用生命抒写的厚重礼物，每次读来，都令她泪流满面。

牛丹的大爱之举，不仅来自家人的支持，也来自单位同事的鼓励帮助。据我所知，她所在的至美公司是梁丰辖区内一家中小规模服务型企业，公司秉持向善友爱的企业文化，员工时常参加社区公益活动。企业得知牛丹捐献干细胞后，专门为她安排休假和体检，为她协调采集相关事宜，让她解除后顾之忧。对于讲究经济效益的企业单位来说，保留岗位和待遇，支持员工奉献社会，这是难能可贵的。正是有了一群人、一个集体幕后的关心支持，才有了牛丹坚定勇敢地迈出捐献征程，才有了成就牛丹奉献生命种子的义举。

衷心期待有更多的人加入牛丹的队伍中来，在中华骨髓库里留下光彩的名字。

## 只为那一份托付

老高是属地园区的企业主。因是退役老兵，且又是特等伤残军人子弟，多年前打个交道成了朋友。我一直想把他父母的故事记录下来，甚至拟好了题目——一个女兵与特等伤残军人相守一生的故事，只因杂务缠身，未能遂愿。

忽有一天跟老高再叙，他说母亲没能躲过疫情，离开了人世。我直呼遗憾，心里觉得亏欠老人家似的。数月后，我仍不甘心放弃对她的了解，于是让朋友和他的弟妹一同回忆老人的生平，算是补救性地采访，以此了却自己的承诺。

说起朋友的母亲，不能不先说经典电影《柳堡的故事》。女角二妹子原型便是朋友母亲的姐姐江玉兰。男角负伤安排在她家养病时，姐妹俩精心照顾，产生了特别的情感。之后姐姐得知男角随部队南下，便一路追到海南岛，成全了一对姻缘佳话。朋友母亲在姐姐和姐夫影响下，于渡江战役前夕跑到部队，成了第三野战医院的一名卫生兵，时年十五岁。

朋友母亲叫江玉文，自此开始了不一样的人生。

江玉文跟随野战医院，冒着枪林弹雨，打过长江，解放上海，一路救护伤员无数，自己从一名少不更事的少女，很快成长为干练专业的护理战士，为自己的人生开篇描绘了英雄主义色彩。然而，随着全国的解放，她同无数战士一样，面临新的抉择。

1952 年初，人民解放军精简整编，不少部队从担负作战任务，转而参加地方建设。江玉文接受了组织挑选，她愉快服从分配，毅然打起背包，来到新组建的江苏省荣军医院，继续从事医疗护理工作。

这一年，荣军医院转入一批特级伤残军人，他们是抗美援朝战场身负重伤的志愿军战士。江玉文担负了重症病区伤员的护理任务，其中一名伤员引起了她的注意。

重残伤员高新生从长春转入后方，进住荣军医院疗养。此时，他双腿截肢，左手截除，右臂失去肩胛骨，生活完全不能自理。然而，坚强乐观的态度，感染着所有的医护人员，也让江玉文心生钦佩，内心暗暗地对他有了特别的情愫。

高新生也是渡江前夕参军的战士，跟随部队打进上海后，转战舟山群岛待命跨越海峡，朝鲜战争爆发后，他们奉命北上抗美援朝。他两次入朝参战，经历九死一生。第一次黄草岭战役，连队打得只剩下三个人，身为通信班长的他，背着身负重伤的连长，攀爬十几里山路，被朝鲜阿妈妮营救，顺利转移到后方。不长时间，第二次归队入朝，赶上著名的长津湖之战，上级奉命他带领小分队，侧翼支援杨根思所在高地。由于敌人炮火猛烈，伤亡重大，身为代理排长的他被压制在不远的坑道内。他亲睹了杨根思奋勇跃出阵地，手抱炸药包冲向敌人的壮烈场景。随着敌人的炮弹像雨点般落在阵地上，他被埋进弹坑里，完全失去了知觉。直到第二天，战友们打扫战场时，才将他从厚厚的积雪里清理出来。当发现他仍有微弱的脉动时，把他抬进野战医院抢救，这才保住了性命。只是四肢、肝肺、呼吸道已严重受损。

高新生以顽强的信念和对生命的渴望，终于战胜了伤病残。转入荣军医院疗养后，江玉文无微不至的照护，让他心生感激。虽然身有残疾，可他对治疗护理从来不提要求，自己能做的事克服困难地做，从不给江玉文增添麻烦，努力把最开心的一面留给她，这让江玉文很受感动，渐渐地两个人彼此多了理解尊重，进而产生了爱慕。

1953 年秋，在组织安排和见证下，江玉文和高新生喜结连理。他们没有定情物，没有婚纱礼服，也没有结婚照，病房变成了洞房，一张大红喜字，几包糖果和花生米，衬托出喜庆。在战友们的祝福声中，隆重而简短的婚礼仪式举行。从此两个人靠着两只脚、三只手，开启了艰难而又幸福的生活。

起初，两个人相依相守，日子过得虽不算方便，但还算称心。第二年便有了爱情的结晶。朋友老高的出生，既给初为人母的江玉文带来欢乐，也给她的生活带来巨大的压力。江玉文一面抚育孩子，一面照顾丈夫，根本顾不上自己生产之后的伤痛，连哺乳期最起码的营养和照护都跟不上，最困难的时候，三人同时病倒，连续几天不进食。相偎抱头痛哭之后，接着只得硬挺起来。

朋友回忆说，父亲因高寒冻坏呼吸道，导致肺结核，常常咳出血痰，大小便失禁，长期卧床身生褥疮，是母亲拖着不便的身体，为他打针换药，一把屎一把尿地擦洗，才让父亲得到了家一样温馨的爱。朋友作为长子，也在这个特殊家庭里幸福快乐地成长。

转眼到了 1957 年，国家面临严重自然灾害，上级动员荣军医院休养人员分散回乡供养，以缓解国家困难。高新生作为未痊愈的特等伤残军人，本可以留下继续治疗直至康复，再根据情况志愿选择去留的，然而，夫妻二人一合计，主动向组织提出回乡休养申请，以实际行动，响应国家号召，减轻国家负担。

此时，江玉文心里清楚回乡意味着什么。

一家人放弃了城市生活，回到农村，生活一时不会习惯。

农村医疗条件落后，一旦病情复发，难以得到及时的医治。

自己放弃了军人身份，一夜之间从战士变成了村妇。

出生不久的孩子，失去了接受良好教育的机会。

而这样的决断，让她从此告别了城市，告别了军队，把一生献给了崇拜的特级伤残英雄，为他哺育儿女、赡养老人，一辈子拴在了贫瘠的土地上。

事实上，江玉文随夫回乡之后的艰苦生活，远超乎她的想象。

刚刚回到苏中老家的时候，江玉文带着丈夫和儿子跟公婆挤居在窄小的祖屋里。这是一处两间茅草屋，连床铺都搁不下两张，困难可想而知。公婆看到儿子儿媳回到身边，又喜又忧，生怕他们不适应受委屈，只得把残破的老床腾给他们用，自己却在土灶后用草打地铺。别说洗澡、如厕，就是吃饭都得贴着床边、锅台。遇到刮风下雨的时候，外面大雨，屋里小雨，一家人无处安身，只得踩在水里，浑身湿漉漉地等着天晴。

虽说回乡，可对江玉文来说是"外来户"，常常被人冷落。一是语言交流有问题，跟人沟通有障碍，被人暗地称"蛮子"；二是不事农活，五谷不分，做事情笨手笨脚，难免被人嫌弃；三是为她惋惜，在城里有福不享，跑到农村来受罪，笑话她是个呆子。江玉文起初听不懂，只是赔笑，像是做错事的孩子，主动地认错赔礼，即使吃了亏，也没怨言，只是自己暗暗较劲，一定要以实际行动证明自己不差。

那时，农村实行人民公社化，凡是有劳动能力的都必须参加集体劳动。江玉文既没有因为自己是医护员而放弃集体劳动，也没有因为是伤残军人家属而请求照顾，跟普通农村妇女一样，上工、带娃，养猪种菜，洗衣做饭，靠集体劳动挣工分、分口粮。繁重的体力劳动和生活负担，没有把江玉文压垮，很快，她那娇嫩的脸庞，被风吹日晒得皱褶焦黄，里里外外发生了脱骨换胎的变化。

在那个集体经济年代，同样暗含着不为人知的不公，如同工不同酬，记人情工分现象，如干部吃拿卡要、霸道蛮横等，严重伤害了农民利益。江玉文亲身体会到，自己跟男劳力一样当河工挑河、一样插秧、一样挑粪，一样早起晚归，按时上下工，可挣的工分却是比别人少。为此，她有过委屈和懊恼。她感到，这不是对自己个人的歧视，而是对妇女权益的不尊重，毕竟自己受过组织多年的教育培养，有权利和义务站出来仗义执言，制止不正之风。然而，一次次的申辩和批评，却引来个别干部的打击报复。一番思想挣扎之后，她学会了妥协和感化。江玉文是穿过白大褂的医护人员，农村缺医少药，仅有的赤脚医生看病"蹩脚"，她成了左邻右舍眼里的白衣天使。那个一度歧视她的干部得了重症，江玉文得知后，不计前嫌，主动上门，为他问诊抓药打针，很快控制住了病情。这个干部自感羞愧，从此改变了蛮霸作风。江玉文助人为乐，在群众中赢得了良好威信，之后大家一致推举她担任妇女队长，成了生产大队妇女们的主心骨。

按说，江玉文照护丈夫的生活起居，以及理疗康复是首要任务，可相继身孕，接连育有四儿一女，沉重的家庭负担，让她不得不靠自己多出工、多挣口粮养活一家子。她只得早起出工前安顿好丈夫，中间偷偷跑回家奶孩子，晚上全家窝在一起相依相偎，日复一日地度过每一天。只是丈夫一旦病情复发，一家人手足无措的时候，她要把精力集中到丈夫身上。

老高回忆说，记得十二岁那年，父亲肺结核复发，高烧不止，咳痰堵住了气管，如不及时抢救，会出现生命危险。母亲找来平板推车，要把父亲拉到县医院救治。当时，天色灰暗，乡路刚被雨水洗刷过，他和母亲一人推一人拉，深一脚浅一脚地踩着泥泞土路，艰难地行走着。要知道，从村上到县城有三十里的路程，每走一步都跟过雪山草地一般，可前进的路总是望不到头，他只得埋头推车，一边走一边哭，而母亲也是一把泪水一把汗水地抹，那种痛苦绝望的心情，至今刻骨铭心。母亲不敢放弃父亲，这是国家对她的一份托付，也是自己对国家的承诺。只要父亲有一点不舒服，母亲都会自责。她不能让父亲有一点闪失。

特等伤残军人家庭面临艰辛窘境，一度为社会所关注，地方政府千方百计争取救济，好心人力所能及施以援手，江玉文都一一婉言谢绝。她说，国家有困难，大家都一样穷，就不该伸手添乱了，自救心里才踏实。她说归说，但对姐姐的接济是来者不拒。姐姐一家生活在北京，姐夫身居要职。《柳堡的故事》男主人公原型即江玉文姐夫，每每念及当年养伤时，姐妹俩精心护理的场景，总会心疼妹妹一家的处境，不时地寄些钱和粮票贴补口粮不足，把多余的衣物寄来给孩子们穿。朋友说，正是有个好姨夫，一家人才渡过一个个难关。

随着国家优抚政策越来越好，按说他们的生活也能得到改善，可母亲江玉文执拗，从不向组织伸手。当时按江玉文的条件和身份，她可以转入城市户口，享受粮油定量供应，她按说是新中国成立前参加革命的，本可以享受离休待遇，可她却不想给组织添麻烦。因为当年仓促回乡时，有关她的档案资料无从查找，她便放弃了这个念头。她给组织唯一提出的照顾条件，让长子参军。一来可以子承父业，穿上军装，保国卫家；二来家里少了一张吃饭的嘴，省出一份口粮。

2004 年 4 月，丈夫高新生去世，享年七十五岁。一位疾病缠身的特等伤残军人，能够步入古稀之年，实属生命奇迹，完全得益于精心的照护和疗养。高新生临终的那段时光里，他拉着江玉文的手，深情地说了不少感谢的话——因为有她，看到了国家的进步发展；因为有她，享受了天伦之乐；因为有她，便有了活下来的信心。令他愧疚的是，没有让她过上一天安稳日子，表示如有来世再补偿。江玉文安慰且动情地说，咱们来世还做夫妻，不是我服侍你，而是你服侍我，作为上辈子的补偿。高新生在微笑中安详地离开。两人携手五十余年，这份忠贞经历了风雨，也感动了无数的人。

晚年的江玉文，尽管患有严重的风湿性关节炎，眼睛渐渐失明，行动极为不便，但仍坚持起早贪黑忙于田间地头，不给儿女增加负担，不给组织增添麻烦，靠双手自食其力。如今的年轻人，没有人再关注她的过去，她跟无数英模人物一样，隐姓埋名，尘封乡野，享受着天伦之乐，安度幸福晚年生活。

2020年春节，江玉文突发肺炎，因抢救无效，与世长辞，享年八十五岁。根据老人生前遗愿，没有告别仪式，没有追悼会，甚至子女都没见上最后一面。她以特有的方式，为自己的人生画了一个圆满的句号。熟悉她的人，这才发现，一个慈祥的、操着外地口音、有着传奇经历的阿婆不见了，心中不由得祈祷着，愿她在天堂保持着坚毅神情。

江玉文的离世，让我一度恍惚。曾经的花季少女，经历战争年代战火的考验，新中国建立后，受命组织安排，回归寒苦而艰辛的乡野生活，相夫教子，默默终老。或许这是那个时代平凡而普通的现象，可在今天看来，这样的付出所表现出的精神品格是多么可贵。我们不应该忘记他们。

## 用赤诚点亮心灯

没事的时候，我喜欢在小区里溜达。这不仅因于满目葱茏带来的愉悦，还有四季繁花给人的灵感。徜徉于这片绿意盎然的天地里，我不由得注意到，这么宜人的自然环境，并非完全来自大自然的赐予，其背后有着园丁的劳作和付出。由此，我想到，美好的世界，来自人的创造，而美好的心灵，需要高贵的塑造。许多时候，我们过于注重打造具象生活形态，而忽略了人的内心滋养。当一个人充满理想信念地乐对人生时，生活便不再喧闹，内心便不再飘忽不定。我跟朋友常常聊起这样一个老人，总会以这样的观点来作注解。

老人叫姚平华，年近八旬，退休回到社区生活后，做了一件事——"关心下一代"。创立了青少年校外教育基地，二十年如一日，传承爱国主义精神，传播家风家训，助力青少年成长成才。

我是一个偶然的机会，得知姚平华老人情况的。同事说，上级来人要看望姚老和他的基地。此时，姚老的名气，已盖过了社区的名气。我出于好奇，这才对他有了深度接触。

这是社区一处公用配套建筑，两层小楼，面积不大，有些低矮老旧，在高楼林立的小区里显得突兀，好在树丛绿荫纵横交错，给小楼增添了神秘。别看地方不起眼，承载的功能却是不少，楼下是棋牌室和助残康复室，老年人休闲娱乐的地方，楼上则是社区教育活动场所。只是二楼是外挂楼梯，要从侧后经过，好在门头有醒目可见的"无锡市青少年教育基地"标牌，不会迷路。我对牌子颇有微词，巴掌大的地方，动辄什么基地、中心之类的，实在是小马拉大车。小小社区哪能承担起这么大的责任？而挂着市级的牌子，更有点拉大旗做虎皮的味道了。随着我的深入了解，我才理解主人的良苦用心。没有好的名头，是没有影响力和吸引力的。

姚老一见来人，便从里屋探出头来。因为此前有预约，他很快跟我们热络起来。姚老身板硬朗，声如洪钟，走路带风，浑身充满活力，看不出一个高龄老人的样子。尤其一身老式军装，让他显得干练而精悍。老人似乎猜透了我们的疑惑。他高兴地说，这纯属民办，牌子是市关工委授的，这身军装是我转业带回来的，到这儿上班，我就换上它，权当是工作服。此前这儿还要简陋，在街道协调下，现在已扩大到两百多平方米了。

看到满屋子资料和藏品，我们啧啧称赞，由衷感受到他身上所散发的能量。我们边看边问，他不厌其烦地介绍，内心深受感染。

在室内的墙上、桌上和橱柜里，几乎能用的地方，都被占用，有点小型博物馆的规模。楼上三个房间，分属不同功能。不大的陈列室里，桌子依次摆放的是各类证章、奖牌和证书，橱柜里摆放的是枪支、子弹、炮弹、手雷等仿真武器，以及飞机、火炮、火箭等模型，许多是值得收藏的战场物件。看得出，姚老用足了心思。在另一个稍大房间里，红底白字的"两弹一星功勋"（无锡）研究会横幅高悬正中央，三面墙上便是钱学森、邓稼先、钱三强、王淦昌等人物事迹简介。姚老介绍，这样的英模人物展板有一百五十多块，根据情况还要不停地更换。一个小小陋室研究顶级科学家事迹，更是激发了我的好奇。而夹在过道旁的小房间，则是姚老的工作室，里面堆满了学习资料，看得出，姚老查找资料、记录备课笔记都是在这个小屋里完成的。

我是一个喜欢追问做事动机的人，对于姚老这样有着近六十年党龄的退役老兵，同样需要答案。当我带着疑惑提问时，他坦诚地道出了自己的信念、遇到的困惑和坚守的动力。

姚老是 1965 年入伍的老兵，参加过援越抗美。他告诉说，当年一起入伍的一千一百多名同乡，为捍卫国家利益和边疆安宁，随部队开赴边防前线，担负工程保障任务，经受了枪林弹雨的考验，最后有十二名战友牺牲在异国他乡。每当回忆这段经历时，心里总有无尽的不安，他们永远定格在十八九岁的青春，而自己儿孙满堂，人越老越是记挂着，总想着为他们做点什么，于是跟战友们一商量，决定为牺牲战友整理这段参战事迹，一来告慰他们在天之灵，二来求得自己内心的安宁，同时为后人留下宝贵的英模史料，讲好身边的英雄故事。

姚老提及牺牲战友时，声音有些哽咽，不由得触及我的心底。我跟他有着相似的经历，当年一同参战的战友，有的永远长眠于南疆，有的拖着伤残身躯回到家乡，而我从没想到能为他们做点什么，与姚老相比，我实在显得低矮得不少。

姚老坦言，当初决定做的时候并不容易，一方面背景资料少，仅凭回忆和印象远远不足；另一方面年龄大了，显得力不从心。好在社区给予了场地支持，让自己坚持下来。从姚老介绍中听出，他是一个执着的人，尽管没有人要求他干，可只要他认定的事情，哪怕困难再大也坚持干下去。

姚老对着琳琅满目的展品自豪地说，当初从部队转业时，带回了一些战场实物，本来是留作纪念的，看到孩子们很感兴趣，便拿到社区来跟孩子们分享。如今他的军用头盔、水壶、弹壳和子弹袋，成了基地爱国主义教育最好的物证。

我对"两弹一星"功勋研究会很感兴趣。在我看来，像这样的研究机构，不是民间人士所能企及的，其背景不仅要有高级的专家学者、科技专业的学养，而且要有一定权威的管理方。当然民间掀起这方面的研究热，也足以显示社会对"两弹一星"功臣的景仰。姚老他们开设的研究会，想必是出于某个因缘，不会是无本之木，无源之水。我带着疑问请教。

姚老直言，"两弹一星"功勋奖章获得者姚桐斌是同族远房前辈，是家乡的骄傲，自己有责任宣传他、学习他。原来，他倡导成立的"两弹一星"功勋研究会，意在借此挖掘宣传姚桐斌等功勋英雄事迹，让后人记住这些闪光的名字。他做了别人想都想不到的事儿。

恕我孤陋寡闻，我对姚桐斌的名字陌生，更难把这个名字跟"两弹一星"联系到一起。直到姚老讲起姚桐斌的故事，我才对这个人肃然起敬。

姚老告诉说，当初他的老家小镇规划建设姚桐斌陈列馆时，没有任何资料和实物，只有他的童年有点模糊印象，他便自告奋勇地请求参与姚桐斌史料的挖掘整理工作。

为了解姚桐斌的成长历程，姚老花了三四年时间，追随姚桐斌的足迹，踏遍六省市，实地采访和取证。先后寻访了健在的亲属和同事，查阅了当年家乡小学资料，跑遍了他求学的上海汇南中学、江西吉安中学，赴贵州、四川和重庆等地，挖掘他大学苦读的经历。

姚老说，当年全民抗战，他们这一代莘莘学子身处国难时期，背负着民族的希望，以知识改变国破家亡的命运，想来令人崇敬。这种报效国家的精神，值得今天的青少年学习。抗战胜利后，姚桐斌得到了国外深造的机会，先后在英国伯明翰大学和伦敦帝国学院皇家矿校攻读冶金专业博士，后赴德国亚琛大学担任研究员兼教授助理。新中国建立初期，他听从祖国召唤，毅然放弃国外优渥的工作生活条件，与钱学森、邓稼先等科学家一起，开启了中国航天科技的征程。姚桐斌先后担任航天材料和工艺研究所所长。不幸的是，那场运动中，他被无知群众以"反动学术权威"无端毒打致死，年仅四十六岁。尽管他没看到今天神舟飞船太空遨游，但他在航天材料和工艺领域所作出的奠基性贡献，永远被祖国和人民所铭记。

面对大量的图片和资料，姚老不无自豪地告诉我，自己除了做宣讲外，还把大量精力用于纪念文章的收集整理上，先后编写出版了《毛泽东与"两弹一星"事业》《"两弹一星"功勋科学家姚桐斌》，生动再现当年我国贫穷落后条件下，发展"两弹一星"的壮举，为开展青少年爱国主义教育，提供了生动鲜活的教材。

同事介绍说，这个校外教育基地，经过姚老这么多年积累，已经有了内涵的沉淀，越来越受青少年的喜爱，许多学校和单位主动与基地联系，组织学生和员工参观学习、听红色故事。姚老以自身丰富阅历和理论功底，被六所学校聘为校外辅导员，请进来、走出去授课的不仅有梁溪区的，还有其他区、县及外省市的。江西吉安市第十三中学是当年姚桐斌就读过的学校，他先后三次受邀自费前往学校讲述姚桐斌事迹，在师生中引起很大反响。十几年来，先后有四百批次参观者走进基地，举办了三百零三场报告讲座，听众达两万五千人次。西南交通大学、航空航天材料研究所703所是姚桐斌的母校和工作单位，近年来，学校、单位领导多次带队走进姚桐斌事迹展览馆参观学习，与研究会老同志们开展座谈交流，为姚老主持的研究会提供了大量的宝贵信息，为参观学习的新一代航天人积蓄了精神动力。

姚平华让我看了看摞在一起的记事本，从2007年到2023年，每年一册，满满地记录了讲授内容和参加对象。不仅如此，由他主编的《军魂遨天》《丛林战火》《纪念中国抗日战争70周年》《纪念援越抗美50周年》《长征80周年》《走向辉煌·建军90周年》《信仰——革命烈士不屈的灵魂》《长征路上无锡英雄》等十余册红色资料书籍，共五百八十万字，无不见证着姚老关心下一代倾注的热情和心血。他先后被江苏省老龄委授予"老有所为人物奖"，2021年荣获全国关工委先进个人荣誉称号。

令姚老自豪的是，教育基地从当初自己苦撑着，到如今发展到四十多人的团队，不仅有当年的战友，还有热心社区服务的老教师、老劳模。用他的话说，现在他不是一个人战斗了，身后是一个关心下一代志愿服务团。他指着身旁的老杨和老孟说，过去我们是并肩作战的战友，现在是义务奉献的团友。

眼下，姚老开起直播，把课堂开到了网上，成了"网红"。我在第一时间听说时，就有点诧异，一个高龄老人能上网已是不错了，能运用网络编辑和传送视频更是了不起。我请他演示，他的娴熟操作，让我刮目相看。姚老打开他的直播间，经过简单的准备，他一板一眼进入了角色。原来他的直播间半土半洋，土法上马。网络设备是日常使用的电脑和电视机，电视机用作监视器，电脑用于编辑发表。有意思的是，在直播手机旁，他们用木托子作支撑，把讲授内容贴在硬纸板上，人坐在三米远的桌子边，照着纸板内容阅读，同时再穿插相关图片或视频。姚老告诉说，这都是他们自己摸索出来的，直播成本最低，受众最多，效果最好。从网络文件包里能够看到，里面收录了由他和老战友们主持的三十多个专题的慕课视频。从直播界面的显示看到，目前点击量已超过二十三万，获得两万多个点赞。

# 换肺女孩的幸运人生

十年前的一天，当我踏进她的家，走进她的房间，看到她面色如灰、唇线紫黑，依着床角，罩着呼吸器，残喘着应答时，我的心跟她的家人一样绞痛。短暂的交流，只留下刻骨铭心的四个字——"救救我吧"！一个花季女孩，竟遭受如此病魔折磨，实在是苍天不公。此时，她不想放弃生的最后一丝希望，她要换肺。这是她唯一能确保活下去的希望，尽管只是看不到希望的希望。

十年后的一天，我收到一则短信，说是她要结婚了，想邀请我参加。我先是惊诧，而后一阵欣喜，真是奇迹，真为她高兴。这十年，我们没有任何联系，只是偶然探听一下，不承想，她能勇敢地去面对爱情和婚姻。我真想送去祝福，想看看是怎样的一个男孩迎娶了她，她会怎样面对开启幸福的未来。遗憾的是，因为出差在外，错过了分享幸福的那一刻。不过，对她倒是多了一份牵挂。多次想着登门看望，都因杂务缠身爽约。直到今年入冬之际，我再次跟街道小程副书记约定，如愿登门。

十年的变化真可谓日新月异。她不仅仅成了家，而且老房子拆迁，搬进了更为宽敞的高楼里，娘家和婆家仅隔一条马路，身边有了更多的亲人。

走进她家之前，我内心还有点忐忑。因为我夹带着私心，名义上是看望，实则是想深入了解她这十年来的生活。许多人是不愿提及痛苦的，更何况面对痛苦仍未消除的人，尚且有窥探他人隐私之嫌。我向搬迁后所在社区的小王书记打听，她说跟她联系的时候，她很高兴，没有回避的意思，她挺乐观开朗。果然，当家门打开时，看到她快步从房间走到客厅，请我们坐下来，那一刻，我才对生命奇迹有了直观的认知。一个近乎凋零的鲜活生命体，如今焕发着青春朝气，那个病恹恹稚嫩的脸庞不见了，继而是一副透着红润、显得成熟老练的面孔。一切不可能，似乎给"不可能"以一记耳光。当时，在所有人看来，她的生命注定只有那么长，即便移植器官，也只是延长痛苦，面对一个妙龄女孩的求救，伸出援手，只是出于人道主义。

我开门见山，说明来意。一是看望，二是采访。采访她与病魔抗争的心路历程，以及康复过程对生命的感悟，但会涉及她的病史。她和母亲先是一番感谢，觉得对她们的帮助已经够多了，没有什么可以避讳的。而我只是觉得，对于她这种罕见病患者，需要有人发声，引起社会更多的关注。她的思维和表达，已然不像一个病人了，这让我感到欣慰，我除了简单地了解她手术情况之外，更多地问了些康复和生活方面的细节。


胡玲玲连自己都不知道什么时候生病的。上学的时候，她跟其他同学没啥两样。要说有差别，那只是体力不如同学。在老师印象里，她算是一个聪明但不够勤奋的学生，因为好多时候她表现得"懒"，不肯吃苦。其实她一直有胸闷、气短、无力的体感，像是生活在五千米高原上，哪知自己却身埋着威胁生命的隐患。中考期间，她的体质明显下降，连教室的楼梯都登不上，体育成绩严重影响到升学。体检发现心电图异常。从此，她开始了休学求医之路。那年她才十六岁。

人有天然的求生本能，面临病痛的折磨，小胡没有放过任何救治的机会。当得知诊断为罕见的"肺动脉高压"，且无药可救时，并没有被死神所吓倒，只要有一线希望，她都努力争取着，一方面配合父母四处求医，不顾舟车劳顿，挺过一个个危急关口；另一方面积极配合医生治疗，把自己当试验品一样，任其研究和尝试。手术前的近十年里，每年往返于上海、北京等知名医院三五次以上，一到医院就被推进 ICU，面罩一戴就是半个月以上，略有好转再回到家中，好多时候连医院都无可奈何，只得持续地向亲属发送病危通知书。

小胡回忆起当时在北京阜外医院急诊时的情景——那年冬天，北京很冷，来往医院的人都似乎裹着棉被，而我躺在 ICU 病床上，只穿着病号服，根本感受不到冷热，只是不停地咳嗽，每喘一口气，都是靠咳嗽出来的，每咳嗽一声，没有痰只有血，每次的擦拭都是鲜红鲜红的，一个上午带血的纸巾装满床边一纸篓。连邻床的护工都看不下去了，心疼地说，这是造的哪门子孽呀，让孩子这么受罪。那时，我才发现，我快活不下去了，因为每活一分钟，都要用尽冲刺的力气。医院也放弃最后的治疗，劝家人把我拉回去。救护车都安排好了，家人担心长途运送出现意外，请求医院缓了两天，没想到出现了好转的迹象。死神又一次给了我活下来的机会。

小胡是独生女，出生在城市普通家庭里，本来是在娇宠蜜罐中长大的，生病的日子里，她越发觉得亲人对她那份呵护的爱，是无法回报的，特别是父母承载生命之重的爱，更让她感受到身体里多了呼吸机。父母原是五金公司的普通员工，公司破产改制后，双双下岗，好在父母年轻身体好，勤劳肯干，两人在外打工存有积蓄。自女儿生病起，医疗的开销如流水似的"哗哗"地往外倾泻，之后远不能满足求医的正常开支。眼看着女儿整天咳喘不止、疼痛难忍的样子，父母实在不忍心放弃不管，自我安慰，权当是前世作孽讨债。爷爷奶奶从小心疼孙女，虽年事已高，再次出来主事，把一大家族人召集过来商量，最后商定，有钱的出钱，有力的出力，有门路的找门路，总归砸锅卖铁、银行借贷也要保证治病。父母二人做出了巨大牺牲和努力，一方面拼命挣钱，一方面节衣缩食，只为女儿救治源源不断地"输血"。父亲跟人合伙开了家洗车店，寒来暑往，早出晚归，不放过一张毛票。母亲白天站柜台，晚上发小广告，且兼做家政，忙里偷闲还要回家照顾女儿起居饮食，家族里的人曾劝母亲再生一个，可母亲怕生了二孩对不起女儿，更耽误女儿的治病，决然拒绝了这个念头。小胡最危急的时候，每天在 ICU 病房里开支三四千，父亲的银行卡刷得爆红拉警报。父亲是个要面子的人，可面子换不来女儿的治愈，多少次最为绝望的时候，恨不能去卖肾献肝，以换取女儿的住院费，有时也狠下心来，准备放弃最后的努力。不知是苍天有眼，还是造化弄人，每当下定放弃决心时，小胡的病情又好转过来，这一奇特现象，让家人坚信，她命不该绝。上了年纪的大伯，真从外地找来了所谓大仙，一家人明知带点迷信，但还是跟着一起在住宅里外折腾一番，以此抚慰内心的不安。多亏医学科学的发达，让民间求神得到应验。

俗话说，久病成医。多年下来，她对自己的病情有了规律性的认识。在医院开销大，使用的进口药又都是自费，给家庭带来巨大的经济负担，她不忍心父母兼职打几份工，为她换来救命钱。只要不进 ICU 抢救，她总会选择在家静养，她会网上求购国产药或替代物，有时会适量增减药量，力求用最少的钱确保最好的效果。一种名叫西地那非的西药，主要是治疗男性勃起功能障碍的，因为有促进肌肉松弛，增强血液流动的功效，而被肺动脉高压患者所接受。小胡平常大多服用这种药，但进口药每粒五百五十元，按正常剂量每月开销接近两万元。她实在不忍心这样成千上万地挥霍在药物上，便尝试减量效果，寻访药店打听替代国产药。最后总算求得了好的性价比。只是每次到药店取药，老板总会投以异样的目光。她已不在乎这些人的好奇或鄙视，她不会做任何解释，任由这些人臆猜——这是一个奇怪的病人，还是一个有怪癖的女孩。

此前，我对肺动脉高压一无所知，了解小胡情况后，才知这是一种无法治愈且死亡率较高的疾病。有资料显示，这种被称为"心血管疾病中的癌症"，存活时间很少超过三年，百分之七十五的病人死于诊断后五年内，症状出现后平均生存期不到两年。为此，联合国专门设定了"世界肺动脉高压日"，希望引起全球关注。我国肺动脉高压患者约有五百万至八百万之众，西部高原山区是高发地，多为中老年人，而青少年相对比例不高，像小胡这样年龄的，在沿海地区更为稀罕。

靠药物治疗只是控制病情发展，并不能根治。小胡也一样，这么多年，治疗并没明显见效，也许只因年轻延长了存活。肺是给身体提供氧气的，肺血管增生，导致血气流通不畅，严重影响了血气平衡。本来肺是给心脏打气充电的，药物的作用却是以强化心脏功能为肺服务，心肺关系出现前后倒置，自然会引起并发症反应。小胡的心脏已经超过了正常人的两倍，而两个肺叶萎缩得只有鸭爪大小。可以想象，当人的机能出现严重扭曲时，那会产生怎样的痛苦和连带拖累。难怪，多数时候救护车送达北京、上海，都是在 ICU 病房里抢救。这是何等的意志力。

小胡处在活不得、死不了的肉体折磨之中，忍受着常人难以忍受的病痛，同样，其家庭也被拖进深不见底的悲苦境地。

专家医生建议，现在能让她活下去的出路只有一条——肺移植手术。这些年，医疗水平有了极大提升，但提及更换器官，还是稀少的手术，况且肺脏这样毛细管分布极密的器官，面临的风险极大。谈到换肺，首先要有匹配的肺源，而且要花不菲的手术费用，这对胡家更是不小的负担。

十年前，政府对特困家庭进行筛查，小胡家因病致贫的情况，被列入街道、社区监测范围。恰逢区领导与她结对帮扶，挂钩的区领导只知她是重病患者，每次登门少不了送上救助金和食品等，总以为救治会好转，没想到病情越发恶化，而且窟窿越补越大。后来听说小胡流露出肺移植想法，也觉得是天方夜谭，经济负担不说，那存活面临的风险更大。当时有说法，不动手术等死，动手术找死。

那一次，区街领导带我走访，希望能在政策范围内给予更大救助。第一次登门进到她家时，给我印象并不穷，一般的贫穷人家几乎住房逼仄、家徒四壁、昏暗邋遢。而她家尽管是筒子楼改造的两室一厅，却干净整洁，设置温馨。看得出，这家人勤快，爱生活。小胡母亲接待了我们，哀伤地介绍了她的病情，脸上既有对我们的感激，也有对未来的迷茫，她没有开口说昂贵手术费的事，看得出她不好意思开口，也许知道政策不会有这样的特例。小胡侧倚在床沿，看到我们的时候，有起身打招呼的意思，被我们劝住。我们只简短地问了问她自己对病情的认知，她边喘边说，没有好的办法，除非手术。我们说能保守治疗吗？她摇摇头，一脸的痛苦表情，充满期待地看着我们。我们象征性地把慰问金信封放在她枕头旁，心里只有默默地祈福。

隔了不久，小程再次请我去她家看看，希望我利用职务之便对她的救助给予更多倾斜。小程是当时街道办事处分管民政的副主任。他介绍说，父母打零工，收入不高，能支撑每天三五百元的药费，已不容易，病成这样，之所以不送进医院，大概也是负担不起医疗费。医院告之，能够继续活下去的可能，只有做肺移植，这是最后能确保活着的希望，且越早越好。尽管只是希望，是看不到头的希望，但父母还是在努力地争取着。我知道，器官移植手术需一笔巨额费用。小程带着我是想听听她家的想法和我的建议。

胡母告诉我们，医院下了最后通牒，保守治疗已不见效，错过手术的最佳时机，即便移植成功，也不能保证存活。我们问，能有肺源吗？母亲摇头，不能保证，必须交五十万的押金，才能争取到。我一听这个数字，心猛地一震。别说对这个家庭是笔巨款，大概五十万以上存款的人家都少见。当时五十万可以买栋别墅。我们都默不作声，只有哀叹。离开的时候，只听得微弱而又刺耳的声音，"救救我吧！"

当时，我们对全区贫困家庭有个调查摸底。贫困家庭百分之六十五是因病致贫、因残致贫，而纳入特困家庭范围的，基本上是重症、重残对象，其中有百分之十八是白血病、尿毒症患者。本来生活拮据的，一下子拖得一贫如洗，甚至负债累累。像小胡这样的情况，父母年轻有收入，境况还算好的，如果仅是维持就医服药，负担不会比其他重症病人家庭重。问题在于，小胡患上肺动脉高压症，随时面对死神威胁。如果不是这种病，她应该跟同龄人一样，读书、工作、恋爱，充满阳光地生活。对于他们这样的贫困家庭，不该以收入来区分，应该以应急救助方式对待。此时，我萌生了一个想法，与其拯救不了所有穷苦人，倒不如集中救助一个有希望的人。一个年轻重病患者，如果肺移植成功，不仅让本人重获新生，也让家庭走出贫困，更为医学科学作出贡献。可这么大一笔钱，从哪里来？虽说有大病救助一说，那顶格也就一万元，财政预算全年用于临时救济的资金，也很有限，且不可能只用于一个人头上。可又不能眼睁睁地看着年轻的生命被耗尽。

回来的路上，我们和街道书记碰头，想听听他们的想法，大家也只表示街道和社区尽最大可能给予救助。前一段街道发动社区居民献爱心，也借助媒体呼吁，募了一点钱，但与预期差距太大。也许对于她这样的家庭，还不足以达到需要社会关爱的程度。我向分管领导汇报，希望募捐这事放在区级层面来发动。当然必须要得到主要领导的重视批准才行。主要领导忙于发展经济，民生虽是大事，一般不会亲自主抓，仅为一个特困家庭救助惊动领导，下面也不会这么干。当时我们也有这个顾虑。可人命关天的事情，还是要汇报。于是，我们分头当说客，一头由分管领导找主要领导汇报，一头由民政部门以书面情况报送。果然，主要领导拍板，在机关事业单位组织特别募捐活动。

记得当时以慈善会和红十字会名义发的倡议，倡议内容措辞是反复推敲的，大意是，一个病危女孩，急需肺移植手术，眼下筹款仍有缺口，恳请大家布施善举，奉献爱心，挽救年轻生命云云。我们在机关大楼里搞了个简单捐款仪式，党政主要领导带头，每人两千元，其他领导也都两千一千不等，机关部委办局也分别行动起来，短短一周时间，就筹集善款近三十万元。虽与一次性交纳的手术费用还有不小差距，但小胡手术总算看到了希望。分管卫健的夏副区长是个有心人，她动用私人关系找到医院领导，又通过工作关系找到市局领导，网开一面争取了十万手术费的减免。这次闲聊中，小胡母亲提到当时医院让她签字减免了十万元，还挺吃惊，这才知道许多人幕后默默为她做着努力，让她又一次激动地回忆起当时的艰难程度。有人说，因为我的参与，小胡才有了获得新生的可能。此言有滥褒之嫌。我想帮助她，可凭一己之力，那只是杯水车薪。我只是利用职务之便向人们转达了"救救我吧"的呼救，唤醒了无数有爱心的人。如果没有领导们的支持，即便有心也是无力。尽管之后有领导出了问题，但不容否认，人本善良的底色是值得肯定的，他们所表现的善心和大爱，至今让我感动。当然，我也顶过不小的压力，有人议论动用公权影响力是否得当，非亲非故的患者，是否值得这样感情用事，我没有争辩，我只想告诉人们，一个正常人起码的道德良知，在他人危难时，不能见死不救吧！

手术费有了保障，便等待匹配肺源的出现。苍天眷顾小胡，没等多长时间，终于可以动手术了。无锡市人民医院肺科医学中心陈静瑜主任是全国顶级的肺移植专家，他亲自主刀，历时六个小时，终于完成了小胡的肺更换手术。仅半个月时间，小胡从 ICU 转移到普通病房，尽管导致了许多并发症，但情况一天比一天好，再也见不到咯血和短喘抽搐了。她终于享受到和煦的春天，自由地呼吸着大自然的空气。她觉得，自己这才回到了人间。

手术最初阶段，强烈的排异反应，让她上吐下泻，头晕目眩，而长时间大剂量的服药，又让人变得浮肿脱相。那段日子里，小胡和家人都是在忐忑焦虑状态下度过的。缓解排异反应，一方面靠药物，一方面靠自身。体质好往往抗排异能力强。事实上，这样的患者几乎很难谈体质，往往如大熊猫一样，被医院和家人重点保护起来。小胡年轻，肌体修复能力相对好一些，她珍视自己来之不易的生命，积极配合术后康复，在父母家人的精心呵护下，很快平稳地度过了适应期。只是，面对外部环境，她偶有过敏反应，这不得不迫使自己让生活变得谨慎而精致。一段时间里，她只得封闭地生活康复，她对外交流的方式，是微信。她加入了一个四百多人的病友群，这也许是她的社交圈，病友遍布全国各地。微信群似乎是流动的驿站，一批人走了，一批人来了，他们同悲同喜，慨叹人生感悟。小胡庆幸，她是一个幸运的人，她一直在群里活跃着，用自己的经历分享治疗心得，勉励病友鼓足勇气战胜病魔。在我们探望的第二天，她还接待了一位新疆病友，她陪她逛街、陪她就医，陪她吃饭聊天，让她对未来充满信心，让她感受人间温情。她不自觉地在传递一种精神。

十年的时间，对普通人来说，转瞬即逝，对小胡而言，却是经历着痛苦漫长的岁月。她坚信，挺过了这十年，就会再有十年、二十年、三十年……随着时间的推移，移植器官融入她的肌体，适应了她的生存空间，越发变得可靠而坚实。她跟我说，她的目标是能领到退休金。原来她用节省下来的医药费交了社保。她清楚地意识到，父母慢慢老去，不忍心靠父母一辈子，也不想把负担转嫁给政府和社会，她要为今后的生活和健康做好铺垫。她遗憾地告诉我，因为生病，错过上学读书，错过了工作机会，她至今还向往学生时代的生活，向往热火朝天的工作氛围，可惜身体不允许。我鼓励她，人正是因为充满希望，才活得精彩，只要生活有目标、有方向，就会有奇迹出现。

2019 年，经人介绍，一个姓章的小伙走进她的生活。起初她拒绝。她从未奢望自己有爱情，尽管渴望得到爱情，可她觉得自己是别人的拖累，不敢轻言去爱。说来两人也是有缘分，媒人牵线，小章和父母便相中。初次见面时，小胡开诚布公说明自己的情况，她以为这样可以吓住小章，没想到小章不仅没吓住，还立誓照顾她一辈子。原来媒人早把她的情况介绍给对方一家人。两个同龄人没有花前月下的浪漫，没有甜言蜜语的情话，一年多的交往之后，终于走进婚姻殿堂。

我本想采访小章，了解两个人生活的情况，不巧的是，小章在园区工厂上班，每天早出晚归，平时在家的时间也不多。我问小胡怎样评价小章。她说他那人木讷透顶，只顾干活。我侧面向她母亲打听，她母亲说，婆家跟我们一样，普通工薪阶层，公公婆婆对她挺好，什么事都依着她，小章为人老实，是个顾家的人，他家拆迁搬在隔壁小区，两头跑跑挺方便。我倒希望小胡能说说小章做过最让她感动的事，她没有想起来，只说平平淡淡过日子，两人在一起的时候，会逛逛菜场，看看风景。仅仅这样，我仍觉得小胡是幸福的。许多人的生活都是在平淡中度过，对小胡而言，没有起起落落的喜怒哀乐，或许是一件好事，那种惊喜或惊恐，未尝不会影响到身体。当然，小胡淡然处事的心态，已超越了她同龄人的心态，也许疾病磨炼了她的意志，也许疾病让她学会了放下。当一个人经历过生与死的搏斗后，或许人生也就不会再想着烦恼。

我对小胡这些年的生活很好奇，除了治病、康复、吃饭、睡觉，总得有点事情做做，这样才能打发时间的。她告诉说，前几年学着画画，水墨粉彩之类的，通过网课，边学边画。这些年学着做手工，先是用太空泥捏制各种小玩意儿，再用面粉和紫砂做精巧的工艺品，手法也变得活络起来。她给我展示的手工作品，让我眼前一亮。一只小棕熊，明眸黑珠，耳奋翘舌，色彩分明，憨态可掬。一只果盘里，青椒滴绿、番茄透红、苦瓜澄黄、苹果青紫，大小不一、形态各异，惟妙惟肖，栩栩如生。一盘蛋糕，奶色流油，着色鲜嫩，层级分明，镶嵌的草莓活灵活现，让人垂涎欲滴，诸如此类。看得出，她是一个热爱生活而有情趣的人。我们勉励她用一双妙手，把自己的生活营造得更加色彩斑斓。她也自勉，说等身体状况稳定下来了，要潜心专注于手工制作，力争做一个自食其力，对社会有用的人。

## 自我救赎的善意

南区 114 栋的蔡老伯，很少在社区抛头露面，一个小区的人，他也少有熟识的，社区对他也陌生。眼下，不得已，他还是出面求助社区了。这是遇到实在无能为力的事了。

蔡老伯忐忑地走进办事大厅，东张西望，不知找什么人合适，也不知怎么开口，愣在一旁发呆。张荣盯了好久，总算认了出来。这是二十年前的老邻居。脱口叫出了声："你不是蔡厂长吗？好多年不见，不敢认了。"蔡老伯听出有人知道他的过去，身子活泛了一下。张荣自报家门，蔡老伯的眼神找到了光，但仍是迟疑着不知说什么好。张荣只得主动问他要办什么事。老人支支吾吾地说，儿子死了，帮忙送到火葬场。张荣一听死人的事，僵住了，整个大厅变得无声无息。按说，死人的事，是天大的事，白发人送黑发人，人生最大悲哀，可老人这么轻描淡写，想必有点蹊跷。张荣唏嘘两声，顾不上多想，先是联系了殡仪公司，接着问了有啥要求。之后，社区派人上门，帮着一番打理，总算帮老人送别了他一生既爱更恨的儿子。

得知此事，我问张荣，通常社区里死了人，我们应该做点什么？因为我脑子里想到了《为人民服务》里的一段话："村上的人死了，开个追悼会，用这样的方法，寄托我们的哀思，使整个人民团结起来。"张荣说，过去有个传统，老党员、老干部去世了，社区会送上花圈，参加告别仪式的，现在淡漠了，基本不介入。不过，只要向社区报备，社区会协助做好善后，像蔡老伯家这样的情况，就得由社区帮助操办。我问蔡家究竟是咋回事，老年丧子竟无一点悲伤之感。他告诉我，蔡老伯是个很不一般的人，又是很要面子的人，因为这么多年起起伏伏的经历，基本上不跟外界打交道。本来发毒誓对儿子不管不问的，可他不管没人管，故友旧交早已众叛亲离，作鸟兽散，眼下自己已是东倒西歪的人，唯独社区可以求助。他这个儿子虽没作什么恶，却没落得好结果，甚至成了老人的拖累。儿子的离世，对谁都是一种解脱，或许这是老人不在乎的地方。

张荣眼里的蔡厂长已是今非昔比了，但回忆他过去的辉煌，总会赞不绝口。数年之前，张荣才知道，蔡厂长的日子过得并不算好，但没想到他眼下过得这么不好。瘦死的骆驼比马大，好长时间，张荣琢磨蔡家的事，总是转不过弯来。究竟蔡家发生了什么，让家境从天堂跌落到深渊。张荣为解开心中的谜，开始关注起蔡家的生活。我从张荣的了解中，也知道了蔡家经历的遭遇，深悟财富如春药。

蔡老伯当过厂长，而且是国有企业的老总，不论是过去还是现在，都是令人羡慕的成功企业家。张荣回忆说，当年蔡家风光无限，每天门庭若市，小车排着队，进出是西装革履的人，逢年过节连邻居都沾光，吃不完的鱼肉家家有份。后来企业转制，厂长带头买下了厂子，应该说一夜之间成了亿万富翁。只是后来，完败在儿子手上。

蔡公子不能说是天生败家子。按张荣的说法，有钱的人，活在星辰大海里，不会跟你在一个世界里混。张荣虽跟蔡家是邻居，但走动不多，蔡公子比张荣虚长几岁，也很少玩在一起。上学的时候，蔡公子学习成绩好，加上家庭条件优越，天生地孤傲，同学关系疏远，初中没毕业直接到国外读书，之后没有了消息。

张荣是在帮着老人料理儿子的丧事期间，渐渐地弄清他生前情况的。

蔡公子学成归来，本打算子承父业，哪知父亲拒绝了他。大概父亲知道他的底料，老子英雄，儿子未必好汉，但还是支持他创业，拿出一笔不菲的启动资金，不指望他赚钱，只让他有事做。

穷人不懂有钱人的任性。蔡公子先是投资炒股。人家留学读的是经济管理，自然对理财情有独钟，他特别想在实战中检验学习成果，果然在前期操盘中得到了实惠。他以为自己是天生的资本家，天下财富可以玩于股掌间，随着家人和朋友的加持，他开始了忘乎所以地攻城略地，结果炒股炒成了股东，彻底套牢在顶端处。此时，他才发现，股市是一个深不见底的黑洞，自己成为赢家全凭运气，风口里的猪能飞，他也飞，飞得飘飘然，摔下来那是自然的事。这是他第一次经历投资失败，虽说被海水呛了一下，但还不算致命，权当交了第一笔学费。经过一段短暂蛰伏之后，他对自己的创业方向做了"战略调整"。张荣转述蔡公子的"战略调整"，其实只是从理财转向贸易，笑言里面所隐含的冒险和野心。此时，他遇到了一个"高人"。

这是一个钢材老板。朋友神秘地推荐给他时，无不炫耀，不仅财富顶流，每天的流水以千万计，而且背景深厚，神通广大，紧俏的钢材，在他嘴里只要报个价，货场立等可取，嘴一张就能掉下黄金。而人却始终低调朴实。在蔡公子看来，这是真正有钱人活出的境界。他信了。他想会会这个老板。

第一次见面，是在朋友安排的饭局上。蔡公子带着仰慕的心情前往，当朋友介绍眼前老板时，连他自己都惊着了。很难想象，一个身价过亿的老板，竟如此相貌平平，矮小精瘦，穿着普通，起皱的衬衫领口透着灰黄的汗渍。这与蔡公子心目中富人的形象反差太大了，有境界的老板也不至于如此不修边幅。尽管失望，可看在朋友面子上，还是耐心地坐在一起。眼看着一众酒友入席时，跟他打着招呼，这才从中看出了他的分量。当席间气氛趋热时，钢材老板的一番高论，让他进而刮目相看。这么土里土气的老板了不得，提起巴菲特，像是昨天共进早餐一样亲切而熟悉，提起宏观经济政策，似乎征求过他的意见，采纳过他的建议。他一开口，席间鸦雀无声，个个洗耳恭听，全然成了小学生。蔡公子不胜感慨，连敬了三杯，"老总、老师"地套近乎，大呼相见恨晚，只差顶礼膜拜了。钢材老板对他还算另眼相看，多次谦逊地欠身摆手，说是朋友的兄弟就是兄弟，应该不分彼此，论年纪充其量只为愚兄，就叫小强哥好了。酒友们附和地喊着"强哥"。朋友怂恿起来，说今后跟着强哥一起发财。强哥摆手，说朋友场合不谈生意，只谈交情。此时，蔡公子觉得，比起强哥的眼界，自己留洋读经济，跟穿开裆裤、擤不净鼻涕没啥区别。

从此，强哥走进蔡公子的生活。蔡厂长告诉张荣，起初担心儿子上当受骗，让儿子提防，毕竟不知根底。可儿子却死心塌地追随强哥，倒是做成了几笔生意。为替儿子把关，蔡厂长专门设宴请了强哥。第一次进家门的时候，的确没有多少好感，但人却低调，处事也很得体，一言一行显得有教养。蔡厂长感慨，当时在那么嘈杂而混沌的生意场上，难得看到这样的清流，庆幸儿子遇到了好的合作伙伴。那时，儿子跟他没有经济往来，生意上的获益，都是儿子主动跟他分成的。儿子跟着他，倒也有些长进，懂得了利与义的关系。

数年时间里，强哥作为"引路人"，什么样的钱都挣，很快赚得盆满钵满。俗话说，庸人发财身子飘。此时，蔡公子真以为靠自身的努力和敏锐的嗅觉，获得了财富。随着强哥的渐行渐远，他也脱开了父亲的羽翼，独自遨游太空了。他尝试着所有的新事物，越尝胆越肥。

蔡厂长告诉张荣，那些年，儿子自行游走于澳洲铁矿主间，一单成交以千万吨级计，把小小的钢材生意做成了国际贸易，虽说经历过风险，但也真蹚出了路子，结交了国际大佬。他以为那些大佬可以潜规则，没想到自己倒成了澳门金沙娱乐场的 VIP 会员，每次进出上千万，眼睛不带眨一下。生意没做多少，隐形首富的名气却传播开来。他不会料到，不是所有的好运对他垂青，钱财就像春药一样一点点侵蚀着他。紧接着生意断崖式受损，赌资只出不进，资金链断裂，盲从信用担保被追讨，让他濒临破产境地。他受到了人生最大的棒槌。幕后的黑手无疑是强哥和那些所谓的朋友。

蔡厂长回忆说，尽管强哥生意上为儿子带来了丰厚利润，但儿子仍怀疑他是个骗子。儿子说，朋友们说强哥是北京人，大院子弟，可口音没有一点京腔，怎么听都是闽普。推荐认识的高干子弟，一点也看不出大城市的洋气。有钱人不会寒酸地过日子，衣服几乎从来没换过，一年四季好像就四套，嘴巴里吐出的尽是麻辣咸菜味，挣那么多钱不知干什么。强哥请人喝酒，总是五粮液，有一次他在空瓶子上划了道记号，果然在后来的宴席上看到。跟强哥相处的日子里，尽管露出狐狸尾巴，儿子也不去揭穿。一次次怀疑，又一次次说服自己，继而又一次次信任。强哥不知使了什么魔法，让他五体投地地佩服。对人产生好感的时候，哪怕那人是恶的也便好了。直到倾家荡产，才意识到自己是一步步进入他们设计的圈套。

　　张荣转述说"骗子"的时候，我倒有点不以为然。骗子能骗到走向世界，这该是大盗有道了。至于富人的衣服，的确有穿一种款式的，这往往为了人设形象，只是人家的一个款式可以不停地换，不像普通人一天三花样。我表达的意思，绝不是为强哥的所作所为开脱，而是表明富人未必都是穷奢极欲，好多富人喜欢粗茶淡饭。

　　蔡厂长至今不明白，在儿子最为懊悔和绝望的时候，强哥倒是托人关心过，送来了一百万元支票。这无疑是儿子最后的救命稻草。只是儿子丝毫没有了重整河山的精气神，他染上了毒品，毒瘾已全身发作。当全家人发现他已无可救药时，已经资不抵债。股票、存款、房产全部挥霍一空，还欠下千万的三角债未能偿还。幸好，拆迁安置房成了老两口最后安身立命的地方。蔡厂长告诉张荣，自己和老伴的退休金一边为他治病，一边帮他还债，日子就这样苦着过。后来有人透露，强哥其实是利用儿子，打着蔡厂长的旗号，扩大了自己在建材领域里的影响，进而成功地占领了建筑市场。因为此事，他曾气得大病一场。这又能怪谁呢？作茧自缚呗。遇人不淑呗。可人家玩的江湖，不是所有人能玩。儿子任性跋扈，不会踩制动，只能怪自己呗。我也有不可饶恕的隐秘的罪恶。现在没钱的日子，过得也不比别人少一天。

　　张荣聊着，对我发起感慨——没想到钱多了害人，来得容易也害人。这个世界真让人无法琢磨，也许我们看到的平原，说不定哪天变成了海，财富看上去很诱人，像瑶宫仙子、月中嫦娥，可一旦到手，就跟雨滴一样，手一抹说没就没了。


　　这么多年过去了，张荣没想到蔡家经历了这样过山车式的日子，别说过去，即便放在当下，也是轰动的新闻，可老人却以此为耻，守口如瓶，心中既惋惜又感慨。面对曾经众星捧月般的老邻居，面对可以写进历史里的人，他微露出嘲弄般的浅笑，甚至带有一点鄙薄，然而转念一想，对待他人难言的疼痛，不能落井下石。他只好安慰，却又不敢放言。只得说，生活上有什么困难，社区会力所能及地帮。蔡厂长说，人有人的命，事有事的运，许多事情不可能重来，现在只剩祖孙俩，孙子是我前世欠下的孽债，只怕我一闭眼，就得是社会负担了。蔡老伯的孙子智障残疾，他担心日后没人管、没人问。张荣承诺，可以帮，也应该帮，像你蔡厂长这样做过贡献的更要帮。蔡厂长苦笑着说，只要没人笑话我，就谢天谢地了。

蔡家落魄搬进小区后，的确有个诡谲的笑话，当年从企业改制中获利，退休之后还拿着股份，加上拆迁补偿，蔡家钱多得数不过来，没想到钱多了咬人。钱把他家毁得这么快。

之后，张荣不止一次地登门看望，无疑给这个冰冷孤寒的家带去一丝暖意。蔡家不再是朱门绣户，而简陋的家居陈设却井然有序，一尘不染。一个步履蹒跚的老人，一个眼神呆滞而忧郁的少年，如汤锅里的菜梗和豆苗，孤零零地浮游在空寂而冷清的屋子里，不能不令人心寒。常言道，由俭入奢易，由奢入俭难。过惯富贵日子的人，重新回到清贫生活中来，那是需要多大的心理承受力。蔡厂长已不是蔡厂长了，而是实实在在的社区老人，是一个孤苦伶仃的老人，一个跟残疾孙子相依为命的老人。在张荣印象里，那个硬朗光亮的形象，如今被松垮皱褶的背影所取代，好在神情从严肃冷峻变得柔和慈祥，让人愿意亲近，愿意打开心扉交流。

这些年，蔡家经历了多重变故，先是儿子一家分崩离析，儿媳卷走最后的救命钱，离家出国，继而老伴一病不起，死在抢救的路上，儿子沾染毒品，胃癌晚期，最后连医院都没救治，死在家中。蔡老伯毕竟经历过世事，总算挺了过来。如今，儿子的去世，让蔡老伯不再受穷苦困扰，只有孙子的牵挂和孤独陪伴。用他的话说，以死一了百了简单，尽管孙子残疾，但也是精神寄托，只要还有一口气，就用来救赎。

那天，蔡老伯找到张荣，递过一只信封。张荣疑惑地看着他，问他咋啦？蔡老伯说，电视上报道西北洪涝灾害，我想尽一点心意。张荣用手摸了摸，厚厚的一沓。打开一看，钞票整整齐齐，有整有零，由小到大，包裹的白纸条上写着"爱心捐款"。张荣愣了一下，说上面没来精神，等有了通知再说，再说有困难也轮不上你来捐的，你留着自己用吧。于是，两个人推来搡去，老人带着愧意要求留下，张荣于心不忍推托，直到老人丢下信封走人。临走老人撂下一句话，以后麻烦的日子还长着呢。

张荣跟同事数了数，共计 3515.2 元。昔日富甲一方的老总，如今连零钱都精打细算了。大家不由得动了恻隐之心。有人算了一笔账，老人除了养老金三千多元外，没了其他收入，这笔捐款应该是祖孙两个月省下的伙食费。

之后老人坦言，这不光是捐款，是想还社区一个人情，儿子死了，他们忙前忙后，连水都没喝一口，过意不去。他想做事补偿，可没有能力了，现在开销少了，只能捐点微薄的零钱，这样也才心安。看得出，老人绝没有以捐款来要求社区的想法，只想表明自己不是一个自私自利的人，以此换得更多的理解和尊重。的确，社区里的人并不了解他，他辉煌过，又落魄了，有钱的时候，老人没有张扬炫耀过，困难的时候，也没向别人伸手求援过，凡事自己扛，儿子把家败成这样，他都隐忍着。如今社区给予应有的帮助时，他念念不忘无以回报，或许真的为了残疾孙子的未来，以捐款方式来平衡自己的内心。

张荣告诉他，一老一小是政府重点关心的对象，有什么要求尽管提出来，我们尽力争取。老人说，眼下只有放不下的残疾孙子，趁着自己还清醒的时候，了却一个心愿，把孙子托付给社区，将来请大家善待他的孙子。

张荣听懂老人的托孤之意，再次转告他，社区已有了考虑，先让他到培智学校读书，如果能学到一技之长，再帮他找份工作试着干着，能够自食其力更好，实在不行，政府也会托底保障的，乡里乡亲的，尽管放心。

有了张荣这样的表态，蔡老伯心里宽敞了许多，时常看到他领着孙子在小区散步，也看到他跟人打着招呼，偶然也来社区活动室看看书、读读报。他反复向社区表示，趁着自己健在，把省下来的钱存起来，交给社区保管，权当给孙子上了保险。看得出，他至少体现了一个姿态。

其实市场经济大潮中，像蔡家这样的情况并不鲜见。有的人下海呛得一蹶不振，有的人经历辉煌之后销声匿迹，有的人成功之后又负债累累，岁月无情，大浪淘沙。而在梁丰社区，不乏这样的家庭，昔日拆迁暴富的人，被突然飞来的钞票砸晕，今朝有酒今朝醉，吃喝嫖赌，挥金如土，很快回到贫民状态；拥有第一桶金的人，得寸进尺，变本加厉，最后在所谓的投资理财方面赔得血本无归；拥有财富之后，不是规划事业的发展，而是忘乎所以，轻信谣言，落入各种诈骗圈套。也许这个好时代来得有点快，人们的财富观未能真正确立的时候，金钱犹如惊涛骇浪扑来，让人猝不及防。

我是听了蔡老伯故事后，专门登门拜访的。说拜访，是因为我对这样的人心怀敬意，尽管人生的尽头成为失败者，但当年他们却是"敢吃螃蟹的人"，正是有了这样一批批敢闯敢试的人，才有了今天生机勃勃的气象。跟蔡老伯的交流中，我丝毫感受不到他对命运的埋怨，大概是年老体衰，也许岁月尘封了这段历史，也许经历了惨重教训后的觉醒，他已然不再纠结于起起落落，而是变得淡然而有情。这正是让我值得尊重和思考的地方。

# 6. 展望——共同富裕的热切期盼

　　村级集体股份合作社是改革进程中的一个创举，是农民集体智慧的结晶。苏南是乡镇企业发源地，经过多轮改革改制，仍有不少优质资产沉淀在村镇集体盘子里，为乡村振兴，农民就业增收，实行共同富裕，创造了条件。

　　集体经济的存在，构成了紧密的利益团体，增进了社区凝聚力和归属感，维系着熟人社区的人情暖意，继而营造着和谐美好的氛围。

　　"城中村"的变迁，不是简单的农民变市民，而是在摆脱面朝黄土背朝天，入住小区高楼，享受跟城市人一样的公共服务之下，面对新的生产生活方式，寻求新的生存发展之道，让集体经济实现可持续发展，让劳动者成为现代化建设者和共享者，让社会主义制度的优越性得以充分展现。

　　这是他们世代生活的故土，他们不想在城市化进程中沦为三等公民，他们愿意用一代人的付出，让这块土地生金，让后人享有繁华盛景。

　　在这片土地上，美好愿景已然一步步成为现实。呈现于眼前的空间里，一草一木、一石一水，都别具匠心，浑然天成，有如打开的一部诗书，贵乎有情；又如一部美妙的音乐，余音绕梁，酒不醉人人自醉。

## 前世与今生

了解一个地方，必须弄清一个地方人的精神特质。我把想法抛出后，张荣副书记说，可以请一个人说说梁丰的前世今生，这个人最门清儿。于是我们安排时间，登门拜访了担任二十多年村书记的陈伯生。

我们的见面交流，是在他三十年前出任村书记前兴办的公司里。转眼回到这个公司，也过去了十余年。

如今七十多岁的陈伯生，每天坚持来公司办公室坐坐，虽有点落寞，但还算充实。偶有公司事务需出面协调外，自己培养了吹拉弹唱的爱好。办公室旁专门辟出萨克斯吹奏区域，音箱、鼓架、乐器一应俱全。他跟其他老年人一样，以自己的爱好颐养天年，只是他仍没放下公司，他仍关注着梁丰的发展。

此前，我来过他的古典建筑公司，对他不算陌生，只是没有直接交流。此次见面，仔细端详，发觉他的右腮出现异样，说话明显歪嘴，很费劲的样子。我没有客套，直戳他的短处。随同的张荣说，面瘫好些年了，当年搞拆迁，一夜之间脸就变形了。对我的冒失揭丑，他也没生气，只是用手摸了摸下巴，好像回忆起什么。我有点不忍，感到交流是困难的，此前打算提问的一堆问题，只得憋住。没想到，他主动聊起了自己。

老陈是土生土长的梁丰人，祖祖辈辈靠耙地生活。年轻时，他学得一手木匠手艺，走街串巷揽点活计，凭着精明好学、心灵手巧，他家过上了衣食无忧的生活。可这样的日子，让他心有不甘。梁丰人多地少，土里刨食，没有多少像他家过得滋润，他想带着大家干，于是他主动请缨，利用他的手艺，办起第一个村级企业——建筑工程队。

老陈的工程队赶上了好光景。二十世纪八九十年代，各地大兴基础设施建设，工程项目几乎排着队等他，短短几年时间里，很快为村级集体积累了丰厚家底，梁丰在全镇经济发展垫底的势头，得以扭转。正当他甩开膀子准备大干一场的时候，组织找他谈话，让他出任村支部书记。起初，老陈有些犹豫，他是手艺人，只会做工匠，眼下企业找到了发展机会，如果当书记，意味着他不能把心思用在企业上，未来发展致富目标就不能实现，再说自己没什么文化，担心当不好书记，会影响梁丰整个集体利益。思虑再三，他向组织提出要求，先试着干，不行还干老本行。组织不仅答应他的要求，还帮助他理清思路，鼓励他放开手脚干。

老陈回忆，那个年代，各地争相发展经济，不管白猫黑猫抓住老鼠就是好猫，没有条条框框，只要有想法，就会有办法，浑身有使不完的劲。

梁丰虽说是农村，却处在城市近郊，按说天然禀赋优势明显，可要说发展经济，他们却理不出头绪，唯有的资源是三四百亩零散薄田。此时，联产承包、分田到户政策已施行十余年，村民仍靠零打碎敲土里刨食，生活依然贫困，城乡面貌反差较大。而周边乡镇企业异军突起，梁丰成了被遗忘的角落。这不能怪梁丰人思想不解放，关键是梁丰拿不出像样的资源。本来纵横交错的水网田块，又因包产到户，切割得七零八落，有的成了鱼塘，有的种上芦笋莲藕，有的甚至成了垃圾堆场，本来的聚宝盆，却被糟蹋成贫民窟状的样子。

老陈上任后，很想招引企业和项目到村里来，可商家到现场一看，没有像样的地方，便放弃投资意向，他很受打击，只得调整思路，把分给村民的土地重新收归集体，通过平整修复，拿地招商。这一做法，并不特别，各地招商均需达到"四通一平"要求，可让梁丰做，却不容易。首先是资金从哪儿来，集体账上是负数，连村干部补助都拖欠着，其次是怎么做村民工作，分出去的地如泼出去的水，何况不少转包给外来务工人员种菜养鸭。村里召集村民开会，村民虽是理解支持，可要想解决的问题，全部集中在一个字上——钱。老陈细算了一下，分步实施，先征收条件允许的承包地，换取一笔启动资金，自然就会良性运转起来。他的想法，是大多数有经营头脑的惯性思维，可启动资金谁来出？他想到借，以个人信誉借到的钱杯水车薪；他想贷款，希望银行能给钱，可村里没有值钱的抵押物，银行建议找镇里担保，可他实在抹不开面子，他不想因哭穷而成名。更何况组织安排他当书记，就是来村里解决困难和问题的。

几经辗转，陈伯生终于等到一个机会。一个货运老板想到村里租用仓库，开了不菲的租用费，当时村里别说仓库，就是塑料大棚都没有。老板说实在没有，自己租地建库。当时租地养猪种菜倒是流行，可租地建造厂房仓库等建筑物还是有顾虑的，涉及产权问题的事，不是村里能说了算的。当年蛇口工业加工区建设涉及的土地问题，眼下梁丰村遇到了。起初老板谈租地建库的时候，老陈很是兴奋，这是他新官上任传给他的好球，他无论如何要接住，只有接住打开局面，后面的发展才会有底气。可村民们却是顾虑重重，一方面担心犯方向性错误，另一方面担心留下后遗症。这个在今天看来很简单的问题，在当年非同寻常。可他认准这条路，也就不怕犯错误了。他委婉地请示上级，又私下里到周围镇村打听，最后找到了适合自己的钥匙。短短三个月，一个一千多平方米的私人仓库在梁丰村边角地带拔地而起。双方约定一次性交足十年租金，使用期限十年。梁丰村靠这笔租金，完成了周边"四通一平"的土地整理，随后，办厂的、建库的纷至沓来。有了这样的经验，他把犄角旮旯的闲置地块利用起来，通过土地入股、代租出让等方式，盘活建起了五六个小微物流和产业园区。

通过借鸡生蛋，村级集体总算有了积累。可老陈并不满足，他想增强自身造血功能。毕竟用钱的地方太多，环境整治、道路拓宽、村庄改造都得靠集体力量，可局促的财力限制着公共事业的推进。

如今繁华的梁丰路，当年只是一条傍河的村间小道，连卡车都难通行。这条一千米长的梁丰河，像河又像渠，说大不大，说小不小，七八条河沟交错成网，随着周边工业的兴起，反倒成了倾倒污水和垃圾的臭水沟，每到梅雨季节，河水泛滥，臭气熏天，沿途村民叫苦不迭。情况反映到市区，市区多次派人实地调研，只得头痛医头，做些应急性的处理，未能拿出治本的解决方案。老陈回忆说，村民实在不能忍受这样的居住环境，要求村里想办法解决，倒逼我们只能依靠村集体力量来改造建设。没想到，大家从规划蓝图上看到了发展机遇，一个千载难逢的商机。

当时村集体筹措了三百多万元资金，开始启动污水沟的填埋和梁丰路的扩建。他们利用建筑公司的力量和资源，一手进行规划设计，一手调拨建筑材料。为节约开支，他们自己生产涵洞，自己购置施工设备，仅用了半年时间，把排污系统移植到地下，让地面成为一条宽阔的马路。完成控污截污，解决道路肠梗阻问题，按说，这算做了一件利国利民的好事，干了政府想干而一时无能力干的事。可他并不满足，他想让梁丰路变成商业街。他是生意人出身，他讲究核算成本回报，不做无利的买卖。经过论证规划，沿路南北两侧统一建起两排店铺。盖房是他的长项，五六十幢门面房，短短一个月便施工建成，成本压缩到最低的范围内，当年投入当年就有了回报，第二年就收回成本。更为关键的是，"河"变成了"路"，"路"变成了"街"，带动形成了建材市场，一时间生意兴隆。直到十多年后，梁丰纳入市总体规划开发，商铺经济进入新的发展阶段，这排沿街店铺才算完成了历史使命。正是当年这一不可能做到的事情，让梁丰淘到了第一桶金。

老陈感慨地说，过去大家都摸着石头过河，按现在要求，当时的做法没有多少合规的，有的甚至是有风险的。当时那些建厂房和仓库的，因为有了年限的约定，在城市化推进改造中，才减少了拆迁矛盾，降低了补偿成本。当年如果等着上面来解决梁丰河的问题，或许就没有精力抓发展，更没有机会给梁丰发展上台阶。

陈伯生庆幸赶上了一个好时代，他抓住了这个好机会，敢想敢干，终于兑现了给村民办实事的承诺。三十年过去了，每每想到这些，内心仍是感到欣慰。他甚至钦佩自己当时的决定，一条村庄内河，在他指点之下消失不见，进而一条本不存在的街道却在北郊突起。这如童话故事一般，让人捉摸不定，可现实却是现实。正是上级的信任，群众的支持，才有了这样的担当底气。这是那一代人所具有的品格——不怕犯错误，就怕不干事。

进入新一轮城市改扩之时，梁丰村成了典型的城中村，传统村落方式的存在渐渐失势。许多村民既感欣喜又有忧虑。欣喜的是，农民变市民，不再面朝黄土背朝天，入住小区高楼里，享受跟城市人一样的公共服务；忧虑的是，失地后的农民往何处去，集体经济能否在城市夹缝中生存？此时，他们又在酝酿一个大的计划。他们不想随波逐流，坐地享受补偿，而是争当城市建设的参与者，为村民创造就业机会，为集体积累更多家底。

二十世纪九十年代末，临近沪宁铁路线北侧，没有像样的酒店，没有像样的商场，白天脏乱差，夜间一片黑，休闲娱乐等消费是一张白纸。老陈觉得，集体有了积累，应该让钱生钱，这样才能可持续发展，重新兴办村级工业，条件已不具备，应在有限的土地资源上发展服务业。梁丰村是城市北郊门户，紧邻锡澄省道、过江通道和312国道，一眼望见火车站，又是地铁规划中的站口，地理位置独特，建造一座酒店，既能给村集体增添创收资产，又可以改善本地环境面貌。他反复征求村民意见，不断地游说规划建设部门，最后选定在梁丰路和锡澄路交会口，兴建中等规模的建筑物。经过一年多的规划建设，一座六层楼高，面积达六千平方米的梁丰大酒店拔地而起，成为全市首家村级集体建造，集餐饮、娱乐、住宿为一体的三星级酒店，填补了北郊地区综合型酒店的空白。

老陈介绍说，当时酒店建设有三分之一的资金缺口，不少合作伙伴看好商机，主动提出参股。考虑到集体运营的独立性，最后采取的是借款方式，由村集体全资控股。为确保酒店规范运行，引进专业团队进驻酒店，专门聘请酒店管理人才担任负责人，从业务和品质上一下子拉到了四星级水准。开业之初，酒店生意火爆，吸引了周边客户前来消费，许多外地客商慕名入住。更为重要的是，酒店用工大多来自本村，解决了村民的就业问题。随着周边地区开发建设，梁丰大酒店一家独大的局面被改写，但人们提起这个名字，总会回忆起往日的辉煌。如今梁丰大酒店经改造升级为科创中心，但带给梁丰的改变是多样的，它成为融入城市化后唯一带来念想的乡愁，让村民从此融入城市，培养了一批专业化的产业工人。它让梁丰村率先实现了共同富裕。

之后的城市化进程中，梁丰村再次面临诸多征地建设，一批市政设施改造扩建，一批行政机关落户于此，一批安置小区在此兴建，三百五十亩土地渐渐被征用。为此，梁丰人再一次经历痛苦抉择，农村没了土地，就等于没了生存老窝。尽管征地改造可以得到丰厚的补偿，可买蛋跟母鸡下蛋毕竟是两回事，没有了集体经济，就没有了接续发展的动力。其时，梁丰完成了村改社区机制的转换，集体经济以社区股份合作社方式出现，村民变成了股东，农民变成了市民，集体经济仍是维系居民共同利益的纽带，在社区治理服务中发挥着重要作用。既然有了股份合作制，那就应该有资产和利润。

大家算了一笔账，除去给村民分红外，社区运行成本在上升，集体利润只有逐年增长，才能维系公共服务和管理。事实上，村民拆迁安置进小区，没有物业支出的意识，况且拆迁安置时承诺物业免费过渡期，每年五六百万的物业管理费，无形中成了社区集体的负担。只有集体经济做强，才能更好地治理好社区。

梁丰拿到近亿元的征地补偿款，怎么用？怎么花？绝大多数村民要求分。如果分，每户可得到三四十万不等的现金，这是眼前的实惠。如果不分，躺在集体账面上，也只是吃利息，本金也经不起几年的折腾。如果用于其他投资，那风险也是显而易见的。村里一帮明白人觉得，这些补偿看似一笔不小的数字，算是村民共同财富，可毕竟不是咱这一代人的，那是祖祖辈辈留下的资产，咱们拿着他挥霍了，子孙后代咋办。于是大家商量，最后统一意见，这笔补偿款不能要，最好提留部分土地资源或建筑物，用于后续发展。这一想法跟区领导一汇报，便被否决。征地采用货币补偿已是惯例，是避免后遗症最好的方式。可老陈偏偏认死理，宁可不要乌纱帽，也要为集体争取最后的利益。为说服领导，他天天进机关，守在领导办公室旁，拿着文件依据磨嘴皮，以梁丰的前世今生感化领导，甚至以消极应付拆迁来"要挟"，换取规定的"变通"。最后领导终于帮他对上争取到说法。他代表梁丰村表态，全力支持征地建设，并在拆迁改造资金紧张情况下，主动拿出集体积累支持，确保了建设进度。为此，他又得到了区领导的表扬，说他姿态高，有大局观，在困难的时候，不仅理解政府多挑担子，而且主动伸出援手支持，体现了基层干部应有的觉悟。

老陈清楚，那些年为梁丰村，他成了不讨领导喜欢的基层干部。离开岗位十多年后，回头再看看自己"所作所为"，他又是欣慰的。当年同时征地的周边行政村，拿到补偿款后，没有争取可增值的资产，结果躺在银行里的存款日渐减少，有的甚至连社区正常运转经费都靠上级拨付，更谈不上为村民分红和办实事了。

　　老陈任职期间，最为得意的不只是给村里置换了菜场、店铺和综合商办楼宇，三处小微科创园区，也是同继任者共同努力下得以保留下来。当年改扩城市内环路，地处沪宁铁路线的梁丰村建有两个不成规模的工业园区，沿线土地征用后，道路和地面落差高达二米多，园区被划得七零八落。按说，为服务市政工程，梁丰村包括安置房小区在内的地区成了低洼积水地段，存在水涝安全隐患，应该多设置防汛通道。而有关部门总是盯着园区老厂房的形象问题，说是影响道路沿线观瞻，建议区里铲平。区领导多次找到老陈，让他们按照上级要求办，可他听说要不计代价地让他拆除，他心疼得几乎向领导哀求。这个园区，虽不是政府明文批示建成的，却也是合规合法存在的，更是凝聚着一代人的心血。一旦四五千平方米的园区被勒令拆除，里面数十家工厂往何处去，补偿由谁出，村集体将面临怎样的危机，每每想到这样的烦恼，就有些急火攻心。他说，面瘫毛病就是当时留下的。他实在想不通。个别领导一句话，就把基层逼到了悬崖边。他只得到处游说领导，争取领导的理解。最后他采用折中的办法，在市政规划线外，沿途建成了围墙，既能把道路积水引流到河道里，又可以挡住园区视线，美化沿途环境。多亏市领导开明，实事求是地默认了这样的做法。如今的小园区，成了颇有前景的"双创载体"。

　　老陈在任期间，赶上了大拆大建的发展阶段，他并没有盲目地跟风，而是在服从大局中保持冷静，坚守着村级集体利益，为未来的梁丰留有发展的空间。正是这样，梁丰社区的资产从过去负债，到如今增值二亿多。一方面是改革开放的成果惠及集体，另一方面正是抓住了发展机遇，才有了坐拥财富的机会。

　　如今，老陈回归企业家的角色，时常在办公室里坐坐玩玩。看得出，古稀之年的他，已经不在乎赚钱了，即使赚钱，他守着上万平方米的厂区，仅靠出租厂房，日子过得也是滋润得无人能及。只是我在想，假如当初他不回村当书记，一心发展自己的公司，会怎样？在我的印象里，最有钱的是建筑老板，财富排行榜"百强"中，不少是房地产老板。在房地产开发成为主流的年代，陈伯生如果带领匠人搞工程，会不会进入房地产业，成为暴富的建筑老板？

如果坚守古建工程，在众多城市恢复传统建筑的领域里，他会不会占有一席之地，成为古建专家？人生有许多未知不能设想，但不得不承认，他是一个有远见的基层工作者，他赶上了可以满大把赚钱的风口，没有一门心思去为自己赚钱，当然他不缺钱，而是服从组织决定，带着大家一起干，让梁丰在城市化进程中得到更多实惠。如今退休十几年了，梁丰人提起这些年的变化，首先想到的人是他。

这对他来说，已然圆满。金杯银杯，不如老百姓的口碑。

# 村民变股东

村改居社区大多拥有集体资产。这是城市化进程中，唯一保留下的村级自主经济要素，是原居民的共同利益。正是有了这份集体积累，让居民保留着传统的集体记忆，对社区产生了归属感；也正是有了这份保障，才支撑着社区治理和服务正常运转，减轻了财政负担。

在计划体制下，农村主要体现在土地集体所有，集体经济收益采取工分制分配。实行联产承包、包产到户后，村民对集体的依赖削弱，集体经济名存实亡。而当年乡镇企业发达的地区，集体实力雄厚，不少保留了优质生产资料。面对市场经济环境，面对村级"两委"职能归位，这部分资产怎么管，怎么运行，各地都有探索。普遍认可的做法是——村级集体股份合作制，让集体经济成为股份制经济，把股权分配给所有村民，让村民成为股东，通过理事会、监事会等进行运行和管理。理事会成员有一半由社区"两委"委员担任，理事长从社区书记或主任中选举产生。监事会由德高望重的老同志担任，最大的好处是实行事权、财权分置，理事会接受监事会的考核和监督，避免个人说了算或乱开乱支问题。所以，股东对理事会成员是充满信任的，对集体经济的运行是放心的。

梁丰社区是 2003 年实行集体股份合作的试点社区，当时年满十八岁的村民均享受到股东待遇，参与分红的有四百三十户，迄今整整二十年。这二十年里，城市化推进，老梁丰村不复存在，集体土地被征用，村民洗脚上楼，家庭财富翻番，集体资产也从近千万增值到两亿多元。按照当时征收建设要求，集体土地征收为国有土地之后，获得的补偿是可以分配给村民的，村民自身也有这样的强烈意愿，社区干部顶住压力，逐一做通思想工作，除了保留住部分集体资产，还用补偿资金购置了不少商业用房。集体土地变成集体生产资料。目前集体营收主要来自房产租金，而且风险可控。

体现股东权利的是股东代表大会，每年至少召开一次。因为与分红有关，不仅原村民关心，连其他居民也关心。原村民基本上是股东，关心是应该的，而其他安置入住居民和商品房居民的关心是带着羡慕和忌妒的，当然他们希望从中享受隐性福利，比如，多拿点经费出来，给小区多添置些休闲娱乐设施，多组织居民参加文体活动，多弥补物业管理的不足等。他们希望同在一个屋檐下，享受同样一片雨露，不希望"一区两制"。

股东代表大会筹备了一段时间，因为疫情，迟迟未能召开，股东们翘首以盼四处打听了。袁非书记跟我商量能不能开，我说既然群众有期待，该开还得开，只要做好个人防疫，不会有问题。他们请我参加，让我也讲个话。虽是第一次参加这种会议，对股份合作的概念比较模糊，但很有兴趣，只是心里没底，不知讲什么。

我问大会有哪些议程，小袁和张荣说，主要是报告上年度资产运行和经费管理使用情况，大家关心分红多少，简单做个审议，最后根据审议情况表态发言，完成议程之后，让我做个小结或评价。我一听，觉得这样的会议不是小事，开好了皆大欢喜，开不好满肚子怨气，关键是要认真准备。这几年经济形势不好，社区投入较多，留存收益未达到预期，分红收益多年未涨，已经引起了不少股东的不满，开会的目的，不仅要报明白账，还要让大家增进理解。我说，你们按章程要求该报告的报告，该公示的公示，最后根据会场反应，我再讲讲。此时，我意识到，我列席会议，是有责任的。

大会那天，容纳八十人的会场座无虚席。看得出，老村民对参加这样的会议充满热情。这的确是涉及切身利益的事情，没有人置身事外。出席会议的人员都签了到，签到代表股东履行了义务和责任，有审议权和表决权。我和小袁、张荣坐在主席台上。张荣作为主持人，先是报告了参加会议的人数，强调参会股东人数符合章程规定人数，可以开会。这样的开场白，跟人代会格式差不多，表明会议的严肃性和法定性。八十名股东代表，代表着四百多户原村民家庭。接着宣布了会议议程。小袁作为理事长，向大会做工作报告。报告工作之前，她先是向参会人员介绍了我，台下的目光全部投向了我，我起立点头示意，算是让大家认识一下，我也从前到后扫视了一遍，眼神跟股东们交汇在一起。心想，你们放心，我虽没有投票权，但有话语权，我会为大家争取更多权益的。因为此前，理事会成员沟通商定今年略提高分红比重。某种程度上，倒显得给我面子了，我的列席，让大家能得实惠。

小袁作为合作社理事长，把上年度财务情况做了汇报，就平时反映的有关问题做了解释说明，提出了适当增加分红的具体方案。大家听得认真，时而有人交头接耳，时而有人侧着身子倾听，会议秩序比想象的好。

这些年参加会议不少，即便开会前强调会场纪律，即便是领导干部参加会议，会场总会有人窃窃私语、来回走动，没人关注主席台，不少埋头闭目养神，偶有记笔记的也是装模作样，低头看手机更甚。整肃会风之后，手机不让带进会场，情形有了好转。而股东代表大会，这种以老年居民为主的会议，却个个听得入神，这并不是说他们觉悟比别人高，而是这样的会议跟他们息息相关。

会后，我跟理事会成员半开玩笑说，会议开得很成功，会场纪律保持得好，居民很给面子。小袁惊讶地说，哪里呀，他们不议论，那是静心听着挑刺呢，这样反而让我紧张，随时接收下面的爆雷。张荣说，会前做了沟通，几个爱挑毛病的多了理解，基本心中有数。因为数据报得具体，进入审议程序的时候，便简单一些。按照规格高级的会议程序，审议是要有分组讨论的，讨论是要安排专门时间的，股东代表会议去繁就简，只在会议中简化流程，采取有意见就发表，没意见就举手表决方式进行。

主持人宣布发表意见时，果然大家议论起来。张荣提示，有什么意见建议，举手发言。台下没人举手，却叽叽喳喳。等待一会儿之后，后侧有人被挤对站出来。张荣示意让人送话筒过去，发言人摆手，拉开嗓门说，对报告没啥意见，能在经济不景气情况下增加分红，非常感谢，接着，话锋一转，说起当年征收的补偿款，这笔钱至今没要回来，大家有意见。发言人看上去七十来岁，但精神矍铄，声如洪钟。张荣马上打断他的话说，不要跑题，过去的账上面没赖，别再提儿子跟老子要账的事了，上面有数。我看到大家对此议论很多，马上补充到，事关本次议题之外的事，会后咱们再听听情况，一起商量。紧接着张荣介绍分红情况，会场很快寂静下来。关于分红，理事会进行了测算，既考虑年度收益只是微增长，又考虑到分红循序渐进提高，最后框定在每股增加五十元上，居民对股权的期待是只能涨不能跌。别看一股增加五十元，乘以两万股，就是一百万元，平均分摊到每个家庭相当于增加了两千元。会上表决时，大家表示满意，一致举了手。

股东代表会议完成所有议程后，我讲了话。在会议进行时，脑子就一直在打转，这是我第一次参加这样的群众大会，面对他们，我该以什么口吻讲话，是代表上级指导工作，还是代表全体居民表达心声。我觉得都应该有所涉及。我只得按照会议的一般套路，先是肯定会议开得很成功，很圆满，当然不宜说是团结的大会，胜利的大会，只好说，会议达到了预期的效果，既完成了既定的任务，也开出了和谐团结的气氛，展示的梁丰居民良好的素质和形象，令我很受教育，很受启发。这的确是我内心的感受，我甘当群众的小学生，我的许多感知和认识，是群众的智慧。最后，就集体合作社发展谈了我的看法，大概意思是，在市场大环境下，集体经济能够活下来很不容易，集体资产能形成好的收益更不容易，集体经济要靠集体智慧，要全力支持理事会工作，通过集思广益，开源节流，创新发展，做大做强集体盘子，既要让股东看到实实在在的红利，更要让梁丰人得到高质量的隐性福利。没等我说完，有人带头鼓起掌来。我内心阵阵窃喜，心想总算把话说到群众心坎上了。

会议结束后，十几个人围拢到主席台上来，有关心地问我原来干啥的，有关心自己股权转让或继承的，也有询问其他问题的。那个声如洪钟的发言人拦住他们，走到跟前，向我介绍征收补偿款二十年没追回，请求我向上面争取争取。我无奈地看着他，只说先了解一下情况，争取争取。我心里有数，拖欠补偿的事不是个案问题，区欠街道，街道欠社区，是常有的事，富裕街道和社区都在主动挑担子。据我了解，所谓拖欠梁丰的补偿款，早在多年前，在任社区干部通过老鼠搬家的方式，已转化成了项目资金，只是无法兑现分红。有居民旧事重提，揪着不放，不是坏事，至少大家对集体是关心的。

村级经济股份合作社是改革进程中的一个创举，是农民集体智慧的结晶。苏南是乡镇企业发源地，经过多轮改革改制，仍有不少优质资产沉淀在村镇集体盘子里，为乡村振兴，农民就业增收，实现共同富裕，创造了条件。梁丰社区股份合作社的运行和发展，是集体股份合作经济的一个缩影，尽管总量和实力不足挂齿，与华西村和尤渡社区远不可同日而语，但对社区治理服务保障，是功不可没的。梁丰社区集体收益主要是商铺和房产租金，仅以此收益，便妥妥地把原住村民的关系紧紧地拴在一起，维系着熟人社区的人情暖意，继而营造着和谐美好的氛围。

当然，村级股份合作社运行二十年，有成功经验，也有失败教训。我曾有个计划，拟促成举办合作社二十年交流研讨会，只因个人力量单薄未办成，实在是件憾事。真希望相关部门关注新时代集体经济的改革发展，为共同富裕，为中国式现代化集体经济提供范式样板。

## 老酒店蝶变

梁丰大酒店，一直是老梁丰人的骄傲。不只是因为历年来丰厚的分红，还是老一辈艰苦创业的历史见证。当年，全村近半数家庭有人在此就业，并以在此工作而自豪。而今，随着城市化的不断更新改造，梁丰大酒店在锡北一枝独秀的地位不复存在，继而连维持生计的能力都勉强。

我到社区后，袁非和张荣正愁大酒店的出路问题。不谈经济效益，仅内部管理就乱成一团，他们的很大精力用在消解矛盾和问题上。当我了解情况后，同样感觉是块"烫山芋"，动之如"马蜂窝"，一不小心会蜇得遍体鳞伤，弃之如"狗皮膏药"，伤疤仍会隐隐地痛，如果继续维持现状，那必须承受来自各方的质疑，甚至还要为可能不利的后果"买单"。

当下的梁丰大酒店，处境太难了！难在它不只是渐渐老去，不合时宜，还难在它欲罢不能，要死不活。所有问题的关键，在于它还能存活多久，有没有浴火重生的可能，它的命运并没掌握在梁丰人的手上。它所在的地区早已纳入了市政规划体系，拆只是时间早晚问题，它成了待价而沽的"盘中餐"，留或改，显然主动权也不在手里，但又不能坐以待毙。用梁丰人的话说，哪怕是苟延残喘，也要让它体现资产的价值，拆迁补偿总归不能少。

显然，袁书记没少在梁丰大酒店问题上操心，征求我意见时，我提议拿出几套方案来，供总支委、居委会、居民代表会讨论。每套方案都要有充分的理由和具体改进计划，只要是大多数人赞同的，我愿意站台，为他们撑腰，去解释说服少数人，出了问题，我来背锅。依我的经验，有的事情是不宜广泛讨论的，谋可寡，利可众，尤其村民不完全等同股东，往往看重眼前变现，不会考虑长线收益，征求意见的结果未必就是好结果。当然不排除尊重少数反对派意见，不少事情往往是少数人的意见影响决策推进，争取不同意见人的理解很重要。同时，真有了问题，我来挑担子是最合适的，因为我的面子足能承受荣辱。我的表态，对他们是一股信心，是有力的支持。

征求意见过程中，果然形成了四股意见分歧：一部分人希望举社区之力，改造升级，自我运行；一部分人希望国资平台收购或主动请求拆迁，拿一笔补偿款；一部分人希望找个承包人托管，每年从中收取租金；还有一部分人则倾向于维持现状，毕竟是一份资产，谁也拿不走。四股意见都有道理，都难断取舍。但权衡利弊大小看，第一种要投入巨资改造，要专业的人管理，社区是有顾虑的，尽管有上千万家底，有能力自我运行，可酒店是看不到未来的项目，万一说拆就拆，投入的资金就打水漂了，损害的是社区和全体股东利益。第二种指望拆迁拿补偿，不是说办就能办到的，牵涉到上级的意图和决心，鞭长莫及，真的有意向并购，那主动权在不在社区，难说。怕是连讨价还价的余地都没有。第三种意见其实数年前就有打算，遗憾的是没有真心诚意的人揭榜，虽说有人上门来谈，要么开价过低，连养人的工钱都推给社区，要么让社区出资装修改造好后接盘，把大酒店看得一文不值。第四种，维持现状躺平。班子成员大多这个心态，多一事不如少一事。眼前大酒店看似维持现状，可麻烦却是一个接一个。小袁书记实在没辙，担心再这样下去，怕是像苹果一样烂下去，不好收拾，到头来，她这个负责人就真得没法负责了。

正当大家发愁时，梁丰大酒店的问题出现了正向解决的推力。一是区街巡察组进驻社区常规巡视，发现酒店经营效益不好，财务不规范，内部管理混乱等问题，责成社区整改。二是市区两级正在推进楼宇经济，实施"百楼更新计划"。如果梁丰大酒店纳入更新项目，不仅有利于推动顽疾的解决，而且能争取到它的合法地位，争取到优惠政策和扶持资金。我跟袁非开玩笑说她是个福将，瞌睡碰到枕头，想打退堂鼓都没机会。她"奉承"说，全在于贵人相助。其实，基层办事说难也不难，只要顺势而为，借力打力，许多矛盾困难是能迎刃而解的。有了这两张牌，两委班子对推动梁丰大酒店项目有了底气和信心。

梁丰大酒店建于二十世纪九十年代初，迄今走过了整整三十年，承载着梁丰人的光荣和梦想。当年梁丰人填沟造田，打通了村庄与外界的联系，自筹九百多万资金，在地处主干道段，建成了全市首家村级酒店。酒店共六层，一层为配套店铺，高峰时年租金超百万，二层是餐饮，大厅、包厢一应俱全，三至五层住宿房间，六层是夜总会、KTV 娱乐场所。在今天看来，酒店规模不算大，档次也不算豪华，但却解决了本村一百六十多人的就业。从开张第一天起的前十年，酒店可谓门庭若市，一桌难求，没有村干部打招呼开后门，想消费都没机会。至今人们提起梁丰大酒店，总会津津乐道，当年它可是锡城北大门最亮丽的明珠。连地铁站口都修到了酒店大门口，周边地区一时成为寸土寸金的黄金地段。如今酒店虽不再辉煌，但因其地段优势，它的身价已从当初一千多万投入飙升到过亿。

酒店的兴衰，不能不提一个人。老金是当年梁丰村挖来的能人。之所以说是挖来的，着实是当初人家不想下嫁。老金的身份是事业单位编制，市属国有大型酒店的中层干部。梁丰村建酒店时，赶上国有企业改制，事业身份变企业身份，工资待遇跟经济效益挂钩，倒逼一批能人下海创业。当时服务型行业很吃香，老金的同事就有不少跳槽或创业的，老金也心动过，只是他没想好出路。可梁丰村托人找他时，他先是拒绝，再是犹豫。人往高处走，水往低处流。从五星级酒店跳槽到村办酒店，这跨度有点大，凤凰落到了鸡窝里，面子过不去。梁丰人三顾茅庐，抛出橄榄枝，出高薪，给总经理位置。老金发现，梁丰人豪气，干事有魄力，村里庙虽小，但办事活络，自主权大。几番权衡，老金答应了，这一干就是三十年。当然，其间经历的起起落落，酸甜苦辣，也只有老金冷暖自知。

我跟老金有过三次接触，一次是春节走访慰问，一次是安全生产检查，一次是征求他对酒店出路的意见。我对他印象不错。他为人谦和，说话慢条斯理，带有书卷气，尤其身材保持得像年轻人一样，挺拔有型，看得出他是个自律的人。熟悉他的人知道，他能在梁丰坚守三十年，足见他待人周到，处事圆滑。而我看到的是他的专业精神。酒店管理不同于其他，涉及吃、住、娱、玩，做众口难调的事，不是管理学教得会的。老金以他专业的管理经验，精细的服务水准，让梁丰大酒店走到今天，实则不易。至于经营每况愈下，老金也难辞其咎。有人说，之后的老金变成了老好人，有头有脸的人只要打招呼，他照单照顾，最后连酒店的人事权都拱手相让，那些不专业的三亲六戚都在他手下落了脚。他有了私心和苦衷，担心他不给面子，有人就不给他面子。

平心而论，梁丰大酒店走向衰落，既有主观因素，也有客观因素。干酒店不是洗盘子，墨守成规，循规蹈矩。一眼望千年，显然是不行的。一茬一茬的过客，吃的是肴馔，喝的是佳酿，玩的是花样，即使百年老店也要推陈出新，否则只落下个"非遗"招牌。说白了，包括老金在内的经营管理者，只顾守摊子，没有遵循市场发展规律，缺少创新精神。客观上看，之后的这些年，周边发展突飞猛进，酒店和娱乐场所一个比一个阔，梁丰大酒店一家独大的优势不显了，加上不重视后续投入改造，设施陈旧，了无新意，人气渐渐地淡去。当然，现代的玩法和吃法，比当年丰富了许多，选择的余地大了许多，也难怪现在的酒店业生意难做。

酒店转型势在必行。怎么转？谁来做？社区仍没有清晰的思路和目标。可不管怎么转，都涉及改造更新问题，涉及租用商户清理和员工安置问题。大家把方向定在列入市区"百楼更新计划"里，一来有了尚方宝剑，工作有依据，说服力强；二来酒店的功能多些选项，依托市区平台，可以招商选商，借助外来投资。社区下决心不再直接参与投资和经营，让专业的机构做专业的事。经向上级请求报告，梁丰大酒店正式列入了官方认可的名录里，似乎由"私生子"黑户可以上户口，领身份证了。

梁丰大酒店招商的消息未等公布，嗅觉敏锐的客商便纷纷打听，这让我们感到意外。看来，酒店的区位优势和潜在价值，让不少客商很感兴趣。陆陆续续上门考察和洽谈的客商中，有继续改造做酒店的，有开设公司总部的，有改建护理院的，有打造孵化平台的。改作酒店的，抛出两种方案，一是加盟连锁品牌，二是打青春牌，配套电玩系统，吸引年轻旅客。乍一看，酒店新潮时尚，挺让我们心动，仔细一琢磨，尽管酒店风格变了，仍不能跟周边的华美达酒店比肩，甚至难与汉庭等快捷酒店抗衡，何况这些酒店生意同样清淡，未来经营仍存在风险。再说，商家提出让社区参与投入，不符合我们招商的理念。做总部办公用房，倒是一个不错的选项，只是人家只做过渡性办公，租期较短，之后对办公设施提出了许多苛刻条件，再后来也就不了了之。至于做护理养老院的方案，我们提出了诸多质疑，一是定位问题，二是回报周期问题，周边千米范围内已有三家养老机构，显然改建成公益服务项目，投资回报效益是微薄的。最后的意向，集中在孵化平台运营商头上。

第三方平台运营商，是新兴的中介企业。它以其专业性和资本力量，整合政府和社会资源，为小微企业提供办公和经营载体，从中获取租金收益和政策奖励分成。目前，无锡已有十余家这样的公司参与运行，盘活了近百万平方米闲置的商业房产和空置厂房，导入数千家中小微企业，取得不错的经济效益和社会效益。不少小微企业，从拎包入住办公，到项目融资，平台孵化培育，成长为小巨人企业。政府推出的"百楼更新计划"，其目的也是通过盘活现有楼宇，升级改造闲置资产，为小微企业发展腾出空间。时髦的行话叫"腾笼换鸟""工业上楼""楼宇经济"。梁丰大酒店是没有鸟的空笼子，如同一张白纸，好写最新最美的文字，好画最新最美的画图，引入第三方运营，是一个不错的出路。我既是鼓励者，也是推动者，站在政府的角度，看好培育新兴产业的前景，站在梁丰社区的角度，看好保留这块资产使其保值增值，算是给梁丰人留下最后的念想。

于是，大家从一堆考察的客户中，遴选出三家从事运营改造的企业，反复地洽谈比较，让他们竞相出价，找专业人士参与评估，最后议定高格空间共享运营公司为最佳选择商，理由是："高格"在长三角地区运营了三十万平方米的办公空间，在区内也成功地拿下近万平方米商用房产。从空间改造效果看——高颜值、高质感、高舒适度、科技感十足；从运营效果看，空间利用率高，入驻的企业小而精，具有良好的成长性。更为吸引我们的是，高格将按更高标准全新打造。这意味着，它要真金白银投资半个亿，彻底地脱胎换骨。当高格拿出设计方案路演时，大家为之惊叹，完全突破了现有的想象。原来，梁丰大酒店是可以这样扮靓的。所以，在高格提出租金基数微调，实行阶梯增长，以及净楼交付施工时，大家不再犹豫，一拍即合。

签约仪式简朴而热烈，高格高层团队老总、政府及相关部门领导出席，梁丰大酒店改造项目算是广而告之地实施了。

接下来进入前期准备工作——分流安置职工，清理租户。

首先要做好老金工作。尽管老金有了思想准备，毕竟靴子没落地，他没退出打算。他不同意也不能硬上弓，手下连挂靠的四十多名职工也要靠他带头。我和小袁书记、张荣副书记做了分析，认为凭感情而论，他是不舍的，一个单位工作三十年，没有功劳也有苦劳，况且他还算是殚精竭虑付出辛劳的。就目前大环境和酒店经营状况，尽管心有不甘，相信会服从大局的，何况他的小辫子还没剪了。我知道，巡察组就财务不规范问题，提出了对他的问责建议，组织既出于爱护，也考虑他是外聘对象，没再深究，一直搁置着，等待他的态度。既然这样，大家决定找他谈话，明确告诉他找到了一条大酒店重新焕发生机的出路，这也算帮助他解除了生存的心病。也许我们所有的顾虑是多余的，没等我们把情况说清楚，他就表明态度，愉快地服从安排。这出乎我的意料，按说干了三十年，提个条件也不过分，没想到他这么爽快。不由得让我对他刮目相看。人的明智，往往并非表现在思想境界上，而是知道明大势，懂进退。我无法揣摩到他的心思，也许他厌倦了这份毫无建树的工作，早就萌生了退意；也许他察觉到上级关注酒店存在的问题，自感脱不了干系；也许他已知足，做个顺水人情，急流勇退。不管怎样，他的态度，至少减少了不必要的拖延损耗。让我们欣慰的是，在征求本人后路打算时，明确表示自己退休，同时对员工分流给予了不错的建议。于此，人员分流安置，按照袁非书记的思路得以推进——一拨提前退休，一拨一次性补偿自主就业，一拨过渡到社区合作社内，还有少量临时性用工也得到妥善分流。

职工出路问题顺利得到解决，而商铺租户问题的解决经历了一点周折。

在大酒店一楼四周，招租了三十余户商铺店家，烟酒茶食、五金百货一应俱全，随着酒店流量大小起伏，生意做得不温不火。面对清退，多数商户表达不满，态度抵触。如今弓在弦上，再硬的骨头也要啃下来，于是大家商量了一套递进方案：一是先摸底，对合同到期的不再续约。考虑到经营风险，目前承租双方基本为一年一签，梁丰租户也是这样，时限上有约定。二是贴出告示，告知酒店升级改造装饰，重新调整布局。三是设置围挡，这也符合施工要求。四是对拒不执行清退的，发送律师函，通过法律途径调解协商。同时采取一户一策，对补偿数额进行细化。并请求城管执法、市场监管部门给予支持。我们商定，专门成立工作组，派出情况熟、有经验的老同志参与，挨家挨户做工作。何平是一直负责合作社招商运行的，尽管办理了退休手续，当小袁书记请他出山时，他愉快地接受了任务。起初，双方处于僵持状态，何平逐一上门谈话，总算有人答应了签约。第一户签约的是老何的朋友，朋友看在老何长年关照烟酒店的分上，不看僧面看佛面，不仅签了字，还说服带动其他商户签了字。

清退搬迁阶段，正如预料的那样，当大红的"拆"字写在门帘上时，有商铺挂起的反对强制拆迁的白色标语，并制作短视频，在抖音上播放。因为有了相关预案，制造舆情没能发酵。当事人也主动从网上删除，并承认自己的目的不是对抗清退，而是炒作自己。这得益于相关部门支持下的联动，那些打小算盘的商家心知肚明，他们那些经营是经不起严查的，面对执法和监督，他们不会硬着顶撞，只会自动退守。经过半年的耐心工作，商户清退问题得到了圆满解决，乙方愉快地签下入场改造合同。

经过一年的施工改造，如今以"高格梁丰科创中心"命名的大楼，以现代、时尚、高品质的面目矗立在人们面前，成为城北一颗耀眼的明珠。让人欣慰的是，刚刚改造完成的大厦，已入驻了四十多家中小科技公司，为正在打造的梁溪科技城率先输入新鲜血液。不难想象，在未来若干年内，这里同样有能力走出像阿里、腾讯那样的新一代人工智能公司。

## 一只柱塞"吃"天下

胡兴杰长得精瘦，举手投足干练，说话中气十足，一点看不出年过耳顺的样子。尤其穿着更为另类，牛仔裤竟带着绣花，大红大紫的。别看精气神十足，其实从头到脚、从里到外，体无完肤。他竟动过四次手术。

得知采访他，他面露愧意，觉得像他这样的企业搬不上台盘，谈不上对社会贡献度，不值得"歌功颂德"。说明来意之后，他接受了访谈，越聊越渐入佳境。

博兴公司淹没在铁道边不起眼的巷陌深处，没有门脸，没有围墙，一块铜牌非常醒目。胡兴杰说，这是二十年前搬迁兴建的，当年兴昌路拓宽，街道和社区挽留，一直将就至今。

博兴公司的确显得老态龙钟，铁门锈迹斑斑，院子局促得开不进车子，低矮的厂房东拼西凑，与周围现代建筑有些格格不入。

然而，这样不起眼的企业，却拥有最先进的装备，拿过十八个国家专利。企业专注做一个零件——柱塞，远销世界五大洲。老胡介绍，他的柱塞主要是出口，每年七十万套左右，占同类产品出口份额百分之十五。我一听，觉得很了不起，但他说在汽车产量中的份额还是小，很难做大做强。他打了个比方，说像他这样能活下来，其实是与狼共舞，相当于虎口抢食。

柱塞是动力燃机里的重要元件，发动机里的必备装置。其作用，相当于人体心脏里安装的起搏器。一副柱塞由柱芯和塞套两部分组成，芯子放入套子里，像活塞又比活塞精巧。老胡得意地演示给我们看，柱芯能够轻易离开塞套，却不能正常复位，其中隐藏着技术上的玄机。发动机工作，正是通过柱塞打油，经过油嘴油泵喷油入管进入缸体，燃烧产生动能。大概所有的动力燃机都离不开它。在全球每年生产数千万台内燃发动机的时代，显然老胡的产量是不足挂齿的，他只是拾遗补阙，做些非标产品，以填补市场空白。

老胡介绍说，看似不起眼的零部件，却需经铸造、刨铣、法兰等三十九道工序才能完成。我仔细端详一堆大小不一的柱塞，不由得讶异着。与其说是零件，不如说是艺术品。里面每道工序都有工艺技术，每道工序似爬坡过坎，每道工序如蚂蚁啃骨头，严丝合缝，用精密和精巧都无法表达它的精美，没有足够的耐心、精湛的技艺是很难达到的。

不过，胡兴杰也说，此前这类作坊并不少，当年企业改制时，有点三脚猫功夫的都在做，随着质量要求越来越高，粗制滥造工艺渐渐淘汰，真正存活下来的没有几家。他之所以活下来，不仅因为质量取胜、信誉取胜，重要的是，他能有求必应，争取主动。行内称他是柱塞"百宝箱"。博兴公司是品种最全、价格最优的柱塞企业。小到火柴棍细，大到热水瓶粗，一千多种型号，任意挑选，随时生产。海上轮船、陆上火车、坦克装甲车少不了这样的柱塞。三十多年来，慎终如始，与时俱进，从没放弃过市场需求的一丝机会。

胡兴杰专注于柱塞的制造加工，并没有发大财，企业未能发展成参天大树，但却乐此不疲地坚守着，因于深爱着这份技术，血液里流淌着这份坚持。令他欣慰的是，十八项技术专利让他有成就感，他夹缝中求生，跟大型企业同台竞争赢得一席之地，他的精明和勤勉让国外同行刮目相看，他没向政府和社会伸手，独自支撑起近百个家庭过上殷实生活。

胡兴杰是误打误撞，走上创业之路的。历史机缘，不得不让他面对创业；个人兴趣，又不得不选择创业。

1976 年，刚刚高中毕业的他，面临两种选择，一是上山下乡当知青，二是街道作坊干临时活。胡兴杰两者都想要。生在老城厢的他，年少轻狂，思绪飞扬，既想体会农村旷野风景，又想依偎在父母身边受宠，街道干部看他稚嫩可爱、聪明活泼，满足了他两全其美的愿望。身份挂在郊区农村，人却在街办工厂上班。此时，上山下乡运动进入后期，许多同学滞留在社会上成了待业青年，而他是幸运的，他有了一份家门口的工作。

街办工厂，在今天来看，不能称其为工厂，充其量只是作坊。三五个大妈集中织毛衣、七八个男人集中敲铁锤，远比不上一台机器的工作水平。可城里人太想当工人了，似乎不当工人，对不起自己城里人的身份，不管是作坊还是工厂，只要做工人，怎么着都行。胡兴杰抱着这样的心态，被安排进了街道五金加工厂，跟一帮五六十岁的老师傅一起敲敲打打、砸砸弄弄，从加工小五金，到制作钢门窗配件，每天辛劳倒也充实，日子顶到了天花板。

可年轻好动的他，却不满足。直到第三年，街道缺个电工，师傅征求意见，他爽快地干起来。他以为电工就是爬电杆、接电线、装灯泡。他从小喜欢爬树掏鸟窝，爬电杆手到擒来，电线灯泡之类的更不在话下。师傅说，电工没那么简单。他好奇，电工能复杂到哪里去。他报了一个培训班，才知道了电工的门道，什么弱电、强电、电控、交流、直流，里面的窍门多了去。终于，他的兴趣从维修线路，到拆装收音机、电视机，到冰箱、洗衣机，凡电器设备捣鼓一下就能修理或组装。胡兴杰说，电工的经历，让他后来立志做企业积累了专业经验。

胡兴杰真正干企业，便是从两间小屋，三个工人起家的。此时，他办的企业是街道集体所有制身份。集体体制讲究论资排辈。街道为支持他的工作，给他挂了个车间副主任，主抓新产品开发制造。

不过两年时间，铸造车间像是孵蛋的鸡一样，一个个新产品接踵而来。此后，车间走出弄巷，脱胎换骨，变成一座标准工厂，取名锡沪机械配件厂。胡兴杰说，企业发展最好时期，员工有七百八十名，订货客户排队，产品辐射长三角。管理班子压过街道机关一头，胜过了不少县团级国营大厂的规模。只是昔日辉煌，难以代替未来朝阳。胡兴杰感慨，这是他人生的高光时刻，虽然上级派来一拨拨领导管理厂子，可大家总会把他放在 C 位，没有谁敢忽略他的存在。尤其是职工，更是认可他，只要投票选举什么，他总是得票最高，本来无差额选举工会主席的，他却得了最高票。

好景不长，配件厂的日子不再好过，似王小二过年，一年不如一年，直到付不出工资。胡兴杰坦言，当时包括自己，满足于眼前的蒸蒸日上，思想僵化，故步自封，小富即安，看不到发展的隐忧，加上领导不停地更替，行政干预过多，导致企业从富足有余到入不敷出，最后破产倒闭。

厂子破产，留给胡兴杰的不仅是遗憾，也是宝贵的经验教训。他说，他从师傅那儿学到了技术，也从领导那儿学到了管理，他深谙企业生存之道，他有草根企业家不具备的营销特质。

时至八十年代后期，苏南乡镇工业异军突起。其中不乏胡兴杰这样的人，他们有技术，懂管理，会生产，只要有台机器，就能干成企业。

新生的配件厂寿终正寝，树倒猢狲散。敏锐的周边乡镇干部捕捉到信息，纷纷围拢上来，等着摘果子。胡兴杰是第一个被招贤纳才的人。

当时北郊梁丰养殖实验场还是一片农田，没有像样的企业。村干部求贤若渴，得知配件厂倒闭，便主动找到胡兴杰，不讲条件地让他来村办企业。

显然，失去了集体支撑的胡兴杰，连拢三五个人、七八条枪的能力都没有，已是人心涣散的人马难以重整起来，他只能从头开始。

胡兴杰毕竟年轻，年轻就有资本和勇气。经不起村干部的诚意开导，他一咬牙便应承下来。

实验场说到做到，拿出了最大的诚意，腾出村办大食堂，让他当厂房，说服挂钩的机关干部，争取扶持资金。

胡兴杰至今感慨地认为，一个村把吃饭地方，也是最好的地方，腾出来给我，相当于人家把饭碗交给你，这是多大的人情，这要感谢当时的场支书任之华。我抱定信念，一定要干出名堂来，不然对不起乡亲。

胡兴杰东拼西借，买来三台二手机床。没有工人咋办？本村村民是第一人选。村办企业，必须造福本村，让村民有工作、有收入。没有技术咋办？他手把手地教，招一个培训一个，以师带徒，刨床、车床、钻床全能掌握。没有订单咋办？他先是挂靠代加工，吃别人的下脚料，别人认可他的技术，只要低下头求人，总会找到活儿干。

两年时间里，胡兴杰淘得了第一桶金。大食堂已然不能容纳小凤凰。村里支持他，辟出一块地，很快盖起了三层楼的厂房。生产设备配套到位，工人技术日趋成熟，市场认可度也高了起来。老胡已不满足来料加工、等米下锅了，而是主动找市场、找商家，搞推销。

胡兴杰说，当时做供销，虽苦也甜，因为那时利润高，谈成一笔可以保障一年。要得到别人信任，首先产品质量过关。那时许多合作的大企业，后来知道我的产品是村办企业生产的，都不敢相信。当然，起初不会说是村办企业生产的，总会往大里说。

我笑笑说，难怪厂名挂的是苏南博兴，还有限公司。这倒是精明之处。

老胡说，这还不是敲门砖，生产同类产品的企业多了去了，更重要的是看技术背景。我扛着师傅的名头，人家都认。我最早的师傅是国内知名的油嘴油泵专家，一提名字，人家就高看一眼。那年头，人都比较简单，咱们多点心眼，就有生意做。

我讥诮地看着他，心想企业家精神并非他人所能理解，许多成功都是在功夫之外。

博兴公司虽谈不上规模，却因信誉好、质量优赢得市场，一时间成了行业内争相合作的供应商，连机电进出口公司都找他供货。

胡兴杰翻开已经卷边的笔记本，报着一个个供应单位，博世公司、一汽柴机、美国德尔福、埃及猫纽、以色列哈卡、俄罗斯大卫……满脸的自豪。

我怀疑地问，在这些大咖公司面前，你算是小户人家，单靠东西好不见得看得重。他承认，有的客户也有门户之见。当时也想建厂区，增加几套设备，建一座办公大楼，心有余力不足。刚刚起步不长，不敢摊大饼，那种靠借贷发展的机会也轮不上自己，幸亏没冒那样的风险，否则不是死了就是在死的路上。自己知道也就这两把刷子，真的铺开了，没本事驾驭。

此时，我才明白他满足现有规模生产的原因，倒也觉得这样稳扎稳打，不失为制造加工类中小企业的活法。

我对他跟外国人做生意很感兴趣，希望听到更多的细节。

胡兴杰说，第一次跟外国人做生意时，还是引起不小轰动的，甚至惊动了警方。

九十年代中期，博兴生产的柱塞被推介到欧洲，人家专程来厂考察。胡兴杰很想展示国家尊严和企业形象，打肿脸充胖子，在市中心五星级酒店安排接待和产品展示。人家老外拒绝周到安排，自掏腰包入住宾馆，只提出找个翻译做好对接。后来他知道，这倒不是老外替他省钱，完全是人家的一套商务规矩。

第一次厂里迎来蓝眼睛、大鼻子的时候，周边的村民围在大门口，好奇地白相相。村干部担心引起涉外事件，安排保安疏导人群，请求警方给予支持。好在和善的村民配合着递上笑脸，反倒让老外觉得亲切可爱，无形中为他增加了好感，给企业加了分。

考察是满意的，谈判是艰难的。胡兴杰字母不识几个，只得借助翻译沟通。可翻译的语言显得冰冷，他察言观色、手舞足蹈，把企业状况和产品品种传达出去，再从老外的表情里捕捉态度和满意度。进入订货谈价的环节，他丝毫不敢造次，他既想争取好的单价，也想争取更大的订量。

老胡回忆，当时自己脑子里装的各种各样型号的报价，既有市场价，也有底线价。他没有副手，没有助理，只得一个人做主一个人干，不敢有丝毫的马虎。双方对坐在办公桌两侧，手头抓着纸和笔，对方报一型号，他便写上价格，对方摇头，他再作出让步，重新写个数字，对方仍不满意，他也摇头，但会继续改写数字，直到掌握在心理价位之内，他会示意这是最后的底价。多数时候，他是留足利润空间的，而老外也很满意。跟老外做生意，是最为愉快的。双方的谈判，只是价格上的相互让步，没有那么多复杂礼仪、繁文缛节，效率高，节奏快。

后来，胡兴杰跟老外做生意，几乎不再斤斤计较。一方面，激烈的市场竞争，让他无法掌控未来预期；另一方面，他的豪爽和坦诚已经留下好口碑，不会因小失大，丢了朋友。迄今为止，毫不夸张地说，柱塞仍是博兴品种最全、价格最为合理的。为保住客户，别人不能做，他做；别人不愿做，他做。不管赚不赚钱，只要不倒贴，他就敢接。经他生产的许多非标品种，弥补了市场空缺。

胡兴杰拿出一沓专利证书，骄傲地说，这才是我最有价值的东西。他小心翼翼地翻着，高兴地摆弄着，像捧着"三好学生"证书的孩子。我们也不由得啧啧地称赞。这更让我觉得他的与众不同。按一般企业来看，这种特别能够代表企业科技实力的证明，该是放置在展示橱窗或是张挂在醒目位置，总不会锁在抽屉里，自我欣赏的。他说，太多了，没地方放。不知太多是好还是不好，说话的时候，表情那么可爱天真。

随后，胡兴杰讲了一个不是专利的专利技术，别人学都学不来，只有他自己亲自制作。有一款铅笔头大小的柱塞，刨光工艺至少需十道工序，可经他之手，能一次成型，且质量更好。行内朋友多次讨教，却从没学会。他拿着一个样品，在机床上比画着。我们观察着，并没有看出什么门道，甚至觉得他经手高级机床显得有点"土"。他在机床的锉刀处自行装了一个铁皮叶片，又在工具刀上包了几层布条，脏兮兮地摆弄着。他说，别看这么简单，人机结合有时是最科学、最有效的。我们这才弄清，东西往往是一次成型的好，工序越复杂，出问题的概率越高。他是借助机器和手工技术把产品一气呵成，功夫全在手上。

这些年，随着市场竞争越来越激烈，从事制造加工的利润空间越来越小，像博兴公司这样活着的已然不多。胡兴杰指着一排排机床，自嘲地说，别看外貌半老徐娘，可内衬一点也不落伍。他把利润全都用在技改上。他拿着一支柱塞，告诉说，十几年前，这个东西一支可以卖到四十元，现在只卖十元；十几年前，工人工资不到一千元，现在八千元还找不到工人。这一正一反，效益可想而知。这只能倒逼自己投入更先进的技术装备，提高生产效率。他指着一台数控机床，让我们猜猜值多少钱。我们摇头。他说，这是从瑞士进口的，价值一百多万。我问他整个机械装备值多少价，他说超过三千万元，基本上是有了钱就投，这可是真金白银，同类企业没有多少愿意这样做的，有这些钱已够花一辈子了。既然投了重金，就要坚持干下去。

他领我们走进检测车间，一一介绍里面的精密仪器的性能作用和价值，更令我们张口结舌。在我们看来不起眼的东西，都是按国际标准配备的国际装备，而操作的工人却是奶奶辈的妇女。对此，我们不敢恭维，质疑起他的工人素质来。他说年轻人招不来，工资开到八九千，也很少有人干，前不久招了一个职校生，干了一周，不声不响地跑了。不过，别看这些人年纪大，不少是老员工，有的跟他干了二十年，有十几个云南、安徽、四川的，是他手把手教会的，在这儿干到现在，结婚成家，买房买车，早已安居乐业了。胡兴杰不由得感叹，那是"天生丽质难自弃，养在闺中人不识"，搞实业的民企大多这个状况，自己和员工知道好就行。

随着年龄的增大，胡兴杰感到精力和体力远不及以前，先后突发脑梗、肠胃糜烂、动脉肿瘤，严重的脑中风持续半年，从头到脚，做过四次大手术，住院时间长达十多个月。遭遇四次健康警告之后，他越发觉得时间珍贵。虽然没有打造百年老店的野心，可他仍想留给后人一个只做柱塞，独一无二的企业。提起健康出了问题，他倒是淡然一笑，说是人吃五谷杂粮，哪有不得病的，不能全怪于操劳企业，遗憾的是前后治疗花去一百多万元，觉得不该。看得出，他不是爱钱不惜命的人，只是实在病得不是时候，博兴公司太需要钱，这笔钱足可以让他添置几台不错的智能设备。胡兴杰是以清晰的逻辑、轻松的语气，谈起自己遭遇死神威胁的，从中看出，他面对生死表现的达观和淡然。

谈到未来打算，胡兴杰说，自己还能坚持，博兴如一手养大的孩子，舍不得丢下。的确，他对企业的热爱，超越了自己的生命，超越了家人的一切。女儿定居加拿大，多次邀请他到国外看病养老，他总是以身体无恙、公司脱不开为由推掉。

胡兴杰对未来仍有信心，在他看来，只要内燃机还在，柱塞就不会消失。他跟手下技术人员定下目标，适应内燃机迭代需要，不断制造更新换代的柱塞。博兴会借助数字技术的运用，开发更节能、更环保的柱塞。

## 夹缝求生之道

乍一见戴生庆的时候，根本不会朝老板身上想。充其量是个退休老师或是退休干部。说话慢条斯理，举止儒雅亲切，没有一点工人阶级的气质。然而，他创业三十余年，已入古稀之年，仍在车间里来回穿梭，像老师检查学生的用功程度。

我们见过三次面，他总带着抱憾的情绪说自己是个失败的人，只值得反思。他越是婉拒，我越有兴趣。不仅因是对属地企业有份情感，更多是对草根创业者默默坚守实业的那份敬重。

是的，曾经播下的一株株禾苗，的确有不少长成参天大树，可毕竟是少数，真正带来一片绿荫的，正是无数微不足道的花花草草。做一棵对社会有用的草木，值得赞美。三十年沧海桑田，能够夹缝中存活下来的都了不起。我力求了解他更多的心路历程，把一路创业守业的艰辛记录下来，或许对正在奋斗中的人们有些启示。

戴老最怕别人称呼董事长、总经理，他觉得他的公司实名难副，可也不愿听到叫戴老板，历史上姓戴的老板不是什么好人，怕让人联想坏了自己的名声。他克勤克俭、为人谦卑，视客户、员工为上帝，企业能在他手上持续发展，全靠自己人品，仰仗的是这些人。

戴生庆认为，自己不是做企业的料，他做企业不是心甘情愿的，完全是赶鸭子上架，误打误闯的结果。

戴老十五岁时下乡，十七岁被选拔到徐州采煤团，因为表现优异，又被选送到东南大学深造，是最后一批工农兵大学生。毕业后，回到徐州煤矿系统，在职业技工学校任教。如果不是夫妻分居两地，他或许在三尺讲台执鞭一辈子，早已桃李满天下。他说，他喜欢做老师，单纯而专一，没有复杂的人际关系。可家人不答应。鱼和熊掌不可兼得。那时大学生少，各地求贤若渴，老家无锡主动抛出橄榄枝，破例安置到纺工研究机构，从事技术开发和转化工作。这倒也与所学专业对口。那几年，他干得得心应手，深得领导和同事赏识。

九十年代初，苏南发起新一轮乡镇企业振兴计划。市级机关和市属企业都有对口扶持任务，戴生庆作为机关干部和技术骨干，自然有责任有义务参与其间。

当年，市属企业扩大规模，梁丰凭借区位优势，成为首选外迁转移目的地。梁丰村招商引资，有发展经济的强烈愿望，对有需求的企业来者不拒，两家一拍即合，一举两得，纺工系统的扶贫工厂，就在梁丰落地了。

起初，纺工机关是带人、带设备、带技术办厂的，戴生庆负责技术，另派出三名生产经营管理者。村里拿出诚意，划出十五亩地，任由他们使用。在别人看来，一张白纸好画最新最美的画图，可对他们而言，眼前一片空白，却不敢轻易落笔。

戴生庆回忆，当年受命办厂，大家心里没底，顾虑很多，毕竟调来的人大多没有企业工作经历，所有的生产和业务都要从头开始。尽管组织上给了一些激励条件，身份保留在机关，可以自愿返回，但大家还是忐忐忑忑，只是把自己当成外援，并没有想着另开炉灶，从头开始创业。

事实上，大家的顾虑很实际。正当建好厂房、购进设备，完成招兵买马之际，市场短缺供不应求的局面逐渐扭转。原来承诺供销一条龙的市属企业，先是面临产品滞销，继而出现关停并转，最后连原所在的研究机构都难以为继。戴生庆他们一下子成了没奶吃的孩子，被扔在商海里任其呛水挣扎。其中两名同事想尽办法悄悄地调走了，只剩下他和退休到龄的管理负责人。

面对开工即停产的局面，戴生庆几乎有些绝望。他本也想着再回机关的，可眼看着机关都人仰马翻，朝不保夕，眼看着投入的资金要成了摆设，招聘培训的工人即将失业，他犹豫了。这可是扶贫项目呀！别说给单位增光添彩，对村民许下的承诺，总该有个说法。他实在不忍心撒手不管，硬着头皮和主管负责人一起支撑着。

那段日子，戴生庆第一次感受到创办企业的艰难，没有订单、没有生产，空有一身技术，也难保饭碗。他和同事商量，拿出仅有的开办费，分头跑市场、找项目。戴老回忆，那个时候，他们几乎半年没在办公室里坐过，不是在火车上，就是在赶火车的路上，凡是能够联系的同行，都登门拜访，请分一杯羹，最后接到了广州安装技术服务的项目，勉强开动起机器，养住了工人。有了第一单的生意，算是打开了局面，技术和信誉得到了业内肯定，企业暂时进入了正常生产状态。

此时，戴生庆有着强烈的危机感。所在机关和市属公司面临着改制和重组，整个纺织行业产能过剩，市场冲击波已经袭来。他酝酿一个大胆想法，放弃纺织辅件的加工，面向整个冶金行业找客户。他懂技术，涉及机械工艺方面的问题，他都有办法解决。主管负责人肯定了他的思路，只是自己到龄萌生退意，便推荐由他接班，以便实现他的计划。

戴生庆从没想当厂长。至今他都认为，他是搞技术的，不懂企业管理。他一直以为组织会在扶贫届满后，让他回到机关，哪怕是下属的技术科室，可组织鼓励他继续留下来，接替厂长的位置，且希望他多为原单位作贡献，负责分流消化一批下岗职工。戴老二十岁入党，对着党旗宣誓过，眼下需要他作出牺牲，且要奋斗终生，他不敢违背诺言，他必须以更高的要求对待自己，以饱满的热情接受组织安排。戴老承认，当时整个纺织系统已处于半停产状态，上下日子都不好过，自己想着回去，的确让组织为难，可自己担心这副担子挑不起来，愧对组织信任。

戴老接过厂子没多久，纺工机关撤了，纺工系统企业转制，他彻底地成了没娘的孩子。在他"走投无路"的时候，工人们投以信任的眼神，梁丰村干部伸出了援手，让他鼓起勇气。戴老回忆，当时拖欠工人几个月工资，没有一个人责难过他，也没有一个人离岗，村里不仅没提拖欠的分成，反而帮助担保银行贷款，困难的时候，遇到的都是好人，不能撒手不干。他可以撒手不干，可以把厂子交给村里，可他没有，他也舍不得轻易放弃，毕竟厂子凝聚自己的心血。

自古华山一条路。面对釜底抽薪的状态，戴生庆开始了主动出击。他面向全领域寻找客户，尽管处处碰壁，时时遇阻，但他已经有了"不破楼兰终不还"的韧劲和耐心。这对他来说很不容易。他当老师、搞技术、坐机关，一下子变了角色，闯入商海，四处求人，讨好于人，本身就是成长。

戴生庆说，开弓没有回头箭，度过了困苦的第一年，第二年开始出现转机，第三年有了赢收。他兑现了村里的分红，工人工资每年递增，主动偿还了局里五十万扶持资金，企业有了一定的积累。市场好的时候，他和管理人员都下沉到车间，懂技术的，当起了钳工、刨工和机工，不懂操作的，负责采购、装卸搬运，加班加点吃住车间，工作虽辛苦，但很充实，大家珍惜来之不易的发展机会。

面对国内市场的萎缩，戴老不再在行业系统里拾遗补阙，而是瞄准国际市场，傍靠外贸企业，做国际市场配额订单。

起初开局，外贸企业给足了面子，实现了双赢，可风险也是显而易见的。一是产品生产的主动权不在自己手上，要根据需求，随时变更生产工艺，有时吃不饱，有时吃得太撑，这对戴老和他的员工是不小的挑战，时常因为来不及生产，外包给有实力企业代工；二是交货环节较多，只要一处出了差错，都会导致产品出口出问题；三是规范要求高，讲求时效性，一旦延误时间，造成的损失，只能由厂方承担，他的全部身家似乎押在这场赌博上。

有一年，戴老承接了一份生产曲轴的出口订单，对方要求是按时、保质、保量完成离岸交割。戴老一合计，便组织生产加工，且提前通过了海关等验收。然而，货品因交割地区战乱动荡，未能按时交付，结果赔偿了支付合同违约金，造成公司颗粒无收。事情发生后，戴老感到外贸进出口订单既不稳定，又有潜在风险，思虑再三，决定主动跟外商合作，减少中间环节，实现风险共担。多方考察之后，他看重了供货多年的日本客商，共同注册新的中外合资公司，取了一个洋名——恩杰凯锻件铸制有限公司。公司为世界五百强配套加工两类产品：一类是为日本 NGK 株式会社生产电力金具球，一部分出口到日本本国使用，另一部分出口到所在公司的美国工厂；一类是给美国卡特比勒工程机械公司加工配套支承，产品直接面对东南亚和非洲各国。良好信誉和质量，一直保持了二十余年的合作。

尽管攀上高亲，可企业仍是小打小闹。虽说船小好调头，但也经不起汹涌波涛。中美关系、国际金融危机、局部地区动荡等外部大环境，无不影响着他的企业。他总是如履薄冰地站在风口浪尖上。看到发展好的势头时，他想扩大规模，正准备付诸行动时，又觉得看到深谷，由此，公司总在自我徘徊中维持着一线生机。戴老坦言，自己身上书生气太浓，做事总是瞻前顾后，小心谨慎，缺少破釜沉舟的勇气，不然也不至于这样僵而不死。显然，他不满足眼下的生存状态，对企业有着更高的期许。

恩杰凯公司曾有三次飞跃的机会，戴老觉得他没把握住。

第一次是刚刚接手的时候，一家规模相当的乡镇企业看重他的技术实力，愿意出资，跟他合作，组建分厂，形成舰队，一并漂洋过海。戴老知道这个企业的实力，他曾作为"星期日工程师"提供过技术服务，短短几年工夫，发展成行业巨头。他承认思想不够解放，观念停留在自己是国有企业身份，看不起乡镇企业，公司员工也是同样的想法，多数人不愿意合并。本来人家是冲着他的为人，给他抛出橄榄枝的，可他犹豫再三，下不了决心。眼看着人家成功地一次次"蛇吞象"，他的厂子早就不入法眼了。

第二次是产品赢得国际信誉之后，合作方有意让他在巴基斯坦建设分厂，这本是符合国家鼓励"走出去"战略的，他也进行了详细的考察和论证。最后拍板定夺时，他犹豫了。一方面顾虑来自不确定的国际环境，另一方面来自家庭。当时上有年迈父母，下有上学的孩子，他是家里的顶梁柱，一家人离不开他。

第三次是同学的帮助，他放弃了。当年大学同学中，有一上市公司老总，为他找到了全球合作的制造业伙伴，可以提供源源不断的订单，只是设备产能远远不能满足，需要更新和添加设备。同学答应为他添置设备提供部分资金，可他却被这大笔资金吓得往后退缩了。戴老承认，他太尊重合伙人的意见了，保守固化的思维，限制住了发展的想象。

戴老坦言，市场的变幻，的确不以人的意志为转移，同期创业的人当中，有的故步自封，没有走远，有的步子太大，死得很惨，说不清许多机缘是好事还是坏事。总之，创业守业，如逆水行舟，不进则退。

真正的危机意识，是居安思危。戴老不无遗憾地表示，那些年有了稳定的货源，有点小富即安，没有从长计议。事实上，商海里一直有暗流涌动，从业者无不经受着风浪的考验。

1997年，正当公司做得风生水起的时候，协作的上游企业出口产品，因质量瑕疵，遭到天价索赔。货品当中，就有他公司价值一百四十万美元配套产品。那个年代，职工工资每月三百七十元，上千万的资金对企业而言，则是一笔巨款。覆巢之下，安有完卵？别说连带追溯赔偿，即使这笔货款被罚没，也会给公司带来灭顶之灾。那段时间，公司断了货源，银行封了账号，下家追讨债务，多重压力之下，股东一致表达破产关闭态度。

东家面临破产之危，明显"殃及池鱼"，好端端的企业，不能说倒就倒、说关就关。戴老不甘心，只要有生的希望，一定要想尽办法活下来。他坚信东家企业的实力，也坚信自己产品的质量，于是开始了一场博弈。

戴老先主动跟上游东家沟通，分析产品质量原因，查找检测环节漏洞，争取弥补机会，继而又跟客户联系，对比合同要求，提出整改方案，争取宽限处理，同时诉诸法律，通过合法途径解决弥合缺陷问题。此时，戴老想的并不是自己货款追回的事，而是整个贸易路线的修复问题，这也为后来争取客户的理解，赢得了格局上的口碑。

正如戴老预料的那样，上游东家并不屈服于霸王处罚条款，他们不想因为抽检的瑕疵，而葬送自己。此时，他们需要同心同德，需要与戴老这样的合作企业联手，一起面对困难，即便不能打赢官司，但也不想轻易认输。留得青山在，不怕没柴烧。原来东家在接受索赔之后，发现一笔三百万的担保款滞留在账外。他们希望戴老助他们一臂之力，为今后发展埋下伏笔。戴老回忆说，这笔款如果如数用于处罚，那东家和他的公司只有死路一条，如果截留用于优先支付像他这样的合作企业，东家算是良心企业。东家向他表达这个意愿时，他犹豫了。他只想要回自己的一部分，担心这笔货款带来不必要的麻烦。当东家充满信任地恳求他时，他意识到这笔款包含着"托孤"之意，是东山再起的最大资本，便勇敢地跟东家共同面对和承担起来。

跟一条千疮百孔的破船同舟共济，是戴老一生中最勇敢的决断。戴老至今还记得，当时公司里有不小的争议，多数意见是留下这笔钱，切断跟他们的来往，不跟他们"同流合污"。他也有过不小的心理挣扎，一是担心受牵连，拖累企业；二是既然损失已经挽回，见好就收。几经思想斗争之后，觉得做生意跟做人一样，人在危难的时候，不能过河拆桥，而应见义勇为，伸出援手。更何况东家信任咱们，咱们不能见利忘义。戴老下定决心，不仅没截留代为保管的这笔救命款，还将自己其中的货款一并奉还给东家，用于重整河山。东家企业正是靠着这笔钱供氧输血，起死回生。而今，这家公司成了省内知名的机械行业龙头，他们没有忘记戴老在危难时的帮助，一直跟他保持着友好合作。哪怕自己吃不饱，也得分他一杯羹。戴老不负众望，始终保持准确无误的品质，并肩在国际市场上站稳脚跟。

俗话说，吃一堑，长一智。付出沉重代价之后，戴老和东家痛定思痛，决心把索赔当成学费，强化质量管理。他们决心从头开始，甘当小学生。戴老瞄准国际一流公司标准，花大钱从日本请来工人，按国际标准添置装备。

戴老介绍说，那几年，日本商户每年都带工人来厂里上班，他们严谨的工作态度和敬业精神，对我们影响很大。他们做事讲求条理，按部就班，纹丝不乱，而我们工位管理始终是脏乱差，明明有制度、章程和流程，可也就是墙上挂挂、嘴上喊喊，根本没多少落实在行动上。经过他们的言传身教，这一面貌得到明显改观。他们对设备敬若神明，精心呵护着，而我们只是当成操作工具。日本工人自带工具上班，或自己保管工具，把工具视为私有财产，这一点毫不夸张。这不光因为自己的工具使用顺手，也有担心工具被人挪用的因素，爱护工具就像爱护自己的眼睛一样，骨子里已经融为生命的一部分。这更是值得我们学习的地方。戴老和技术骨干也到日本学习培训过，在他眼里，日本许多小微加工企业规模和人员远不及恩杰凯，设备和厂房年代久远，可陈旧的设备，仍保持着光亮和整洁，这与平时精心管理有很大关系。

这些年，为加快与国际接轨，我国派出了大量的人才走出国门，学习人家的先进技术和管理经验，最后不少都因强化"特色"变了味，究其原因，传统农耕文明影响根深蒂固，数千年粗放的生产生活方式，未能在工业化的快速发展中得到改观，以致一段时间里，假冒伪劣盛行，损害了国家声誉。在戴老看来，简单模仿，照搬照抄，根本得不到精髓。

恩杰凯主动"请进来"，现场教学，在当时国内企业中并不多见，其效果不言而喻。戴老承认，恩杰凯起步晚、规模小、生产能力弱，在引入技术和人才上一直处于劣势，除了当年国企改制招入五六名熟练工外，大多是当地村民培训上岗的，几乎没有科班出身的技术工人，曾经招聘过的大学生，也是一茬接着一茬走人，把恩杰凯当成黄埔军校了。这支员工队伍，别说技术上无法跟日本人对接，就是观念上、责任心上，都无法达到人家的境界。好在自己的员工能够吃苦耐劳，厂子一直在良性发展的轨道上运转着。

2002 年是个分水岭。经过日本工人的传帮带，企业管理得到规范，产品质量得到巩固。这一年起，他们开始承接卡特比勒公司的配套加工项目，专门邀请日本工人当质检员，负责把好最后的关口。戴老算了一笔账，按每箱万件套计，产品价值二百万，运费每公斤三十五元，如果抽检一件不合格，必须全检，一旦全检再有问题，则停止收货，要么就地处理，要么重新发回，产生的费用一律由厂方负责，这就相当于一个月白干。如果交货出现延迟，还要追回索赔，这笔赔偿金一般又要高出二十万以上。养一个外籍质检员可以顶自己三四个质检员用，这不仅是经济上划算问题，重要的是规避了质量风险。让客商的人负责检测，看上去多花了钱，其实是保住了订单。质检是企业的生命，多花钱值当。

卡特比勒公司是生产制造大型工程机械的世界 500 强企业，对配套供应商有着苛刻的规范要求。戴老自承接支承和球销配件加工以来，一直以抽检零误差赢得好感。由此，企业订单持续增多，从当初试制试用，到后来每年四万件、九万件、十二万件、十五万、二十万、三十五万件的增长，最多时达到六十万件五十多个品种。那些年，是戴老极为风光的岁月，国内同行羡慕他，纷纷登门考察求教，日本、美国等合作伙伴夸赞他，纷纷邀请他参加学术活动和招商会议，视他为座上宾。他自己一度也有了雄心勃勃的计划——加大投入，更新设备，扩大规模。

然而，政府产业结构布局的调整，给他浇了一盆冷水。之后发现，国际局势的影响和国内市场的变化，使加工配套产品成本越来越高，利润越来越小，市场需求出现萎缩。戴老很庆幸，正是政府提供的科学判断，才使他避免了一场失败的盲目投资。

而今，恩杰凯和戴老面临着诸多困惑，一是生产能力弱，不具备市场竞争优势；二是环保压力大，技改投入难以承受；三是人工成本高，生产效率低。

尽管这些年参照国际标准，引进了七八台数控机床，按规模来看，仍是小作坊，不足以与现代化大型企业抗衡。恩杰凯曾有机会搬迁至工业园区，向现代企业迈进，可这些离土不离乡的员工不肯，他们宁愿失业也不愿走出去，毕竟每天三四个小时通勤，戴老考虑到工人的感受，放弃了这一计划。如今重新开始，成本代价翻了几倍，已不是他能接受的。戴老不是没想过用机器换人，他专门参观考察过这样的智能工厂，一条生产线从粗产品经过冲铣、研磨、钻孔、刨光、电镀，几经翻转，成品就出来了，而他的企业仍是靠几十台机床，从人工搬到床上，经过不短时间的加工，再搬到床下移至其他床位加工，如此往复来回，一个流程耽误的时间，相当于在自动化生产线上几个来回的时间，生产过程时间增至四五倍。更重要的是，十几名工人被一名电脑操作员所替代。戴老是技术型老板，他对技改有着特别的兴趣，许多机床工艺都是经他之手，提高效率和精准度的，可面对机器人工业的到来，他显得心有余而力不足，他觉得自己落伍了。他期待新生代执掌这样的企业，让恩杰凯好好地活下去。

眼前，戴老的精力和体力大不如前，虽说舍不得离开岗位，那也是无奈。本想让女儿或女婿承接公司，可他们在外企和国企管理层岗位干得风生水起，根本看不上这个作坊式的企业。戴老打算交给手下的年轻人，可年轻有能力的年龄也在五十岁以上，且没人敢于接手。眼下订单不稳定，一手的烂牌，谁接手都怕打不好。戴老也不忍心这样撒手不管，他想撑过最糟糕的时期，只待市场回暖，找到合适时机，交个好摊子。

临别时，戴老正为后三个月的订单发愁。按惯例，开年之机，全年的订单计划已经有数，可海外客户为保险起见，只得按季下达任务，而且任务越来越少。他担心，一旦没有订单，意味着企业停产，工人放假。他正考虑寻求新的客户客源，可对年事已高的他来说，又谈何容易。

然而，他必须保持创业时的那股热情和劲头，他不能眼看着自己养大的孩子就这样陷入困局里。


再见戴老时，已是半年之后。他来社区向我们告别。问其何故，他道出了苦衷。说是国际制裁后续效应显现，严重影响了出口外销，已经没有了订单，工人放了长假。同时近来环保和安监隔三岔五的检查和处罚，被搞得心力交瘁。他已跟合作多年的一家公司达成意向，把恩杰凯转入其旗下，只留下了小部分股权。从他沮丧的表情看出，他有些迫不得已，却也无可奈何。我们都为他惋惜，却也无能为力，毕竟恩杰凯在梁丰这片热土上行将消失，从此再无热闹的机器轰鸣声。

告别的话有些苍凉，遗憾和慨叹之下，只有安慰，希望他保重身体。我们肯定他对梁丰的贡献，是他等一批企业家的参与，才让梁丰享受到改革发展的成果，走上共同富裕之路。他也对社区说了许多感激的话，对自己走上创业之路深感欣慰，对一路走来得到的帮助由衷感谢。

最后的背影有些落寞，却让我深深地铭记。作为改革开放第一代创业者，他虽然没有功成名就，却也留下了草根企业家的可贵品格，仅此，值得后人敬重和传承。

## 商街"网红"气质

近来，梁丰路炒得很热，大有"网红街区"的声势，市级主流媒体相继报道，网络媒体也纷纷登场抢抓流量，一时吸引了市民特别是年轻人的关注，连同外地游客也慕名前来打卡。这是我们始料未及的。

梁丰路被媒体关注，起于对一处道路交会区的改造。位于盛唐商超东侧的十字路口，是周边小区居民来往的必经之地，常常形成人流潮汐，引发意外交通事故。按说这样的问题，是交管、城管和市政部门的事情，可市区的红黑榜通报，常把街道和社区挂上，理由是属地管理。无奈之下，街道和社区只得尽力而为，功夫倒是下了不少，只是头痛医头，达不到应有效果。

面对要求整治的呼声，社区请求街道牵头，联合城管和市政现场勘察，商定在东南侧三角地带上"做文章"，一来为过往路口的居民留下驻足空间，二来改善该区域的环境面貌。这是一处面积约六十平方米的市管绿化带，地面布设着电力箱体、信号灯控制箱体等多组大型设备，且在外围建成一圈木质围挡，用于安全隔离和遮蔽，紧挨人行道又增设一丛树木植被。从外观看，影响市容市貌，与周边时尚综合体形成反差，从结构看，对交通出行构成一定的安全隐患。事实上，尽管设置红绿灯提示，但仍有撞车撞人事故发生。各种重重叠叠的遮挡，影响着行人的视线。

找到了问题症结，关键是推动。别看属地在梁丰，要想在区区弹丸之地上动脑子，也不是容易的事儿。仅是移动草木，就得层层报审，最后由绿化部门批准，更别说电控箱和信号控箱了，即使同意搬移，可往哪儿搬、搬移费用谁出，又是一大堆问题。仅凭社区，显然难以操作。

经过三个月的协调沟通，联合勘察的整治方案获批。街道和社区抓住契机，提出在不影响原有布局前提下，以设置景观小品，推进环境整治，来改善居民出行舒适度。方案一经推出，得到普遍认可。

眼下呈现人们眼帘的是——充满时尚活力的"红绿灯候区"，一抹明快的橙、黄、白相间主色调，让人倍感清新。L形的围合布局，将草坪、石椅和栏栅融为一体，构成主题鲜明的街头客厅景观。其设计构思巧妙，时尚而有品位。雕塑卡通、城市家具、亮化灯组，既新潮又实用。体现公益主题的宣传栏、标语和插画，给人以炫目冲击，"遇见梁丰，'巷'往幸福"，"去更大的世界，做更有趣的人"的镂空字体，饶有趣味，给人满满的能量。令人欣喜的是，局促的空间里，两侧休闲座椅，为匆匆过客提供了栖息之处，透出了由衷的温暖关怀。

在媒体报道中，记者采访市民有这样的评价："原先这里脏乱差，影响城市面貌，电控箱、信号箱外露，有安全隐患。""现在不仅美观，还有休息歇脚的地方，对我们居民很友好。""这里是梁丰路首处设置的休憩座椅，也是首个老弱病残遮风挡雨的十字路等候区。"如此等等，赞誉不断。

其实，多年来，全市一直在推进城市更新改造，但扶持投入主要集中在老城区和重点商业街区，作为"城中村"改造衍生出来的梁丰路，虽得到关注却也只是粉粉刷刷、修修补补。近两年在各界呼吁下，才被纳入到区属、区管序列。

随着交通枢纽在北部城郊完全对接，所在街道和梁丰社区干部群众强烈意识到，在属地打造属于自己的服务业高地，既能满足本地居民生活休闲需求，又能丰富经济发展业态，是各方期待一举多得的好事实事，应该抓住机会，加快发展。

这两年，梁丰人一直在努力擦亮梁丰商业街品牌，毕竟这是世代梁丰人生活的故土，他们不想沦为城市三等公民，他们愿意用一代人的付出，让梁丰这块土地生金，让后人享有繁华盛景。经过二十年的建设和发展，一千七百米长的梁丰路已是烟火气满满，每到夜晚常常人声鼎沸，各式餐饮小吃近百家，融合了江浙徽粤多种菜系。然而，与居民群众期待的仍有不小差距。

自梁丰大酒店成功升级改造为科创孵化大厦之后，梁丰路跟科创大厦如同衰败公子面对脱俗文青，明显不在一个层面，拉低了"小清新"呈现的文艺范。面对正待崛起的梁溪科技城，梁丰人坐不住了，越发感到梁丰路更新势在必行。

平心而论，我对梁丰路的未来并不看好，怎么更新也缺乏商业街的基础。历史上，这条路是填河而成，两侧建筑紧邻路边，管网系统大多裸露在外，影响着人车分流，之后开发的商品房小区配套的商铺，产权关系不明晰，基础设施不完备，碎片化切割式散装，明显缺少统一规划，并不具备商业街运作的优势。一直以来，街面环境治理、治安管理、秩序维护等皆由社区代管，常因根治不到位，颇受诟病。尽管如此，梁丰人并不放弃，虽凭社区一己之力，无法撬动梁丰路这么大的底盘，但在局部改造和管理服务上还是信心满满的，这让我很受鼓舞。

袁非书记跟我提到一件事，科创大厦升级改造之后，几家品牌咖啡店登门洽谈合作事宜，有意在梁丰路开设加盟连锁店，他们看重这一带的消费群体。原来商家发现，梁丰周边居住着数万年轻业主，附近总部园、民营科技园、食品城集聚的人群也以年轻人居多，这些年轻人有着自己的休闲消费和生活方式，梁丰路可以在满足年轻群体上有所作为。听了小袁的分析，我鼓励她把想法变成行动，瞄准定位，循序渐进，先在点上做些尝试，打造若干个时尚浪漫的样板，进而优化业态，提升街区品质。

打造新型时尚梁丰路的消息，很快在沿街商家间不胫而走。一家文创策划机构主动找到社区，用年轻人的眼光审视未来梁丰路，提出了一揽子有创意的点子。在他们看来，当下的年轻人，获取着更多元的信息、享受着更多元的便利、吸纳着更多元的知识，比以往任何一个时代的群体都拥有选择多元生活的权利和可能性。街区更新着力体现"网红"属性，从城市记忆、文艺潮流、传统与现代碰撞等角度营造，满足更多年轻人城市漫步的需要。其意思是，让梁丰路走"网红"路线，迎合年轻人的审美情趣，把街面装扮得"小清新"文艺范。

经过一年努力，梁丰路有了自己"潮"的特质。从科创大厦起步，宽大的乳白墙和玻璃幕墙浑然一体，冰清玉洁、清新扑面；次第而上，花坛、绿带和步道井然有序，一眼望去，尽数入目；不远处，街面矗立的大型钢构"FUN巷"字桩，新颖别致，耐人寻味；拐角处高楼上"热爱梁溪的我们"立体字更是光彩夺目，柔情似水。据说，这点小清新创意，已成了年轻人打卡拍照的"网红地标"，让商家争得了不小的人气。

前不久，社区策划，驻街社会机构发起的"街区未来预想图鉴展"在这里举办，吸引了不少艺术家和青少年参加。这是年轻人自己搭台、自己唱戏，他们用手中的笔和心中的梦，描绘梁丰创业特色街的未来。一幅幅奇思妙想的作品，无不呈现出文艺范和烟火气结合的人间快意。接着，街面环境出现了新的起色，沿街原来有碍观瞻的电控箱台、垃圾厢房，经过涂鸦彩绘，风格独特，色调明快，不再是过客的避嫌之地，反而营造出一个个别有趣味的多彩"小切角"，成了边走边可"阅读"的有观感街区。

改变的不只外观，沿街的商家也积极配合，力求让自己有内涵、更青春。其中，十余家咖啡馆，使出各自招数，构造营销环境。我多次驻足其间，随便挑一家咖啡店浅斟慢饮，都能感受到文艺空间里的艺术气息。美甲店、文具店也在布局上添置年轻人喜欢的卡通和语言，小吃店、蛋糕店争相在墙面上布置美工作品，让人在愉悦的氛围里品尝美食。在梁丰路上，几乎能够看到的空间，皆为婉约小品，充满文艺范儿。

我到过科创大厦的楼顶，改造前只是一个不堪入目的开裂沥青铺垫的瓦砾屋顶，改造之后成了篮球场大小的露台，有山有水、有花有绿，三五把太阳伞下，藤条桌椅造型各异，在这儿会友聊天、品茗论道，那种惬意无以言表。

我登过盛唐商超的顶层。那次因外来物种一枝黄花的野蛮生长遭到投诉，组织人员处置，给我的印象是偌大的平层被人为糟蹋。经过改造之后的顶层，无疑成了城市空中花园，篮球场，休闲吧，空中色彩多样的小景观、小游园，吸引年轻人在此健身运动，迸发活力。

在这样的空间里，一草一木、一石一水，别具匠心，浑然天成，有如打开的一部诗书，贵乎有情，又如一部美妙的音乐，余音绕梁，酒不醉人人自醉。这是引入专业第三方街巷营造团队，全方位、个性化定制的杰作。

从媒体报道上看到，广西来无锡旅游的晓鹿告诉记者，她在无锡的Citywalk之旅就从这条路开始。"我们在小红书上做了攻略，正愁找不到这条路，没想到出了地铁没走几步，就看到了打卡标志。"显然，网红效应正在显现。但我们也清醒地看到，仅赚眼球，不赚实惠，是没有生命力的，还需要在激发街区发展的动能和活力上持续下功夫做文章。

令人欣喜的是，网红时尚效应的溢出，引导着社会资源的涌入。据了解，由街道牵头推动的更新计划吸引了联盟单位发挥资源优势，合作互补，导入"丰蜜"街区发展基金，因地制宜地开展针对性改造工程，持续焕新街区及周边面貌。通过连接文艺、设计、展览、商业等各类社团资源，深度挖掘和打造街巷的网红气质，增设可玩、可感受的设置。近期，第三方团队举办的街区市集、阅读和儿童画展等活动，备受社会关注，引来上海、浙江和省内同行助力共享。下一步，他们正准备与上海闲下来合作社共同发起"老不下来全国展"，突出代际沟通互动主题，举办类似"淘宝造物节"这样的系列活动，集聚更多的人气，展示梁丰路更具温度的一面。

用心"造景"，意在"化人"。景观小品的布设，让梁丰路亮丽起来。这仅是良好开端，接下来，社区将发挥梁丰路青年友好时尚街区联创资源优势，围绕街区基础设施改造、文化氛围营造、共建共享共治等方面，积极探索社区与街区融合治理发展新模式，让梁丰人在方寸之间见文明，在小景观中感受"微幸福"，为美好家园增光添色。

这个秋天，梁丰路美得有些鲜，前来打卡的"丰粉"们赞美之情溢于言表。我想引用其中的诗歌，为梁丰路留下秋色的回忆：

丹枫尽染，

银杏当道，

一个个景观小品裹上了一层金黄，

在这个浪漫的季节，

城市路口不经意的驻足和擦肩，

或许就能收获满怀的温馨，

确幸且清欢！

**图书在版编目（CIP）数据**

社区那点事儿 / 林子哥著. -- 北京：作家出版社，

2025.1. -- ISBN 978-7-5212-3193-9

Ⅰ．I25

中国国家版本馆 CIP 数据核字第 2024GT7901 号

## 社区那点事儿

作　　者：林子哥

责任编辑：张　平

装帧设计：李佳珊

出版发行：作家出版社有限公司

社　　址：北京农展馆南里 10 号　　　　邮　　编：100125

电话传真：86-10-65067186（发行中心）

　　　　　86-10-65004079（总编室）

E-mail:zuojia @ zuojia.net.cn

http://www.zuojiachubanshe.com

印　　刷：三河市北燕印装有限公司

成品尺寸：170×240

字　　数：236 千

印　　张：15

版　　次：2025 年 1 月第 1 版

印　　次：2025 年 1 月第 1 次印刷

ISBN 978-7-5212-3193-9

定　　价：58.00 元